边缘的微光

中国新时期文学在日本的译介与阐释

复旦大学出版社

U0361332

本书由教育部人文社会科学研究青年基金
（批准号：17YJC751033）、上海大学外国语学院
"自强计划"资助出版

彼岸的逼视与回响（代序）

王升远

2010—2011 年，我曾在东京大学人文社会研究科藤井省三先生门下访学。藤井先生是日本研究 20 世纪中国文学的大家，而我博士论文的课题方向是近代日本文学与思想，在先生的指导和熏陶下处理中日文学关系相关问题时，不同的学科背景常让我真切地感受到我们面对同一个研究课题时不同的学术旨趣和进入路径，而这种差异性也极大地拓展了我的视野和认知边界，受益颇深。

在东京的某日，先生带我一道去逛旧书店。如果说书房是一位学者难以被"侵入"的精神领地，那么一同逛书店则可以近距离观察到其学术趣味和近期关切的话题。可那一天，藤井先生显然是有话要对我说的。当我们踱到"其他文学"那一架时，他停了下来，指着书架上寥寥的几本中国当代文学日译本跟我淡淡地说了句："就这些了。"在世界诸国文学译本的包围中，书架上不足一格的译本让人徒生寂寥之感，那种直观的感受遂在我心里埋下了种子。访学归来后，在业师陈思和先生的支持下，借莫言获得诺贝尔文学奖之东风，我与上海交通大学出版社的李广良兄开始策划起中英双语版本的《全球视野下的中国文学》（十卷本，英文版由 Routledge 出版集团推出），近年来这套书已陆续出版。就编者的旨趣而言，将中外学者关于 20 世纪中国作家的研究精华汇编成册，为域外的中国文学阅读与研究构建一层"阶梯"自然是题中应有之义，但在我个人却是别有幽怀。在接受《解放日报》的采访时，我谈了一点粗浅的认识：

> 以前中国文学"走出去"是比较困难的，因为我们从相对封闭的状态到开始融入世界时，过于强调自己的"不同"了，我们太过刻意地向世界展示自己想要展示的部分，我们和世界不是相互理解的，甚至是相互误解的。
>
> 然而，中国文学和世界并不是隔绝的，而是世界文学的一部分，是人类命运共同体的一部分。想要真正融入世界，就不必太过刻意地强调自己的不同，而应该让世界看到，中国人的喜怒哀乐也是所有人的喜怒哀乐，中国今天所面临的

问题和挑战，也是世界各国共同面临的问题和挑战。

在我看来，全球视野是中国文学和世界对话的最佳"接口"。我们的视野、研究材料、研究方法等兼顾了不同的语言和思想文化背景，目的就是要提供不同的"接口"，让人感受到中国文学的特质，进而慢慢沉淀为一种"精气神"，一切都是自然而然发生的。①

概言之，便是强调以相对开放的心态，寻找中国文学与世界文学的"接口"，寻找中国与世界共有、共享和共振的部分，这庶几亦是中国文学"世界性"的基础，我们不难从刘慈欣的《三体》在包括日本在内的世界诸国引发的阅读狂潮看清这一点。以上这点有限的经历与浅显的思考大概便是我与"中国文学在日本的译介与传播"这一议题的全部缘分，也是与若圣这本新著之间精神联结的起点吧。

中国文学的海外传播与接受研究近年来蔚为潮流，其中自然有比较文学观念演进的学术逻辑，但"中国文化走出去"这一国家战略的支配性影响自然也是不可否认的。若将这一议题在观念上视作一个载物过桥的过程，那么我们可以根据其出发点和着眼点，发现三种不同的实践形态，而他们又可能分别在学术研究层面对应着某种价值观念、问题意识甚至研究范式，进而反向对"走出去"的传播实效产生影响。当中国现当代文学研究者带着强烈的主体性自觉，将思考重心置于"中国文学"一端（事实上，在国家社科基金等的课题招标目录中，此议题也常设在"中国文学"门类之下），强调的是"（要）输出（了）什么"，那么"海外"就不免沦为单纯的异文化语境和本土延长线上可供遥望的彼岸。当我们作为比较文学和比较文化研究者参与讨论，实则是以立足桥上的姿态讨论"译介""交流""传播"诸问题，此类研究描述性居多（借若圣的话来说，便是对译介成果归纳综述或对译者介绍评述的信息手册），却极易在左摇右摆中弱化了问题意识和价值判断。而当站在江河彼岸，去思考经由译介而越境的中国文学之海外境

---

① 王升远：《全球视野是中国文学与世界对话的"接口"》，《解放日报》2019 年 10 月 12 日。

遇，那不得不直面的一个基本的问题便是："你（中国文学）在他乡还好吗？"这意味着我们须立足于译入国的政治、社会、文化和思想语境去观察和思考语境后的中国文学在何种程度上"进入"了异域，是落地生根、野蛮生长进而成为彼邦的文化和思想资源，还是若无根浮萍般可有可无；是油水不融，还是水乳交融，兹事体大。接受度的问题关系到"海外"对中国文学的实际需求、理解、阐释与评价，关系到"传播"是一厢情愿还是两情相悦，这是我们始终不应回避、也无法回避的现实问题。"你站在桥上看风景，看风景人在楼上看你"（卞之琳《断章》），"中国文学"实际上提供了一个理解、研究译入国文学与思想状况的异域视角，这便是外国语言文学研究者的优势所在和用武之地。事实上，理想状态下的"中国文学的海外传播与接受研究"自然应是中国文学、比较文学和外国文学研究者的多边协同作战，不同视角的参与都将丰富这一议题的讨论，而我们在第三种形态上的工作却似有不足。

我想，在这一框架下理解若圣近年来的学术研究，其学术足迹便很清晰了。他虽出身于日语学科，但本科至今长年对中国文学颇有涉猎，具备严绍璗先生所倡导的"原典性实证研究"[①] 所要求的语言文化修养和学术功底。从就读于神户大学国际文化学研究科博士课程阶段（2016 年获得博士学位）再到复旦大学外国语言文学博士后流动站阶段（2017—2021 年），是他由前述第二种形态进入第三种形态研究的进化历程。若圣的博士论文《日本的中国新时期小说译介及其展开——被建构的中国文化形象》以对中国新时期文学在日本的译介学考察和译本层面的书志学调研，为其新著《边缘的微光：中国新时期文学在日本的译介与阐释》（以下简称《微光》）清理了"家底"，提供了不可或缺的前期基础；前者重在译介，后者重在阐释，展现出了作者的学术史和思想史野心。

这一野心自然是一种自主选择，或许也是事实上的"不得已"。事

[①] 严绍璗：《双边文化关系研究与"原典性的实证"的方法论问题》，《中国比较文学》1996 年第 1 期。

实上，包括"新时期文学"在内的中国当代文学在日本的出版市场中长期处于边缘地位，这也使得有关大众文化层面接受的讨论变得不可能（刘慈欣等个别作家除外），如此，便只能回缩到以学院派阐释为中心的考察。边缘则边缘矣，"微光"又是何谓？若圣认为："承认在过去四十年中，日本出版市场中新时期文学位于边缘并非难事。但本书想要探讨的是，新时期文学译介的边缘性究竟来自其本身，还是既有的译介和阐释方式导致了新时期文学的'边缘'？抑或两种要素都有可能？"换句话说，他打算拿"微光"来说事儿，既要分析"边缘"的历史性、结构性成因，又要阐发"微光"之学术史、思想史意义。

安藤彦太郎曾指出，"对古典中国的尊敬和对现实的中国的轻蔑，是明治以来日本人当中培植起来的中国观的特点"[1]。中国古典文学曾经是，甚至至今依然是日本人教养的重要组成部分，而所谓对"现实的中国的轻蔑"这一存在于近代以降日本思想史深处的基本价值取向折射到文学领域，便是对中国现代文学相对的轻视、漠视。在 20 世纪日本的中国现代文学译介和接受史上，竹内好（1908—1977 年）的横空出世堪称划时代的事件。论及第二次世界大战后日本的中国文学研究，竹内自然是绕不过的，甚至略显突兀的巨大存在，他将以鲁迅为代表的中国现代文学作为域外思想资源导入战后日本的思想语境中予以重构和激活，使"中国""中国文学"成为检视日本近代化历程及其亚洲主义观念的镜鉴，也为战后日本的中国现代文学研究确立了一个具有笼罩性影响的精神源头。若圣选择讨论的"新时期文学"固然可以完美绕过竹内好，但却难以绕过他漫长的影子。如果说竹内在学术与思想层面对应着一个"革命中国"，那么在"后竹内好时代"，中国文学研究者们需要直面的便是精神层面竹内的思想遗产，以及现实层面"后革命时代"中国文学生产状况的交错影响，从这个意义上来说，描绘出"后竹内好（革命中国）时代"日本中国文学研究的精神谱系自然是《微光》的题中应有之义。

---

[1]　［日］安藤彦太郎：《日本研究的方法论——为了加强学术交流和相互理解》，卞立强译，吉林人民出版社 1982 年版，第 4 页。

　　20世纪五六十年代的东京都立大学中国语言文学研究科可谓群星璀璨，汇聚了竹内好、竹内实、松枝茂夫等重要学者，前后十年间他们培育了松井博光、岸阳子等一批优秀学人，而松井这一代开枝散叶后，又在八九十年代带出了山口守、千野拓政、饭塚容等当下学界的中流砥柱，三代学者共同构成了在日本的中国当代文学（1949年至当下）研究之核心力量。从某种意义上说，"后竹内好时代"日本的中国文学研究就其视野、方法而言，首先便是如何处理与竹内好这一精神性的存在、这一漫长的"影子"之关系。《微光》的第四章"作为方法的新时期文学——《季刊·中国现代小说》的创刊与竹内好的思想遗产"和第五章"作为"同时代"的新时期——松井博光对竹内好中国文学观的继承与扬弃"自不待言，即便是对曾崇尚中国革命、20世纪60年代中期后又对中日两国的"革命"冷眼视之并最终离开东京加入京都大学的竹内实，和因对竹内好有所质疑和批评而在都立大茕茕孑立的山口守①之讨论，都离不开竹内好这个巨大的身影。如何面对竹内好的思想遗产这一问题本身，在很大程度上便成了理解日本之中国新时期文学研究的首要课题，无论是继承、扬弃抑或否定，竹内的思想投射都构成了日本学者接受新时期文学的方法资源，同时也构成了日本的中国现当代文学研究从"革命时代"转向"后革命时代"的言论原点。对此，若圣有着清晰的学术史和思想史自觉。

　　他在考察受教于竹内的弟子群像之同时，着力阐述了其第一个硕士生、也是始终伴随左右的衣钵传人松井博光之贡献。松井曾坦言："我从没正面回答过为何选择了研究中文这个问题。但是我想可以这么说……只是因为遇见了竹内好。"② 在竹内的葬礼上，松井作为学生代表与增田涉、野间宏、鹤见俊辅等日本战后思想史和文学史巨擘同致悼词，二人师徒情深乃至彼此之于对方的意义都可见一斑。松井在20世纪80年代处理中国新时期文学诸课题时援引竹内的"同时代性"论

① 山口守、孙若聖：「山口守へのインタビュー」，『アジア評論』2020年1号。
② 松井博光：「あるのかないのか、故郷」，『三田評論』1987年8、9月合併号。笔者见于竹内好追忆网站 http://takeuchiyoshimi. holy. jp/katarareki/matui. html，松井博光授权转载全文。

述，确认了新时期文学经过十余年的发展已具备了世界文学的"同时代性"，同时通过阐释中国作家的历史使命由"抵抗"向"苦斗"的转变，在"革命时代"与"后革命时代"的"同时代性"之间建立起了历史的联结。他一方面援引竹内，通过强调中国文学自主产生的"同时代性"来批判日本学界将中国当代文学比附为政治附庸的固化认识；同时也深知，竹内对中国当代文学发展趋势的描述在"后革命时代"已经丧失了理论活力，因此更为强调知识人在"文革"后积极担负社会责任的主体性精神，而这一主体性正意味着世界知识分子所共通的责任意识在中国的复活，进而确认了中国文学与世界文学的"同时代性"。

不难看出，对"后革命时代"的中国文学评述虽然离不开竹内好这一原点，但也必须意识到，其学术、思想传承者一方面已经开始疏离竹内有关"革命中国"的浪漫文学观，同时却又在其思想框架中选择性地赓续了"同时代"意识，试图发现更能贴合中国文学生产实际的"非革命"式理解路径。因此，"后革命时代"中国的文学和思想状况及其在日本语境中的观察与理解就构成了理解《微光》的另一重视角。当然，所谓"同时代性"本身并非仅有唯一解的数理概念，它内含着丰富的阐释可能。"革命文学"固然内隐着世界革命思潮中的"同时代性"，那何谓革命之后的"同时代性"？所谓"同时代"意味着为融入世界的无条件屈从，抑或其本身便是世界与乡土的共谋？它代表了同时代的思想还是世界文学中最前沿的技法和修辞？正如阿多诺（T. W. Adorno）所言，每一篇文章都是棱镜，人们透过这些棱镜可以看到现实。[①] 彼邦文人学者措意于"中国新时期文学"之"世界性"还是"地方性"、看重其文学性抑或思想性、视之如"同时代文学"与否，都决定了其不同于中国学界的理解路径和阐释风格。

在《微光》的第六至第九章中，我们看到的正是在国内的批评话语中已被经典化或盖棺定论的流派、作家、作品在日本学界得到另一

---

① T. W. Adorno, *Gesammelte Schriften. Band 11: Noten zur Literatur*, Frankfurt: Suhrkamp, 2003, p. 328.

种理解与阐释的可能。如关于在国内文坛被视为"同时代性"之代表的寻根思潮,据作者考证,除少数异例,20世纪80年代的多数日本学者都忽视或否认了"寻根"的存在。井口晃就曾尖锐地指出,表面上看,中国的寻根文学确实与拉美文学一样描述着荒凉的原初世界以及对这一世界的信仰,但后者的基底中一直保持着向外部世界开放的姿态,相关作品中并不见自以为是的民族意识以及偏狭的自我权威化,因此其作为"世界文学",能够引发广泛的共鸣。而以之为蓝本的寻根文学却止步于"返祖",以制造荒凉与粗糙为能事,得其形而不得其神,终而沦落为无根的小把戏。① 而颇值得关注的是,在八九十年代的风云变幻之际,"寻根"却又被作为一种可借以接近中国当代内部思想结构的隐秘路径,而被一些日本学者予以发现和阐释。《微光》指出,在这一理解框架中,"寻根脱离了其在中国语境中阐释的多义性……在日本,工具性几乎是寻根的唯一属性。忽视寻根的多义性而仅仅谈论其工具性是危险的,一元化的阐释一方面轻易消解了青年作家文学创作的冲动与努力,虽然有时这种冲动缺乏节制,这种努力又过于贴近西方的各种潮流。另一方面,一元化的阐释实则大大强化了文学与时局联动的研究范式"(第六章、第九章)。如果这并不是我们的既有认知中"寻根"应扮演的角色,那就必须承认,在载物过桥后,来自本土的所谓"地方性"等于"世界性"、"越是民族的,就越是世界的"② 这一乐天判断与国外学界的实际论评之间出现了奇妙的错位与乖离。观念上的正误自然是见仁见智,可是在中外学界关于中国现当代文学的问题意识日渐趋同(陈平原语)的当下,来自异域的"不同的声音"及其价值都值得我们珍视,并以学者的健全心态待之。

这里还有一个值得强调的细节——日本学者们在评论中国的寻根思潮时,甚至将加西亚·马尔克斯(Gabriel García Márquez, 1927—

---

① 井口晃:「訳者あとがき」,莫言著,井口晃訳:『赤い高粱 続』,德間書店,1990年,327—328页。

② 在《再论"越是民族的,就越是世界的"——从鲁迅的信说到跨文化传播》(《文艺争鸣》2020年第6期)一文中,吴俊对鲁迅原话中的本意与真义及其在民间的歪解做了严谨的考证和辨析,可资参考。

2014 年）的《百年孤独》和亚历克斯·哈利（Alex Haley，1921—1992
年）的《根》作为参照系提示了出来。井口晃将拉美魔幻现实主义与
中国的寻根思潮进行了对比，认为中国的寻根重于术而疏于道。这一
现象在提示我们，桥梁的彼岸并非静止的异域，也并非中国文学输出
的单一端口，中国也仅是日本接受他国思想文化的端口之一，而在这
个端口接收到的信息势必要与从其他端口接收到的信息发生交错和综
合，亦须在日本文学史自有的累积和脉络中接受包括知识阶层在内的
日本民众之审视和品评。如果说"主义"是"革命时代"中国文学与
世界文学直接的一个看似玄虚却极为现实的介质，那么对于接受方，
日本对于包括新时期文学在内的中国文学的理解，则难以摆脱来自世
界其他国家文学以及本土文学成就长期累积所形成的审美趣味和价值
尺度。若圣发现，当评论寻根文学或《红高粱家族》时，日本批评家
会提到拉美魔幻现实主义、黑人寻根文学、中上健次（1946—1992
年）；讨论写实类作品时，已执京都大学现代中国研究牛耳的竹内实会
比之以战后初期坂口安吾（1906—1955 年）肯定人性欲望的《堕落
论》。这提示我们，这些中国国内社会或文学层面上的"爆炸"在日本
被接受时，早已拥有了可供比照的本土或他国参照对象，这导致了中
国文学在追赶世界的进程中所获得的"同时代性"会时时被置于与先
行者比较的语境中。说是理解的介质也好，参照系也好，这实则是包
括"新时期文学"在内的中国文学异域接受中不可或缺的认知维度。
它并非一个双边游戏，实则内含着一个多边框架，识者不可不察。

　　民族未尝通往世界，但世界注定通向更广阔的宇宙。拒绝被竹内
的巨大阴影所收编的山口守如此回忆他的中国作家朋友史铁生："他生
活的空间如此逼仄，但其想象力却极为宏大，那是跟宇宙一样大的想
象空间。"① 而在日本，史铁生是拥有最多译者和译文的中国作家，还
有更多的日本学者虽未参与译介，但对其文学作品进行了深入的研究
与批评。史铁生在日本的境遇敦促我们反思"同时代性"之意义与可
能。他虽从未在文学之外的层面上成为社会瞩目的焦点，但其作品中

① 山口守、孙若圣：「山口守へのインタビュー」，『アジア評論』2020 年 1 号。

所蕴含的深厚情感感染了一代代的中国读者，也收获了日本学者和读者的尊重。史铁生的作品无论抽象还是具象，不论现实抑或虚幻，其舞台都是中国这片土地。然而，他的个人叙事早已超越了现实中国社会的框架，触及人类永恒的情感与困境。山口大学史学教授池田勇太从元史学的角度对史铁生做出了解读：铁生认为，如果从每个个体的"心境"出发进行探讨，那我们的生命历程绝非可被历史书回收之物①（参见第八章），他的文学中虽然没有面对现实的宏大叙事，却有对普通人的温情脉脉；虽缺少机锋，但傲骨存焉。从某种意义上说，认为史铁生乃日本学者、译者心中有关中国文学的"最大公约数"，恐怕亦非过言。意味深长的是，常带着自觉的比较文学观念审视中国文学的日本学者们一旦论及史铁生时，会经常谈及自己的母亲。日本第一大报《朝日新闻》的编委白石明彦说道："未曾想到，在当今中国，有能写出如此蕴含着情感的散文的作家，那仿佛祈祷般注视着儿子背影的母亲的眼神，令人感到心中作痛。"② 母亲、母爱不可能成为讨论中日"同时代性"的辐辏焦点，但却是超越时代的永恒母题。《微光》提示我们重思"后革命时代"中国文学之"世界性"的双重指向与可能：在新的观念与技法层面，中国文学或许不得不长期扮演追赶者的角色，但在超越国界、超越时代的永恒母题上，在"人"的宿命与通向未来的意义上，心同此心，不落人后，史铁生、刘慈欣等皆可作如是观。如此说来，不妨对吴俊教授所伤力辨析的那句话做些调整——越是"人"的，也就越是"世界"的。以"人"之名，或许才能获得让"世界"倾听的语言，才能获得中国文学走向世界的"接口"。

若圣常言，他与我相识于 MSN 的时代，时代巨变，他也从青葱学子步入盛年，学术亦日渐走向成熟。蓦然回首，我们师生在复旦文科楼 312 研究室对着文章醋畅淋漓地讨论至午夜，饭后在管院边的"菜地"（运动场）席地而坐畅谈人生的情形仿佛就在昨日，让人徒生感

---

① 池田勇太：「歴史は何を語り得ないのか－史鉄生『記憶と印象』の感想－」，山口大学人文学部，https：//www.hmt.yamaguchi-u.ac.jp/2014/03/03/8744.html。
② 白石明彦：「いのり－子見守る母の視線、なごむ心－」，『朝日新聞夕刊』2006 年 3 月 3 日第 6 面。

慨。可喜的是，在过去的这些年里，我从若圣的学术耕耘中看到了"进一寸有进一寸的欢喜"，看到了他的沉潜与进步。为挤除学术著作中不应有的水分，本书的相关章节已先后发表在《中国现代文学研究丛刊》《现代中文学刊》《国际汉学》《上海文学》《小说评论》《汉语言文学研究》等严肃期刊上，这是学界同人对他研究的肯定和鼓励，也是他前行的不竭动力。在《微光》结末处，若圣感慨："无论中国文学在日本的译介在未来呈现出何种态势，其滥觞都可以回溯至80年代时边缘的微光，这束微光摇曳在纸船上，顺着战后日本中国文学研究家的思想水脉逶迤前行，直到岁月的远方。"那么，我便略做调整借花献佛，祝愿他日后更能在喧嚣的时代沉下心来，沿着前贤巨擘们的思想水脉逶迤前行，直到岁月的远方。

　　是为序。

2022 年 5 月 15 日

于沪上枕云斋

前　言

本书意在描绘新时期文学在日本的译介和传播情况，并对这段译介史中具有重要意义的人、出版物及事件进行详细的探讨。如同史学史、文学史一样，译介史也属学术史中的一种。正如陈平原所言，学术史研究通过评判高下、辨别良莠、叙述师承、剖析潮流，让后学了解一代学术发展的脉络与走向①，无疑这是本研究的最重要目的。但与此同时，笔者也深知"高下之评判、良莠之辨别、潮流之剖析"中不可避免地带有基于自我默会知识（tacit knowledge）的主观色彩。海登·怀特（Hayden White）认为，"历史编纂包含了一种不可回避的诗学——修辞学的成分……史学思想家选择了概念性策略来解释或表现他的史料"②。在这段四十余年（并仍将继续下去）的历史中，包摄了无数的作家、译者、学者、读者、出版人、相关人士，以及背后无算的匠心、情怀、关系与资本，理所应当地蕴含着阐释的多样性。本书展现的新时期文学在日本的译介史及那些被认为有意义的关键性节点事件，不可避免地只是笔者基于史料和史识进行的一种阐释，即"一家之言"。笔者希望此书可以抛砖引玉，为中国新时期文学，乃至各种中国的文化产品在日本的传播与接受引来多声部、多维度、多视角的关注。

"新时期"是一个偏正词组，但不同于同样构词法的"新纪元""新形势"等，新时期不仅仅指涉了事物变化中更加"新"的状态，但凡对中国现代史存有最基本集体回忆的人，都能正确无误地指出"新时期"所指称的特定历史起点，并且认可"新时期"至少包含了20世纪80年代——这点至关重要，因为"新时期"这三个字内包了过多突然的断裂与建构，无数由期待、热血变为叹息与怀旧的情愫。因此进入21世纪以来，学术界倾向于使用"80年代"来为"新时期"过于丰富的所指"减负"，其中最典型的例子即学界中"新时期文学"逐渐被

① 陈平原：《"学术史丛书"总序》，载戴燕《文学史的权力》，北京大学出版社2002年版，第1页。

② ［美］海登·怀特：《元史学：十九世纪欧洲的历史想象》，陈新译，译林出版社2004年版，第2页。

"80年代文学"这一提法所取代。与此不同的是，虽然处理的主要事件多集中于80年代，但本书还是坚持使用"新时期文学"。有关的学理性理由可参照本书的序章部分，而在此想说明的是："新时期"所蕴含的意义符合笔者对那个时代的想象，也在总体上符合当下对那个时代的价值反思。目前从"80年代"这个术语的使用方式及定义域来看，"80年代"并非将"新时期"的价值中立化，而只是将其在时间上更加具体化了；与此同时，"80年代"又预示了新的断裂。因此，我们不如大大方方地承认"新时期"在文学领域中四十年来的连贯性和整体性，并同时承认"80年代"在这四十年中具有独特的地位和强烈的生产性。正如黄平所言，四十余年来，"我们不仅在文学领域，在各个方面恐怕依然没有达成足够的共识。1980年代这样的大时代并没有终结，而是不断地开始"①。

80年代是一个特殊的装置，在不断的追忆、挖掘、重审中生产出新的精神养料，被我们用来滋补当下，在这层意义上，新时期文学的译介史无疑属于整体"80年代学"中的一部分，它的研究路径与问题意识可以指向中国，也可以指向日本；可以指向那个年代，也可以指向这个年代。这意味着面对一个庞大的问题群，无论从哪个视角切入都只能反映新时期文学译介史的某种面相。但于本书而言，这就足够了，在对待专著的态度上，我无比赞同王升远的观点：

> 我对全面、宏大、体系化、玄虚化的"著作"是持谨慎态度的，也从未将其作为此生志业，更期待自己的研究提供的是通过发掘新的材料、通过与对象和"事态""状况"的对话中建立起新的理论视野与问题意识，以制造出一块块非但不够圆滑、反倒有些棱角，面目有些狰狞的"小砖头"为要。②

① 黄平：《有关〈新时期文学的起源〉》，《当代作家评论》2019年第1期。
② 王升远：《文化殖民与都市空间：侵华战争日本文化人的"北平体验"》，生活·读书·新知三联书店2017年版，第25页。

本书并不想成为一本对译介成果归纳综述或对译者介绍评述的信息手册。本书核心的考察对象是人，其中最重要的是译者，更具体而言，是那些兼顾翻译的日本中国文学学者。他们作为译者和学者，生存并工作在日本第二次世界大战后中国文学研究史的脉络中。作为一个经常被忽略的常识，新时期文学固然发轫于"文革"后，但最早开始研究新时期文学的日本学者却多半在新时期以前就经历了完整的学术训练，他们的知识积淀和治学方式及立场无疑会影响他们对新时期文学的价值判断和读书/翻译品味。基于这种问题意识，本书聚焦于在新时期文学研究传播中做出重要贡献的竹内好一系学者。20世纪50年代初，竹内好与松枝茂夫赴任东京都立大学，前后十年间培育了松井博光、岸阳子、市川宏、杉本达夫等一批优秀学者，而这批学者开枝散叶后，在八九十年代中培养了山口守、千野拓政、饭塚容等当下的学界中坚，三代学者共同构成了日本中国当代文学（1949年至当下）研究的最核心力量，本书以新时期文学译介为引线，勾勒出不断变化的时空背景下三代学人间中国文学观的同与不同、变与不变。除了前述东京都立大学出身的学者群体外，本书还重点关注高岛俊男、藤井省三等在新时期文学传播中做了许多实际工作且著作颇丰的学者。

本书正文部分共计九章。序章围绕"新时期文学"的定义展开，将本作中的"新时期文学"定义为20世纪70年代中后期开始至80年代末90年代初的中国大陆地区文学，并探讨了这一时期的文学在日本历经"'文革'后文学""新写实主义文学"的提法后，日本学者在80年代中后期承认了"新时期"的同时代性，并将这种同时代性回溯至70年代中，由此新时期文学的命名得以在日本确立。第一章从宏观上分析了70年代中后期开始至80年代中期为止的新时期文学在日本的译介趋势，考证出80年代前中期新时期文学的主要译介形式为中短篇小说选，译者群体中有相当一部分对中国抱有好感的社会各界人士；同时期学者们虽然没有大规模参与译介活动，但他们已经注意到了中国文学的新动向，并逐渐将其纳入学术考察的视野中。80年代中期以后，随着新时期文学的成熟及两国内外环境的变化，中国文学爱好者逐渐从译者层面退场，专业研究人员开始大规模涉足翻译活动，同时译本的形式也逐渐多元化。第二章考察了日本知识分子对新时期文学的文学价值的认知，考证出学者们倾向于从政治和文学的关系、抽象的"文学性"等角度对新时期文学进行评价。与此相对，非学院派的译者则较为重视作品中反映中国民众实际生活状态和心灵状态的那些要素。随着新时期文学被收编于日本的中国文学学科，亦由于中日两国的时局变迁，最终学者们的评价标准成为在日本对新时期文学进行评价的主流声音。

第三章考证了80年代中期至90年代中期在日本出版的五套新时期文学译丛，证实了这些译丛的出版大部分都与两国关系中的重要时间和事件具有关联。在第四章中，专门翻译新时期文学的杂志《季刊·中国现代小说》（以下简称《季刊》）成为考察对象。通过对杂志创刊的经纬进行考证，可以发现《季刊》的创始同人们就是当年在东京都立大学接受竹内好教诲的青年学子。竹内通过在20世纪60年代中期召集他们翻译《中国的思想》，训练他们的治学思想与学术能力，而青年学者们继承了竹内好的"良心"与"学风"，创办《季刊》，试图通过翻译中国文学来充实日本国民的精神世界。第五章围绕竹内好的第一位硕士，也就是《季刊》同人们的大师兄松井博光展开。松井引入了竹内提倡的对待中国文学应"流动中看清本质，断续中探求连续"的方法论，强调新时期文学在多年后重获"同时代性"，是因为中国的知识分子具备了"苦斗"的精神特质。由此，松井在继承竹内思想框架的前提下去芜存精，实现了对竹内中国文学观的继承与扬弃，并在此文学观的指导下进行了一系列新时期文学的资料整理与译介出版活动。

第六章至第九章则转换视野，力图以微见著，通过新时期文学日译的具体案例，来确认日本学者、译者们的思想相位。第六章探讨了引发国内文坛震动的寻根思潮在日本最初只被看作具有个人色彩的知青文学，但在20世纪80年代末的云翳中，日本学者追认了这些作品具有的"寻根"特征，并对寻根进行了阐释。第七章通过脉络化的文本精读厘清了井口对寻根文学及莫言的《红高粱家族》批判的来龙去脉，并针对井口提出的《红高粱家族》中存在的麻风病歧视、用词粗鄙、狭隘的民族主义"三宗罪"进行了解释与驳斥。作为一部专门史，笔者自知这一行为可谓在述史之伦常的刀尖上舞蹈，但是既有的对《红高粱家族》进行批判的文论还在不断产生着影响，笔者的目的并非批判这些文论，而是在论史的过程中打开可供争鸣的空间。

第八章讨论的是从未在日本读书界引起轰动，但却被大部分日本学者、译者敬爱的史铁生。他们对史铁生"最大公约数"般的爱代表了大多数日本学者、译者渴望看到的是具有同时代性的中国文学。他们评价中国文学的标尺是其是否触及了人类普遍或永恒的主题，文体及写作技巧是否具有创新性，文本内容是否与其他语种的文学间产生了借鉴或共鸣。第九章考察了日本学者所著九部中国文学史中对新时期文学的叙事，并比较了藤井省三所著文学史与中国文艺研究会编撰的 20 世纪文学史。虽然两者都受到黄子平、钱理群、陈平原的"20 世纪中国文学"史观的影响，但在接受与生发的过程中，藤井倾向于突出知识分子与主流意识形态之间的关系，宇野木和今泉则试图通过文学发展的自律来解释文学现象。

一切真历史都是当代史，谨以这部小书再次致敬那个不断开始的80 年代。

目　录

序章

从"'文革'后"到"新时期"

历史是流动的，但流动的历史中总存在着一些锚定的节点，可供后人测定历史的深度，还原历史的走向，思考那些现实及最终没有成为现实的"如果"。本书的一切都始于当代中国史上几乎最重要的节点——1976 年。

1976 年 1 月 8 日，周恩来总理病逝。4 月 5 日清明节前后，万千大众聚集于天安门广场一带，献花篮、送花圈、贴传单、作诗词，倾诉人民的心声。一些有识之士自发组织起来，通过各种途径暗中收集、保存广场上出现的诗歌。同年 10 月，随着"文革"结束，诗集的收录工作逐渐转为公开。1979 年 12 月 18 日至 22 日，十一届三中全会召开，全会做出了从 1979 年起，把全党工作重点转移到社会主义现代化建设上来的战略决策。随着风向转暖，一些天安门诗歌选集开始正式出版。① 这些广场上的诗歌多以旧体诗词为主，质量参差不齐，且原著者多数无法考据，但从文学史乃至中国当代史的角度来看，这些诗歌和 30 年前胡风的《时间开始了》一样，都具有里程碑意义。

1979 年 10 月，对"文革"前文学的定位和新时期文学的开展都具有指标性意义②的中国文学艺术工作者第四次代表大会（即"第四次文代会"）召开。在会上，天安门诗歌运动被描绘成引发国家重大变革的先声，如周扬在大会报告中指出："历史是无情的，也是富于戏剧性的。'四人帮'篡党夺权首先从文艺战线开刀，人民则用文艺的重锤敲响了他们覆灭的丧钟。"③ 值得注意的是这篇报告的正标题——《继往开来，繁荣社会主义新时期的文艺》，第四次文代会后，新时期文艺逐渐被认可为对"文革"后文艺活动的共识性指称，其中的文学活动则被命名为"新时期文学"。

---

① 有关"童怀周"编撰《天安门革命诗文选》及七机部五○二研究所、中国科学院自动化研究所人员革命诗抄编辑组编撰《革命诗抄》两种天安门诗抄的经纬及诗集正式出版的经过，参考徐庆全：《"天安门诗抄"出版前后》，《读书文摘》2012 年第 4 期。

② 宋永珊：《回眸 1979：新时期文学的转折点》，《现代中文学刊》2016 年第 1 期。

③ 周扬：《继往开来，繁荣社会主义新时期的文艺——在中国文学艺术工作者第四次代表大会上的报告》，中国作家网，http://www.chinawriter.com.cn/2012/2012-07-05/133218.html，最后浏览日期：2020 年 10 月 1 日。

第一节 新时期文学的内涵与限度

在主流意识形态与知识界的共同作用下，广场上"文艺的重锤"被塑造成一个新的起点。而新时期文学的"新"不仅代表着对即将到来的 80 年代文学腾飞的憧憬，也同样重要地代表着与过去，特别是与过去 10 年间文学创作的彻底断裂。这样的断裂基于现实政治的考量，基于情感上对过去的痛苦回忆与对未来的积极憧憬，但并不基于学理或文学史的发展事实。因此进入 21 世纪以来，有学者认识到，当代文学原本研究范式中一些无可置疑的术语概念随着历史语境的变化存在重新评价的余地，其中典型的案例即"新时期文学"。针对这一术语的探讨发生在两个根本且互相关联的层面：其一是新时期文学的终止时间问题（如上文所述，起始时间已有大致定论）；其二是新时期文学的命名问题。学界有关新时期文学的终结大致有两种论点。第一种是新时期文学贯穿整个 20 世纪 80 年代，并在 80 年代末 90 年代初随着国内社会经济形势的重大变化而终结。如谢冕指出："随着 80 年代的结束，一个被称为'新时期'的文学阶段亦随之结束，这已是事实……一个新的文学阶段的开始在 90 年代。"①

国内使用最广泛、已确立正典地位的两部文学史俱持这种观点。洪子诚的《中国当代文学史》中，"'新时期文学'的话语资源"一节里通篇将论述范围限定在 20 世纪 80 年代。在章节的末尾，洪子诚强调："对于创作上的'社会性'和'类同化'的偏离，80 年代末出现了强调表现个体经验的'个人化'写作。但是'个人化'在一个崇尚'潮流'的语境中，具有讽刺意味的是也成为一种新的'潮流'。"② 这暗示新时期文学在 90 年代初发生了新的断裂。陈思和主编《中国当代文学史教程》中的相关论述是："80 年代末到 90 年代初，中国社会发

---

① 谢冕：《世纪之交的文学转型》，《当代作家评论》1992 年第 6 期。
② 洪子诚：《中国当代文学史（修订版）》，北京大学出版社 2012 年版，第 214 页。

生了急剧的转型……在文学创作上则体现为对于传统的道德理想的怀疑，转向对个人生存空间的真正关怀，特别是由此走向了民间立场的重新发现与主动认同。"① 两者对 90 年代后兴起的个人化写作态度相异，但共同强调了由于社会转型及国内外形势的影响，文学创作的趋势实现了由社会化向个人化的重大转变。相当一部分海外的中国文学研究专家也支持这种论断。如德国学者顾彬（Wolfgang Kubin）认为：

> 90 年代文学从多方面呈现出一种社会性转向。市场经济和消费越来越多地决定了生活和人的思想。知识分子以及作家失去了以往作为警醒者和呼唤者的社会地位。他们被排挤到了边缘……这个转向在许多方面是根本性的。它使得艺术脱离了原先作为党的传帮带的任务，从而为艺术家头一回辟开了一种真正作为个人性独立立场的可能性。②

与此同时，一些学者和机构认为新时期文学自"文革"结束或十一届三中全会后诞生并持续至今，不断展现出新的理论活力与内涵。如鲁枢元、刘锋杰编著的《新时期 40 年文学理论与批评发展史》在第一章第二节"新时期文学理论与文学批评的三个阶段"中，将新时期文论与批评分为"拨乱与反正（1976—1989 年）""受困与固本（20 世纪 90 年代）""分途与坚守（2000 年后）"三个时段，明确提示了新时期文学的持续时间延展至当下。2018 年前后举办的各类以"新时期文学四十年"为主题的研讨会，2008 年前后登场的各类围绕"新时期文学三十周年"的著作及论文、研讨会等也遵循了这样的理念。这些著作及研讨会拥有各自的内在逻辑，将"新时期文学"视作从"文革"后到当下的原因也并不一致，但可以确定的是，如果学界提出"新时期"的终结是想要强化某种"断裂"，那么将"文革"后三四十年的文

---

① 陈思和主编：《中国当代文学史教程（第二版）》，复旦大学出版社 2017 年版，第 321 页。
② ［德］顾彬：《二十世纪中国文学史》，范劲等译，华东师范大学出版社 2008 年版，第 360 页。

学视作一个整体则更多的是想强调某种"连续"。

接着是新时期文学的命名问题。有关新时期文学更加本质化的讨论发生在当代文学的历史化逐渐成为当代文学研究的重要路径后。回到历史现场这一理念下,"新时期"这一指称的合理性开始受到质疑。现在,越来越多的学人倾向于使用更加冷静客观的"80 年代文学"来代替预设立场的"新时期文学"。每种命名方式都代表了命名者对能指对象的认知和价值判断。在许多情况下,同一能指的不同所指代表了不同命名者之间价值判断的区别乃至碰撞。如有学者认为新时期文学是一个"演绎性"的概念,即根据意识形态的预设对文学的发展生成进行一种话语上的演绎。与此相对,"80 年代文学"可以说是一个"后设的""归纳性"概念。它在表述上比较"中立",没有"新时期文学"这一概念所具有的强烈的意识形态色彩和官方意味。① 事实上,前述三部出版于 21 世纪的海内外学者的文学史经典著述中,除洪子诚外的其他两位学者陈思和和顾彬都最大程度地避免使用"新时期文学"一词②,当然他们也没有使用类似"80 年代文学"这样的指称。而洪子诚书中,"新时期文学"至少在起始的时间范畴上与"80 年代文学"极度接近。我们可以认为,起源于广场诗歌的新时期文学经由当时国家与文艺界的共同背书后,成为"文革"后中国文学活动的共识性指称,但是该指称随着实践过程中国家局势与文学自身所发生的变化,其内涵变得越发模糊,因此,指称自身的合理性也不断受到质疑。

在吸取以上各种学术界动向的基础上,本书决定将新时期的下限设定在 20 世纪 80 年代末,用新时期文学命名,理由有以下两点:第一,排除第四次文代会提出"新时期文学"时文艺界与官方的预设立场,当我们使用追认性的视角回溯整个 80 年代的情况时,依旧可以毫不犹豫地承认,这是一个伟大的属于思想和文艺(自然包括文学)的

---

① 杨庆祥:《如何理解"八十年代文学"》,载程光炜编:《文学史的多重面孔》,北京大学出版社 2009 年版,第 5—6 页。有关当代文学的历史化问题,程光炜指导下的学者团队做出了具有开拓性的研究,除此处引用的杨庆祥著作外,黄平、白亮、杨晓帆等学者亦贡献了非常有价值的学术成果。本研究的路径与材料处理方式深受程光炜团队相关成果的影响。

② 顾彬著《二十世纪中国文学史》中,中文版几乎不使用"新时期文学"一词,德文版亦几乎不出现"新时期文学"的德译"Die Literatur der neuen Ära"及相似意涵的表达。

"新时期"。不必提小说《伤痕》《班主任》《爱,是不能忘记的》等发表时的洛阳纸贵,亦不必提话剧《于无声处》上演时的万人空巷,我们仅看下列数据:"整个 80 年代,文学期刊如雨后春笋般涌现。80 年代中期,文学期刊的种类达近 600 种,发行总数近 25 亿册。如《人民文学》月发行量曾达到 150 万份,《收获》120 万份,《当代》80 万份,就连青海省的《青海湖》、云南省的《个旧文艺》等地方文学期刊的发行量都达到 30 万份左右。"① 尽管造就这种局面的原因除了文学本身的活力外,还有当时生产力与消费产业的不足导致的人民群众娱乐资源匮乏,但这些数据表达的事实是,阅读文学在 80 年代(特别是前半期)是当时大众的重要生活方式,文学及其衍生物(如改编的电影、话剧等)对人民群众保有持续可见的重要影响力。

那么,80 年代中文学的总体趋向如何呢? 80 年代前半段,文坛上"照着政策写"的倾向依旧严重,但这时国家的总体政策呼应了人民的物质文化需求与精神渴望,文学作品在照拂国家拨乱反正及之后改革开放总路线的同时,极大程度上满足了人民迫切的艺术文化需求,也成功塑造了"乔厂长""高加林"等大批与改革开放潮流同调的社会主义新人的形象。当然,此时不能忽视的是各种文学实验也已经崭露头角,如王蒙的一系列意识流作品、茹志鹃蒙太奇式的时空交错等。

80 年代中后期开始,各种舶来的文艺理论与中国作家的本土经验相结合,整个文坛风云际会,保持着极度活跃及开放的姿态。当今中国文坛具有国际声望的作家与作品绝大部分都在 80 年代中后期登上历史舞台,中国文学也因此重新具有了作为世界文学共和国中一员的"同时代性"。80 年代文学犹如文艺复兴,其重要性和意义如何强调都不为过。正如程永新所言,新时期文学是"心灵的大解放,作家辈出,文章彪炳,风格纷呈,蔚为大观。弹指十年间,源自二十世纪七十年代末勃兴于二十世纪八十年代中后期的新时期文学,宛如一条壮丽的

---

① 潘凯雄:《从"岁月流金"到"铅华洗尽"——对新时期以来文学期刊发展与嬗变的观察与思考》,《扬子江评论》2014 年第 3 期。

江河，气势宏大，气象万千，正浩浩荡荡奔向大海"①。基于 80 年代文学的总体成就，将其称为"新时期文学"并无不妥，这是本书中使用"新时期文学"的第一个理由。与之相对，"80 年代文学"这一称谓在时间上似乎未能兼顾新时期发轫的 70 年代中后期，在内涵上亦未能准确表现那十余年间中国文坛的沧桑巨变。

第二个理由是在考察中国新时期文学在日本译介的过程中，可以清晰地发现日本学界对新时期文学这一指称从漠视到接受的过程。自第四次文代会后，"文革"后的文学在中国国内被统一指称为"新时期文学"，但在脱离国内政治语义场的日本中国文学研究界，对"文革"后的中国当代文学有"'文革'后文学""新写实主义文学"和"新时期文学"三种指称方式。经过考证可以发现，"'文革'后文学"主要在 80 年代前中期普遍使用，代表了学者们在无法判断中国文坛走向的情况下对中国文学的某种思维延续。"新写实主义文学"出现于 80 年代初期，使用该命名的学者及译者主要受到香港《七十年代》杂志的影响；"新时期文学"直到 80 年代中期开始才逐渐为日本学者接纳。在日本学界的研究语境中，"新时期"并非国内认为的预设性指称，而是日本学者通过对中国文学十年左右的观察后承认其文学价值的表现。这代表着"新时期"并非自我的神话，即使从域外视角，也就是本书的研究对象日本学术界来看，80 年代（及之后）的文学气象都足以被冠名"新时期"。

除以上两个理由外，本书意图在梳理新时期文学在日译介的纵向史的基础上，以译介史中标志性的事件为中心，串联起由中国作家、日本译者及学者、赞助人、出版机构组成的横向脉络网。在这样的自我写作期待下，过长的纵向史无疑会导致编织横向脉络网的工作量几何倍数增大，难免因此挂一漏万，得不偿失。事实上，从 20 世纪 70 年代中到 80 年代末（本书中个别对象延绵至 90 年代中期）这一时间段里，可供研究的问题群已相当庞大，打通这段时间内译介史的纵横关节是本书的第一要务。对于译介史而言，学术同样从正名始。下一节

① 程永新：《一个人的文学史》，上海文艺出版社 2018 年版，第 9 页。

中将会详细探讨日本学界对 1976 年开始的中国文学的不同指称及这些指称的使用范围，并梳理其中"新时期文学"这一指称在日本学界最终确立的过程，由此拉开探寻新时期文学在日本传播的帷幕。

第二节 日本学界对中国新时期文学的三种主要命名方式

探讨新时期文学在日本的译介时，不可避免会涉及一个前提性的命题，即日本学界如何看待这段时间中国文学的整体情况。对这段时间文学的命名方式，正是体现日本学界看法的重要指针。国内有"新时期"与"80 年代"之争鸣，在日本，学者对这段文学的命名方式则主要有"'文革'后文学""新写实主义文学""新时期文学"三种。虽然分别支持这些命名的学者之间并没有产生过明显的争鸣，甚至存在着重叠，但毫无疑问，不同的命名方式代表了日本学界对这一时段文学的不同价值判断和内涵认知。此处笔者将逐一分析三种命名方式在日本的起源及在日本中国研究界（不只是中国文学研究界）的接受情况，并揭示其背后隐含的日本学者对 80 年代中的中国文学的种种价值判断。

首先登场的命名方式是"'文革'后文学"。尽管"文革"期间中日两国的文学交流几乎断绝，但在"四人帮"被逮捕后的"继续革命"时期，日本的部分学者就逐渐试图捕捉中国文学界与前十年有所不同的若干动向，并加以追踪及阐释。复刊于 1976 年、服务于主流文艺政策及政治任务的《人民文学》在这段时期内显然成了日本学者观察中国大陆地区文学生活以及政治生态变迁的绝佳窗口。高岛俊男 1977 年 4 月发表于《中国研究》第 80 期的论文最早在日本对复刊后的《人民文学》进行了评述。此后，日本著名的中国文学研究刊物《野草》第 20 期（1977 年 8 月）上刊登了牧户和宏的论文，第 21 期（1978 年 2 月）上分别刊登了牧户和宏与阪口直树的相关论文。这段时期，汉学家们敏锐地观察到了"四人帮"倒台后中国文坛发生的变化，不过在十一届三中全会尚未召开的 1978 年底之前，尽管此时的文坛产生了一些日后被经典化的作品如《伤痕》等，但总体而言这一时期的作品产量不高，且在形式上与前十年的关系继承多于断裂，日本学者们也没有想到此后短短几年间，中国文学会迎来翻天覆地的变化，开创出一个"新时期"，因此此时尚无人想到为"文革"后的中国文学设计一个独特的指称。

1978 年 12 月，中共十一届三中全会提出将全党工作重点转移到"社会主义现代化建设"的方针。伴随着国家层面各项制度的调整，以及在此前后各类文学刊物的复刊与创刊、文学评审机制的创设与完善，1979 年起中国文学进入了一个飞速发展的时期，关注中国文学的日本学者亦不断增多。从各层面而言，此时的中国文学开始需要一个比之前使用的"中国文学""中国现代文学"范畴更细化的单独指称。作为一种较为中性的称谓，部分学者开始使用"'文革'后文学"的表述。在 1980 年，高岛俊男指出："如果将 1976 年十月粉碎'四人帮'看作'文革'结束标志的话，那随后的文学就是'文革'以后的文学。"① 这是笔者所查日本学者第一次提出"'文革'后文学"的概念。1981 年 5 月村田茂发表论文《"文革"后的中国文学》（日语：「文革」後の中国文学），这是"'文革'后文学"首次在文章标题中出现。同年 6 月，高岛俊男出版了文学评论集《于无声处听惊雷》。该书在研究界中产生较大反响，成为不少学者初涉新时期文学的启蒙读物（具体内容见本书第二章）。

李洁非认为，海外学者使用的"'文革'后文学""一方面指出中国文学已经开启了另一个阶段，另一方面又不认为这个新阶段与过去 10 年的中国历史和中国文学历史是一种截然分开的关系"②。日本学者语境中的"'文革'后"试图基于重大政治事件进行断代，但"断而未断"，并不像"现代"与"后现代"一样展现出两者的巨大差异，而是隐约内含了对"'文革'后"是否会与"文革"存在某种历史惯性的担

① 高岛俊男：「一九七七・一九七八年中国文学大概」，『野草』1980 年 25 号。
② 李洁非：《共和国文学生产方式》，社会科学文献出版社 2011 年版，第 149 页。

忧。在当时的历史情境下，日本学者根本无法对中国国内的政治与文学关系做出精准判断，这个命名真实地反映了他们对中国文学发展的观望态度。其后数年内，虽然"新写实主义文学""新时期文学"的指称陆续登场，但"'文革'后文学"依旧是中国 80 年代文学在日本最稳定、也是使用范围最广的一种指称，自诞生以来始终活跃在日本学术界，在当下的学术语言中依旧具有某种生命力。可以说，"'文革'后文学"代表的正是日本学者站在域外观察中国文学自 70 年代末期开始逐渐变迁的冷冽视角，而中国学者则需要通过阐释"新时期"来完成对"'文革'后"的终结。中国学界的"80 年代文学"和日本学界的"'文革'后文学"内涵可能略有不同，但殊途同归，代表了学者们将考察路径聚焦于文学主体发展轨迹的一种尝试。

其次，我们来探讨另一种命名方式——"新写实主义文学"。当下的文学史知识中，"新写实主义"指的是对池莉等作家创作的、表现生活原生态小说思潮的理论概括。如洪子诚《中国当代文学史》中的记述："在'先锋小说'出现的同时或稍后，小说界的另一种重要现象，是所谓'新写实小说'的出现……这些新写实小说的创作方法仍以写实为主要特征，但特别注重现实生活原生形态的还原，真诚直面现实，直面人生。"[①] 但并不广为人知的是，新时期文学史中还存在着另一种"新写实主义"。20 世纪 70 年代末，香港的《七十年代》月刊开始使用"新写实主义"来指称内地当时的文学状况。这种提法出于种种原因并未被学界广泛接受，且在短短三四年内就失去了理论活力，但在当时，中国香港作为中国内地与世界沟通的桥梁，在包括学术领域在内的各方面发挥着中介作用。在这样的时代背景下，《七十年代》以异军突起的姿态介入内地的文学批评，并在一定程度上掌握了在华人世界里言说内地文学的话语权。自然，这种影响力也波及了日本。因此，我们有必要就《七十年代》杂志所提出的"新写实主义"的兴起与退潮做

[①] 洪子诚：《中国当代文学史（修订版）》，北京大学出版社 2012 年版，第 295 页。其中"这些新写实小说的创作方法……"这段引文原出自《钟山》自 1989 年 3 月开始的"新写实小说大联展"专栏的"卷首语"。

一些考证。

《七十年代》杂志创办于1970年2月，初期主要刊载关于华人世界的政论、经论、海外华人作家的文艺作品及访谈等。杂志最初因在政治报道领域中的出色预判和独家消息在海外中国学界中享有一定声誉。1978年第11期中，《七十年代》全文转载了卢新华的《伤痕》，这是杂志首次转载"文革"后的内地文学作品。《伤痕》初刊于1978年8月11日的上海《文汇报》"笔会"版，据《七十年代》记载：

> 本刊一位读者恰巧在八月中旬到上海旅行，读到了这篇小说。并把八月十一日的上海《文汇报》带回香港。最近，这位读者向本刊提供了这篇作品的影本……本刊决定予以转载，俾海外读者能了解中共文艺界可能开始的一种新趋势。①

一位读者"恰好"在上海旅行，杂志主动发布了这位读者"提供"的影本，这种表述未免有些巧合。有关《伤痕》文本的旅行之路无疑是中国文学海外译介中的重要课题，但囿于史料缺乏，本书在此不做展开。但可知的是自《伤痕》后，《七十年代》杂志开始较为频繁地刊登与内地文学相关的内容。半年后的1979年4月，杂志发表了旅美华人张华、李黎在北京对刘心武的访谈，标题为《访刘心武谈中国的新写实文学》，这是《七十年代》中首次出现"新写实"这一字眼。然而吊诡的是，刘心武通篇根本就没有谈到"新写实文学"这个词，与"写实"存在关联的似乎只有刘心武的"现实主义"言论：

> 现实主义文学是历史上的客观存在，不是今天才有的现实主义这条路子。拿我们国家来说，一九一九年五四运动以后，鲁迅、茅盾、巴金……当然他们之间又不太一样，但是大体上来说还是从生活出发，写真实的生活状况、反映生活

---

① 《七十年代》1978年第11期。

里面真实的人的思想感情，这就是现实主义的路子。①

显而易见，刘心武强调了现实主义（而非"写实主义"）来自对文学革命和革命文学作家作品的传承，而并非"文革"后这批作家的"新"创造，也就是说当事人根本没有提及存在一种"新写实主义"的文学。但是，在《七十年代》杂志中，这种对"五四"及其之后现实主义传承的强调却被冠以"新写实主义"的标题。刘心武的访谈被转化为用来支持"新写实"的话语资源。1980 年 5 月，《七十年代》上刊发了《中国新写实主义文艺的兴起》，为该杂志阐发"新写实主义"理论的纲领性文件。文中对"新写实主义文艺"的命名依据介绍如下：

> 第二次世界大战后，意大利文艺界经过战争的灾难，面对社会的种种困难和不合理现象，曾经兴起过一股尖锐地反映社会矛盾的文艺潮流，在内容和技巧上都取得了优异的成绩。这股潮流被称为"新写实主义"。今天中国大陆的情形，也是经历了一场灾难之后面对着复杂矛盾的社会问题。于是，尖锐地反映社会矛盾和问题的文艺，也在中国兴起了。②

从上文来看，"新写实主义"这一命名方式是地地道道的意大利舶来品。彼时采用外国经历大风波后的文学思潮来观照"文革"以后中国文学的情况并非孤例。如北岛等人在民间刊物《今天》③ 杂志第 1 期翻译了亨利希·标尔（Heinrich Böll，现通常译为"亨利希·伯尔"）的《谈废墟文学》。废墟文学是德国一代作家"1945 年以后的最初的尝试"，他们的"任务是要使人记住：人不仅是为了被管理而生存的"。④在当时翻译"废墟文学"，北岛们的意图自不待言。这样的精神反省虽

---

① 《七十年代》1979 年第 4 期。
② 《七十年代》1980 年第 5 期。
③ 国内有关《今天》杂志的"研究"（并非访谈或回忆）并不多，其中有关《今天》与新时期文学起源关系的研究可参见黄平：《新时期文学的发生——以〈今天〉杂志为中心》，《海南师范大学学报（社会科学版）》2007 年第 3 期。
④ ［德］亨利希·标尔：《谈废墟文学》，程建立译，《今天》1978 年第 1 期。

然与国内主流文学界酝酿的"伤痕—反思"理路在表征上并无差异，但是国内正式出版刊物上刊登的文章中极少使用"废墟文学"的精神资源。① 以坂口安吾为代表的日本战后"无赖派"也同样极少在引用之列。根据以上文学史事实推断，内地文坛不太可能借用同样在第二次世界大战后的意大利兴起的"新写实主义"来为文学现象命名，这无疑是《七十年代》杂志的一次比附。在同文中，还可以发现将意大利舶来品"新写实"与十七年文学时期的现实主义传统之间建立联系的意图：

> 如果说，一九五七年反右前的鸣放期间，出现过真正反映社会矛盾的、对社会有冲击力的作品，因而是新写实主义的第一次发轫的话，那么一九七九年就是新写实主义以更加深刻、更加尖锐和更加广泛的规模出现。②

如果将"'文革'后文学"命名为"新写实"的原因是内地社会在经历了一场灾难之后面对着复杂矛盾的社会问题，那么将十七年文学冠以"新写实的发轫"恐怕就缺乏足够的逻辑支持了。即使通过第一段材料我们尚能理解"新写实"出处，经过第二段材料的阐释，我们恐怕也已无力区分"新写实主义"与当时存在的写实主义、现实主义等指称之间的差别。考虑到"文革"后初期重要作家如王蒙、刘宾雁、茹志鹃等早在"文革"前就创作了具有文学史地位的写实主义作品，因此"文革"后的写实与十七年（以及更早的"五四"）的写实主义当然存在着直接联系，但这种联系恐怕无法也无必要通过意大利舶来的"新写实主义"进行中介。

当然，《七十年代》杂志为推动"新写实"这个命名方式做出了种

---

① 有关伯尔为何未在"文革"后初期的中国文坛引起重视的研究，可参考李健立：《海因里希·伯尔的中国遭遇》，《中国比较文学》2012 年第 1 期。文章摘要中指出"伯尔在中国遭受冷遇的原因是当时的'现代派'热潮左右了中国作家的阅读方向，导致外国文学翻译界与研究界力促'废墟文学'为'新时期文学'提供鉴戒的美好愿望没能实现"。
② 《七十年代》1980 年第 5 期。

种努力。1978 年 11 月至 1981 年底，《七十年代》转载了《被爱情遗忘的角落》《乡场上》《陈奂生上城》等共九篇作品，另有多篇与"新写实主义文学"相关的访谈、文论、会议纪要等。除了以上正面的介绍与评论外，《七十年代》还刊发了对"新写实主义文学"的批评和争鸣。1981 年第 4 期中，署名奚容的文章《皇帝的新衣——评四篇"中国新写实主义"文艺作品》就明确表示"几乎每期《七十年代》里都有关于'中国新写实主义'的文章，而且差不多篇篇都对这些作品推崇备至、赞许有加"，但读完后"却感到相当失望。总而言之，品质都显粗糙"。① 值得注意的是，《七十年代》上相关主题文章以笔名发表居多，"奚容"在《七十年代》中的出现只此一次，无法判断是笔名还是真名。

除杂志上的文章发表外，从 1980 年至 1988 年，《七十年代》杂志的编务人员还主编过前后七卷《中国新写实主义文艺作品选》，每本收入 10 篇～20 篇新时期文学的当年度作品，作品类型由第 1 期的小说逐渐扩大至报告文学、诗歌、剧本等。时至今日，国外的日本及国内的香港、台湾地区主要高校的图书馆几乎都藏有此书，足可见这套作品选当年在东亚区域确实存在着相当规模的流通量。除了出版物之外，《七十年代》的编务人员还积极举办或参与海外关于中国"文革"后文学的各种学术会议②，并在会议上宣传自己的理论主张。当时日本学者主要通过《人民文学》等主流刊物观察大陆文学现象，获取信息的渠道比较单一，因此流通更便捷、发声更积极的《七十年代》及《中国新写实主义文艺作品选》迅速成为日本学者了解中国文学的重要途径。这条途径究竟发挥了多重要的作用呢？高岛俊男回忆道：

> 1978 年秋天某日，我在研究室里一口气读了香港《七十

---

① 《七十年代》1981 年第 4 期。
② 如美荷华大学 1980 年举办的国际写作计划"中国周末"专题、美国圣约翰大学（St. John's University，又译"圣若望大学"）1982 年举办的当代文学国际讨论会，《七十年代》的编务人员均到场并就"新写实主义"进行发言。见《七十年代》1980 年第 10 期以及 1982 年第 7 期。

年代》杂志转载的卢新华的《伤痕》、《人民文学》9月号的王
亚平的《神圣的使命》，抑制不住惊讶与兴奋。①

　　因为首发《伤痕》的《文汇报》不供出口，高岛居然是在《七十
年代》上读到了这篇新时期文学名义上的开山之作。这一点从侧面证
明《七十年代》在一段时期内是与《人民文学》同等重要的获取中国
内地文学信息的文献。除了作为更快的消息源外，这条途径还兼具对
新时期文学作品的筛选功能。如东京大学中国文学研究科前主任教授
藤井省三在接受笔者访谈时提到：

　　　　香港大约每半年会出一本《中国新写实主义文艺作品
　　选》，大约有10篇作品，约200页，一般在香港获得好评的作
　　品我们会优先阅读，我就是在香港的书上读到了《红高粱》，
　　当然只是节选，读了之后觉得非常有意思，然后去找了
　　原文。②

　　《七十年代》及《中国新写实主义文艺作品选》是日本的中国文学
研究界可以仰仗的重要资源，由此可以想象，《七十年代》大力宣传的
"新写实主义"毫无疑问也进入了日本学者的视野。但值得注意的是，
在日本知识界仅有三人使用或宣传了"新写实主义"，而三人的身份都
是记者兼中国研究者，其中两位具有新时期文学翻译出版的实际业绩。
以下对他们分别进行介绍。

　　第一位田畑光永，时任东京电视台驻中国特派员，他在1981年与
妻子田畑佐和子共同翻译出版的《天云山传奇》译后记中写道：

　　　　1979年是中国现代文学潮流中值得特书的一年……这批
　　作品在内地被称为"新现实主义"，在香港被概括为"新写实

<hr />

① 高島俊男：『声無き処に驚雷を聞く』，日中出版，1981年，222頁。
② 藤井省三、孫若聖：「藤井省三へのインタビュー」，『アジア評論』2020年1号。

主义"。①

第二位是日本共同通讯社驻华盛顿特派员伊藤正（曾任香港与北京特派员）。1983 年，伊藤与六木纯（自学中文人士）合译了六篇有关新时期文学的文艺评论，其中就有上文提到的《中国新写实主义文艺的兴起》。第三位是《每日新闻》北京支局局长辻康吾。② 辻康吾在回国后应岩波书店之邀写就的《转换期的中国》一书中，使用"新写实主义文学"作为章节标题：

> 又被称作"新写实主义文学"的"四人帮"粉碎后的中国新文学的突破口，是由上海的卢新华的《伤痕》（《文汇报》1978 年 8 月）及北京的刘心武的《班主任》（《人民文学》1977 年 11 月）等作品打开的。③

除了以上三位驻中国记者兼中国研究专家外，在日本的中国文学研究者对这个提法反响平平，这是一个颇有深意的现象。在当时的特殊历史条件下，新闻记者作为通晓中文且来往相对自由的极少数人，在中日两国各层次交流中往往可以发挥本职工作以外的诸多作用，介绍文学状况便是其中一例。笔者以为，三位媒体人对"新写实主义"情有独钟似可归因于新闻工作者有时候倾向于将文学视作观察自身专业情况（如政治、经济）的一种路径。④ 田畑在前述译后记中即表达了此种倾向，而伊藤更是在编译的文论中开宗明义地提示："有很多种观察中国政治的角度和方法……读者诸君应该可以从这本书里既读出中

---

① 田畑光永、田畑佐和子：『天雲山伝奇』，亜紀書房，1981 年，267 頁。
② 辻康吾在 20 世纪 90 年代起逐渐成长为中国历史学家、评论家。历任《每日新闻》北京支局长、东京本社编辑委员，后任东海大学教授、独协大学教授。译介业绩除新时期文学外，还有苏晓康、王鲁湘《河殇》，葛兆光《宅兹中国》等。
③ 辻康吾：『転換期の中国』，岩波書店，1983 年，147—148 頁。
④ 作为补充证据，为这本文论写书评（发表于《中国研究月报》第 430 期）的著名中国问题研究专家矢吹晋当时也供职于东洋经济新报社，主要业务范围为中国政治经济领域。在书评中矢吹亦非常赞同将文学视作观察中国政治生态环境的做法。

国文学状况的变化，又读出政治状况的变化。"

　　但是，这种媒体人"跨学科"的做法也有很明显的弊端：限于自身专业，三人在将"新写实主义"引入日语语境时并没有试图（也没有能力）推敲这种命名方式在中国文学研究脉络内的合理性。作为对照，虽然《七十年代》是当时日本学界获取中国文学信息的重要途径，但日本的中国文学研究者们对"新写实主义"基本上都采取了极其谨慎的态度，一种既不运用、也不争鸣的"冷处理"态度。① 最明显的例子莫过于高岛俊男和竹内实。高岛虽然从《七十年代》上接受了包括《伤痕》在内的诸多重要信息，但笔者在高岛关于彼时中国文学的成果中并没有找到"新写实主义"一词。竹内实接受《七十年代》杂志邀请进行了一次有关中国政治、经济、文化各方面的长时间访谈，刊载于《七十年代》上，但在竹内实的访谈以及他有关中国文学的所有成果中亦没有使用"新写实主义"。

　　日本的中国文学研究界并未接受"新写实主义"的最重要原因恐怕在于，这个术语狭隘的理论空间根本无力归纳当时中国文学的内涵。根据"不回避深刻的社会矛盾，倾听和反映人民呼声"② 的定义进行回顾，"新写实主义"的本质比较接近"伤痕文学""反思文学"的统括性称谓。当时的某些重要作家（如王蒙、汪曾祺）的作品早已超出了"新写实主义"的说明范畴。早在 1982 年在圣约翰大学举办的"当代中国文学国际讨论会"（大陆来宾有王蒙、乐黛云、黄秋耘）上，金介甫（J. C. Kinkley）就将大会副标题定为"新形式的写实主义？"表达了他对中国文学实际情况与新写实主义之间距离的质疑。会上"新写实主义"成为各方讨论的焦点，《七十年代》杂志主编"被要求对他所提的'新写实主义'做更确切的界定"。最后，此次会议各方都比较认可的一个结论是："中国大陆的文学，主题似乎不再是'新写实主义'，而可说是'超越写实主义'。其中一个看法是，中国文学的新'写实'趋

---

① 据笔者所查，除以上两位媒体工作者外，诸多有关新时期文学的译书和文论中只有上野广生在自己译著《现代中国短篇小说选》的解说中使用了"新写实主义"。上野本身是自学中文者。该解说写于 1983 年，此时"新写实主义"在日本的研究界中几乎已经销声匿迹。

②《七十年代》1980 年第 5 期。

向已达到内或外的一定限度。进步的川流因而需汇入新渠道，这些新渠道可能单是为了文艺技巧而做更大的试验，或追随一个'内在的声音'而非一种外在的社会现实——主观的、作者内在的声音，或一个一般性的、非政治的、大概应存在于所有人心中的'人道主义'。"① 回望历史，这个"看法"可谓准确精到，之后不久，新时期文学就脱离了伤痕—反思—改革的主流线性发展，转而思考起技巧探索、主体间性、人性等世界文学的普遍性课题去了。也就是在这次会议之后，域外学术圈中"新写实主义"这一命名逐渐降温，虽然至此之后又有多本《中国新写实主义文艺作品选》问世，但当连《苍老的浮云》《亮出你的舌苔或空空荡荡》都入选其中时，"新写实主义"已彻底退化成为一种空洞的能指。

第三节　　"新时期文学" 在日本的确立

如果把周扬在 1979 年 11 月第四次文代会上的报告视作"新时期文学"在大众视野中"诞生"起点②的话，"新写实主义"与"新时期"两种命名方式可说是几乎同步登上历史舞台。不同的是，大陆地区的语境中"新时期"于 80 年代初迅速占领了话语界，而日本学者直到 80 年代中期开始才逐渐接纳了"新时期"。这样的时间差极易让人联想到 80 年代中期中国文艺界理论爆炸对海外中国学界的巨大冲击。也正是在 1985 年，"新时期文学"这一指称开始在日本学者的作品中出现。日本的中国文学研究泰斗相浦杲在 1985 年 12 月的论文中首次提及了"新时期文学"：

---

① 《七十年代》1982 年第 7 期。

② 如本章前述，新时期文学的起点可以追溯至天安门广场诗歌。事实上，关于"新时期文学"的起源问题黄平等学者做了更加深入细致的研究。此处所用"诞生"一词并非指"新时期"的学理性起源，而是指"新时期"这一命名方式为包括文艺工作者在内的大众所熟知的时间点，故而选择 1979 年第四次文代会。

　　现在的，"文革"后的当下的文学，在中国被称为"新时期文学"。这种文学照应了四个现代化的政策，逐渐获得了"文革"中看不到的新品质。①

　　1986年，持续关注新时期文学的高岛俊男主编了主观叙述成分极少的词典性质的《新时期文学的108人》，据前言可推断该书历经数年编成。书名使用了"新时期文学"而不是高岛在80年代前期使用的"'文革'后文学"，足可以看出他在命名方式上做出了一番考量，这也是笔者所查高岛第一次使用"新时期文学"这一指称。同样，在1983年《转换期的中国》中使用"新写实主义文学"的辻康吾在1985年与他人合译的《中国女流文学选》中也放弃了"新写实主义文学"这种指称，但是辻并未使用"新时期文学"，而是选择了"'文革'后的中国文学"。辻真正接受"新时期文学"要等到两年后的1987年。

　　1987年是"新时期文学"在日本正式确立话语地位的一年。当年日本中国研究所编著的《中国年鉴》随刊附赠了一部正文内容80余页的文论集《中国新时期文学的十年》，主编为日后作为莫言译者成名的吉田富夫及前述的辻康吾。文集共收入44篇文章，供稿者包含了当时活跃在新时期文学研究领域的大部分学者。②《中国年鉴》作为日本出版的有关中国最权威、最全面的统计类刊物，在各门类中国研究者中享有极高声望。《中国新时期文学的十年》前言里开宗明义地写道：

　　　　"新时期文学"中的"新时期"，指的是1976年四人帮被逮捕（＝"文革"结束）之后……我们无法准确地详细知晓这个称谓何时开始使用。但1979年11月时隔19年再次召开的中国文学艺术工作者第四次代表大会上，周扬的主题报告的题目是《继往开来，繁荣社会主义新时期的文艺》（着重号

---

① 相浦杲：『求索：中国文学语学』，未来社，1993年，158頁。
② 《中国新时期文学的十年》的撰稿人（按目录顺）有吉田富夫、濑户宏、田畑佐和子、辻田正雄、广野行雄、坂井东洋男、岩佐昌暲、萩野脩二、千野拓政、辻康吾、阿赖耶顺宏、下河边容子、盐见敦郎、村田裕子、樱庭由美子、井口晃、牧田英二、石上韶。

为原文所有——引用者注）。从这点可以明白中国的文学家们在相当早期的阶段就对这个称谓寄托了某种期待和抱负。①

这本群英汇集的文献可以被视为日本的中国文学学者们集体对"新时期"这一命名的背书，至此"新时期文学"在日本学界登堂入室，作为一个常识性的术语获得了广泛的认可，并沿用至今。

纵观"新时期文学"在日本的接受过程，我们会发现一个吊诡的现象：从日本学者使用"新时期文学"的时间来看，这一命名被接纳与20世纪80年代中期中国文学的飞跃性变化似乎存在着相当紧密的关系。1985年前后知识界的思想非常活跃，发生过"主体论讨论""文化热""创作自由"等重要文化事件，程光炜评述道：

> 它们集中表现出"告别'文革'"与"走向世界"的历史路向和文化选择……有人认为1949年到1984年的文学可统称为左翼文学，真正的当代文学是以1985年后寻根文学、先锋文学的兴起为标志的。②

这种"脱离左翼文学"的想法也为一些日本学者所共有，比如高岛从70年代末的"'文革'后文学"到1985年后转为"新时期文学"，转换的原因便是"民国时期与毛时期被认为是'左翼文学时期'，'新时期文学'是实践脱离左翼文学的时期"。③ 但意味深长的是，不会有日本学者因此认为"新时期文学"始于1985年，几乎所有接纳这一命名方式的学者都会把"新时期文学"的起点设定为《班主任》及《伤痕》（天安门诗抄尚未被日本学者重视）。如高岛虽然在1985年后才使用"新时期文学"，但他认为：

① 吉田富夫、辻康吾：「まえがき」，『中国新時期文学の10年 作家と作品』，大修館書店，1987年，卷首。
② 程光炜：《文学史二十讲》，东方出版中心2016年版，第153页。
③ 高島俊男：「「左翼文化」からの脱却－中国「新時期文学」の性格と展開」，『ユリイカ』1989年10号。

虽说各学者对新时期文学的起始时间的认知有细微差异，
但以 1977 年的刘心武《班主任》、1978 年的卢新华《伤痕》
为前奏，实际从 1979 年开始的这条时间线大抵妥当。[①]

九州大学教授岩佐昌暲也有类似表述，一方面回忆"把'文革'
后的文学称为'新时期文学'是何时的事情呢？大概是（从 1992 年往
前推算——引用者注）五年左右吧"[②]，一方面主张"新时期文学始于
描绘由'文革'产生的悲剧的伤痕文学，这是一个常识"[③]。前述《新
时期文学的十年》中吉田和辻虽说无法判断"新时期文学""何时使
用"，但也确认第四次文代会周扬的报告是一个为学界所共识的起点。

笔者并未找到任何日本学者对这个现象的解释，似乎学界并未认
识到这个五年左右的时间差及其显示的问题。通过考察可以发现，这
个时间差体现了日本学者对那个时代文学现象的归纳性、追认性理解。
其中较典型的是吉田富夫发表于 1987 年的论述。吉田从文学与政治的
关系及文学主题的变化两条线索梳理了 1977—1987 年十年间新时期文
学的发展。在文学与政治的关系上，吉田认为：

　　重读当时的文献，可以想象（第四次文代会中邓小平的
发言——引用者注）给人的强烈印象。确实这是中国文学从
党的行政命令支配下"解放"出来的历史性开端。现今
（1987 年——引用者注）如果有人在文学工作者面前提出"文
学为政治服务"的口号，他们多半会付之一笑……
　　"这十年"的中国文学以否定工具论为起点迅速发展成
熟，这是谁都认可的事实。而且发展的步调异常迅速，就在
这短短一两年间，存在主义、结构主义、寻根派、新感觉派、

① 高島俊男：「「左翼文化」からの脱却－中国「新時期文学」の性格と展開」，『ユリイカ』
　　1989 年 10 号。
② 岩佐昌暲：『八十年代中国の内景』，同学社，2005 年，34 頁。
③ 岩佐昌暲：『八十年代中国の内景』，同学社，2005 年，51 頁。

反小说派、反理性派，等等，师从从外国传入的各种思潮的团体陆续登场，曾被视为禁区的性话题、三角恋情乃至乱伦或近亲相猥不知不觉间都成为题材。

　　表现手法的层面上，除了之前正统的现实主义之外，广义上的各种现代主义表现手法争奇斗艳。①

可以看出，吉田之所以认为"这十年"是一个具有连贯性的新时期，其一是因为这期间内文学逐渐摆脱了与国家政策的僵化性结合。这种松绑造就了从题材到手法的大规模尝试与创新，而松绑的标志性事件就是1979年的第四次文代会。尽管历史不时反复，但这十年间文学与政治的关系在不断调整中倾向于总体平稳的态势，这是中国文学在20世纪80年代中期厚积薄发的最重要前提之一，亦是这十年存在内在联系性的明证。其二，在文学主题的变化上，吉田认为：

　　刘再复指出，可以总结说在婉转曲折中以"人的尊严与价值"为主题的"十年"逐渐展开。再细究这个流程可以发现，其中的伦理性由"社会不解放我亦无法解放"逐渐转变为"我不解放社会何来解放"，后者逐渐浮出水面。

　　如果将前者称为"集体主义"的话，后者则是"个人主义"。文学中"个人主义"的登场无疑是对现代化进程这一现实进展的反映，这正是中华人民共和国建国后中国文学不曾体尝过的未知领域。

　　将这一过程对照"十年"来看，主题从普通人（＝普通中国人）的"尊严与价值"出发，最终演变为作为个体存在的中国人的"尊严与价值"。②

---

① 吉田富夫：『反転する現代中国』，研文出版，1991年，104—105頁。所引论文初次刊登于『季刊中国研究』1987年8号。
② 吉田富夫：『反転する現代中国』，研文出版，1991年，112—113頁。所引论文初次刊登于『季刊中国研究』1987年8号。

　　上两段引文中反复出现的"十年"提醒我们，对日本研究者而言
"新时期"的判断依据并非基于某一个时间点，而是基于某一个时间段
产生的认知。70年代末至80年代初涌现出的作品中虽然包含着若干崭
新的要素，但故事情节依旧以"反复斗争—光明尾巴"的模式为主，
人物形象依旧呈现出扁平化倾向，与之前的作品在本质上都是"照着
政策写"（罗岗语）的产物。加之彼时政策面还尚未明朗，亦有因发表
作品而公开检查或自我批评的作家。因此虽然"新时期文学"这一指
称在1979年已在中国盛行，但日本学者们依然不会觉得这是一个"新
时期"，而是选择了如"'文革'后文学"等承认其与"文革"间内在
继承性的命名。

　　之后随着中国文学经历人道主义问题、人的异化问题等各种思辨
争鸣，经过各种理论积累与方法尝试，终于在80年代中期开始摆脱了
模式化写作的桎梏，作家的主要关注对象由社会的表面现象逐渐转变
为人性的深层问题或人类的普遍性问题。在写作思路上可以体现为鲁
枢元提出的"向内转"。这一时期的种种变革使新时期文学超越了中国
文坛内部而具有世界性的意义。在这个过程中，从外部研究的视角来
看，文学与政治彼此互相协调，国家为文学提供了中华人民共和国建
立以来未曾有过的宽松环境。从内部研究的视角来看，从农村青年高
加林到葛川江的渔夫，围绕人的尊严与价值的探讨（这里的价值自然
包括黄平所称"以社会达尔文主义的目光炙热地注视着正在展开的未
来"的改革时代新人价值观①）始终是贯穿文学的主题。这种十年间文
学内外因素发展的内在连续性想必是日本学者承认"新时期"的存在，
并在为"新时期文学"断代时将其源头回溯至"文革"结束后的伤痕
文学时代的最重要缘由。

　　也就是说，中日两国学者眼中的"新时期文学"在时间跨度上虽
说大体是一致的，但两国学者对该命名的接受过程却截然相反。在国
内研究语境中被认为是预设立场的，由意识形态建构的"新时期"在
日本学界中反而是一个具有学理逻辑的归纳性产物。这带给我们一个

---

① 黄平：《新时期文学起源阶段的虚无》，《文艺研究》2017年第9期。

有趣的视点：在去魅被建构出的"新时期"的同时，我们也应当承认波澜壮阔的 80 年代毋庸置疑是中国文坛，乃至整个中国现代化进程中的一个伟大"新时期"。这即是本书使用"新时期文学"这一指称的原因，也是新时期文学在日本获得如此规模译介的前提。在下一章中，笔者将就 80 年代前中期新时期文学在日本译介的总体情况和倾向进行探讨。

第一章

20 世纪 80 年代前中期中国新时期

文学在日本译介的情况

　　20 世纪 70 年代中后期开始，中国文坛大地逐渐冰雪消融，鲜花重新绽放。大量文艺杂志复刊或创刊，大批文艺工作者恢复创作，各种文学的奖励制度次第建立。[①] 第四次文代会上邓小平的祝词虽然并非对作家的制度性保障，但在精神层面上无疑进一步稳定了文艺工作者的内心，激发了大家的创作热情。同时，在文学之外的更广阔语境中，1978 年 10 月，邓小平受邀对日本进行正式友好访问，乘坐新干线，并参观了日本主要都市的市容市貌及新日铁等现代化工业生产群。同年末的十一届三中全会作为中华人民共和国成立以来党的伟大转折，做出了把党的工作重点转移到社会主义现代化建设上来，同心同德地实现四个现代化的重要决策。随着国家对内改革与对外开放的政策确立，中国重新被吸纳入世界市场体系。在这样的背景下，与邻国，特别是与当时具有雄厚科技工业实力的日本间的关系日益受到国家的重视。

　　与此同时，对于日本而言，了解与认识邦交正常化未久的中国，也成了一种解决地缘政治和经济文化交流上产生的诸问题的现实需要。在交流渠道远不如今日互通便捷的当时，新时期文学作为一种艺术形式，一种历史脉络中的文本，亦作为一种"社会学的材料"（王蒙语），被广泛译介到日本，成为日本知识界与民众了解中国的一个窗口。

　　在本章中，笔者参照既存的目录文献[②]，辅以日本国立国会图书馆的检索系统，对目录所载每一个译本都实际核对后，整理出新时期文

---

① 洪子诚援引孟繁华指出，"新时期"开始重视评奖制度是"意识形态按照自己的意图，以权威的形式对文学艺术的导引与召唤"（洪子诚：《中国当代文学史（修订版）》，北京大学出版社 2007 年版，第 191 页）。但事实上奖项的导引性绝非国内文学界独有的现象，而是只要有评奖标准就会存在的客观属性。如卡萨诺瓦考证诺贝尔文学奖最初的标准都是"一些政治标准"，随后"为了能让该奖项摆脱过于依赖政治事件的影响，人们开始强调一种中立状态"（［法］卡萨诺瓦：《文学世界共和国》，罗国祥等译，北京大学出版社 2015 年版，第 172—173 页）。

② 藤井省三编：『中国文学研究文献要覧　近现代文学 1978～2008』，日外アソシエーツ，2010 年。松井博光编：『中国现代文学研究の深化と现状―日本における中国文学（现代/当代）研究文献目录 1977～1986』，東方书店，1988 年。日本中国当代文学研究会编：『中国新時期文学邦訳一覧（増補・改訂版）』，2007 年。

学在日本译介的黄金时期——20世纪80年代中新时期小说在日本的整体译介情况。经过对译本诸信息的考察，可以发现至80年代中期为止，新时期文学在日本的译介呈现出"出版形式单一，译者职业多元"的特征，80年代中期后逐渐变为"出版形式多元，译者职业单一"。这样的转变无疑标示着新时期文学在日本社会及知识界中的角色转换，而后文展开的各种个案研究，则同时构成了这一转变进程的原因和结果。在进入正式内容前，笔者想要说明的是，新时期文学在日本的译介在很多场合都并非出版社的商业行为（这一点读者在之后对翻译史的解读中也可判明）。之所以有如此多的新时期文学译本可以在80年代以来的时间里付梓出版，其中一个重要的前提是日本的出版行业在60年代至70年代里伴随日本经济的腾飞也实现了自身的高度发展。70年代末，资本金在1亿日元以上的出版社有近百家，在法人所得前1000位的企业中，有13家出版社。日本出版物的销售额在1960—1981年间增长迅猛，在这种迅速的增长过程中，日本的出版业实现了"现代化"，终于名副其实地成为产业。① 这代表着一定规模的出版社逐渐有能力拿出资本去进行非营利性的"社会影响"工作，而与中日蜜月期几乎同时诞生的新时期文学，在很多时候，其出版价值体现在社会影响而非商业上。

第一节　20世纪80年代前中期的 "出版形式单一" 现象及其原因

洪子诚认为，"文革"结束后的一段时期内，写作者的文学观念、取材和艺术手法，仍旧是"'文革'文学"的沿袭。"出现对于'"文革"文学'的明显脱离，是从1979年开始……当然，在此之前，已有一些作品预示了这种"转变"的发生。"② 如前章所述，这可能亦是部

---

① 诸葛蔚东：《战后日本出版文化研究》，昆仑出版社2009年版，第184—190页。
② 洪子诚：《中国当代文学史（修订版）》，北京大学出版社2007年版，第200页。

分日本学者将这一时期文学命名为"'文革'后文学"的原因。但更值得注意的是，这样一些预示转变的作品，如《班主任》《伤痕》等，通过各种途径进入了日本学者、译者的视野，成为新时期小说在日译介的滥觞。自1978年开始，时任岛根大学副教授的西胁隆夫与日中友好协会常任理事工藤静子分别以"真山夏""志木强"为笔名，在《中日友好新闻》报纸上开始了新时期小说的译介工作。两人采用共同选材，一人翻译，一人校对的实践模式。① 1980年，两人将译文集结出版，译文集名选自那个时代最具象征意义的卢新华小说——《伤痕》。《伤痕》包含了《班主任》《伤痕》《神圣的使命》等7篇短篇小说，成为新时期文学在日本的最初译本。

这最初的译本中已经展现出中日两国学者对新时期小说的价值判断上的差异。译本中除了6篇伤痕文学的代表作之外，还有1篇未被文学史广泛收录的作品——李勃的《阿惠》（《边疆文艺》1979年第2期）②。此时的李勃活跃在云南大学的文学圈里，但还远不是日后随着于坚一夜成名的"尚义街六号的精神领袖"。译者对李勃一无所知，只能做如此介绍："据说（日语：ということ）《阿惠》创作于云南大学，其余不明。"③ 在对作者及创作背景极度缺乏了解的情况下依旧收录《阿惠》，足以说明译者对该小说文本价值的认可。《阿惠》篇幅很短，占译本10页，作为对照，《伤痕》占译本22页，《班主任》42页。其故事梗概也相当明了：数年前"我"隔壁搬来了一户赵姓邻居。男主人是行政机关的领导，女主人是商店售货员（在当时是非常体面的职业）。"我"出于偶然原因与邻居的侄女阿惠相识。初识时阿惠十岁，

---

① 源自2013年11月15日笔者与西胁隆夫的邮件交流。

② 《阿惠》的内容与当时文坛的主流思潮大相径庭，但这绝不意味着《阿惠》遭到了打压或被刻意排除在文学史之外。在一篇自媒体对李勃前妻刘晓津的访谈中，刘回忆："当年，由于李勃在上大学时发表的短篇小说《阿惠》，引起省内文坛讨论，他成为云南高校和云南文学圈的明星人物，平时总是牛哄哄的。"参考搜狐网，https://m.sohu.com/a/309362577_395900，最后浏览日期：2020年10月14日。另，2018年云南大学云南文学研究所评选的"改革开放40年云南40部小说排行榜"中，《阿惠》位列10部短篇小说之一。参考云南网，http://yn.yunnan.cn/system/2018/12/13/030138074.shtml，最后浏览日期：2020年10月14日。

③ 工藤静子、西脇隆夫訳：『傷痕』，日中出版，1980年，105页。

因家贫读至小学二年级后辍学，来城里替赵家照看独子，赵家许诺待独子长大后供阿惠读书。之后岁月流逝，阿惠没有等来复学，却等来了赵家的第二胎、第三胎。而阿惠依旧乐观地充满着希望，等待可以回学校读书的那天……

　　虽未明言，但阿惠悲剧性的蹉跎结局已经呼之欲出。这篇文章在译本中被总是带有光明结尾的伤痕文学作品群包围着，显示出其不同寻常的价值。当我们探索新时期初期文坛的层次流布时，《阿惠》显示出了在共名状态中被湮没的另一种可能，这是经由翻译完成的文学史知识的保存与环流。但是通过与译者的交流可以发现，选入《阿惠》固然是译者主体性的体现，但选择的理由并非这篇作品代表着新时期初期对当下（而非历史）的反思，而是因为"这篇作品相较别的作品略有不足，但政治意味较淡，（我）想告诉日本读者这样的作品也在中国诞生了"①。事实上，考虑到小说中赵姓人家的干部背景，再加上小说最后"我"直接面向读者的宣教，在今天看来这篇小说更合适的评价恐怕并非"政治意味较淡"，而是换了一种更为超前的政治意味，即可以归于当时即将到来的反思文学大潮。

　　在西胁和工藤开始连载新时期小说译文的同时，另一部新时期小说合集译本也在筹备之中。1979年8月4日，时任岩波书店编辑的丁玲研究专家田畑佐和子②在北京见到了复归文坛的丁玲，并将访谈内容整理为《丁玲会见记》，发表于8月31日的日本《朝日新闻》，"因其最早报道了丁玲复出的消息而引人注意"③。没想到的是，两人的相遇亦对新时期文学在日本的传播发生了影响。会面后，丁玲将连载有自己小说《在严寒的日子里》的杂志《清明》寄给田畑，杂志中的《天云山传奇》《调动》等作品深深打动了田畑，也巩固了田畑将新时期小说

① 源自2013年11月15日笔者与西胁隆夫的邮件交流。
② 田畑佐和子于20世纪60年代求学于东京都立大学，主攻丁玲研究。受教于竹内好与竹内实等学者，硕士阶段导师为竹内实。在中国文学研究界，田畑与另外三位女性学者秋山洋子、江上幸子、前山加奈子构成了第二次世界大战后丁玲研究的中坚力量，中文世界出版有四人选集《探索丁玲：日本女性研究者论集》（人间出版社2017年版）一书。
③ 王中忱：《"新女性主义"的关怀——重读丁玲》，《读书》2017年第8期。

译介至日本的决心。① 经与时任东京通讯社（TBS）驻北京记者的丈夫田畑光永商议，两人合译了《天云山传奇》《调动》《人妖之间》三篇小说，于1981年由亚纪书房付梓出版，书名定为《天云山传奇——中国告发小说集》。从作品来看，这里的"告发"指的并非对"文革"中灾难的控诉（伤痕文学），而是对"文革"后中国社会矛盾的揭发，具有非常强烈的反思现实意义。所选作品中，《天云山传奇》塑造了在"文革"前的政治运动中遭难的知识分子形象，后来被公认为反思文学的开山之作。《调动》通过青年转移工作关系的故事，一方面描绘了"文革"后大批知青所遭遇的现实困境，另一方面揭露了当时国家行政体系中的官僚化作风和不正之风。《人妖之间》则揭露了在中国东北某地发生的权钱勾结的腐败问题。三篇小说聚焦于当时中国社会的现实矛盾，甚至《天云山传奇》中的吴遥、《调动》中的谢礼民等代表着"文革"后某种保守势力或者不正之风的艺术形象，恰恰是"文革"中的受害者，是伤痕文学中需要同情、需要赞美的对象。这意味着在1979年，田畑夫妇已经察觉到彼时思潮的批判对象及价值判断已较伤痕文学出现了变化。他们尝试通过译文的选择，来对以批判"文革"为核心价值的伤痕文学和其他内涵的文学作品（即田畑所谓"告发文学"）进行朴素的分类。这种分类方式在今天看来略显二元化，但确实是文学思潮由伤痕开始逐渐演进的1979年中国主流文坛的真实写照。

从选题标准来看，如果说西胁和工藤倾向于选择当时受到意识形态和大众读者一致肯定的文学作品的话，田畑夫妇则选择了庙堂与江湖在接受态度上存在分歧的作品。这种选择体现了田畑夫妇对新时期文学是否能够健全发展的忧虑。这种忧虑既源于1949年后国内政治与文学深度勾连的"历史传统"，也源于在1979年社会上确实出现了对部分文艺作品的批判论调。从译后记来看，田畑夫妇对之后的文坛走向持不乐观的态度：

> 中国的作家们又迎来了严峻的年代……现在"79年文学"

---

① 源自2013年12月8日笔者与田畑佐和子的邮件交流。

的旗手们不得不暂时陷入沉默的状态，这个"暂时"是多久
委实难以预测，我们作为外国读者唯一能做的，就是期待
"79年文学"早日复苏。①

相比较而言，《伤痕》译本的译后记则乐观得多：

> 我认为这几篇作品（如《伤痕》等——引用者）在诉说
> 处于"文革"后遗症的艰难现实的同时，尝试着超越揭露
> "伤痕""沉冤昭雪"的进一步的文学追求。②

《伤痕》译本出版于1980年2月，《天云山传奇》译本出版于1981
年10月，两书的译后记都重点谈论了1978—1979年的中国文坛状况，
但两文中展现的态度与展望相异程度之大，很难让人想象是在讨论着
发生在几乎同一时期的文学现象。田畑夫妇中田畑光永长于政治与经
济，佐和子长于现当代文学，且两人身处北京，比之西胁与工藤要更
具有临场感。但饶是如此，他们的"担心"及预测却未中的。在此笔
者并非意在苛责前人，而是想强调田畑夫妇的"误判"正反映了新时
期之初的暗流涌动与反复远比我们现在想象的来得激烈，哪怕是资深
中国研究专家们也被当时的情境裹挟其中，无法对新时期文学乃至中
国的前景做出清晰的预测。即便如此，作为一个事实，《伤痕》译本和
《天云山传奇》译本互为补充地将新时期小说中的优秀作品译介到日
本，在向日本的各阶层人士提供一个管窥中国普通民众生活状态的窗
口的同时，也宣召了中国文坛正在发生的巨大变化。它们与那些跟踪
描述新时期文学现象的文论一起，将相当一部分中国文学学者、爱好
者的目光引向同时代的中国文学。

在这两部译作之后，新时期中短篇小说合集译本以每年一至两部

---

① 田畑光永、田畑佐和子编译：『天雲山伝奇 中国告発小説集』，亜紀書房，1981年，298
頁。
② 工藤静子、西脇隆夫訳：『傷痕』，日中出版，1980年，253頁。

的速度在日本出版。1983 年，上野广生翻译出版了《现代中国短篇小说选》，全书分为三个主题："党群关系""代沟"和"爱情"，共收录了反思文学和改革文学的 10 篇代表作，几乎所有入选作品都可在中国作家协会全国优秀中短篇小说奖的获奖名单中觅得踪影。1984 年，永田耕作翻译出版了『ひなっ子』（鲁琪小说《丫蛋》的日译名），全书分为"'文革'体验""精神文明""与日本的交流""其他"4 个主题，也收录了 10 篇新时期短篇小说。但与《现代中国短篇小说选》不同的是，『ひなっ子』所收录的作品似乎既没有参照中国国内的权威评奖制度，也没有展现出作者独特的选择标准，而多是译者偶尔得知，或经中国友人推荐。全书除了玛拉沁夫的《活佛》、邓友梅的《喜多村秀美》等少数作品外，大部分是让新时期小说的资深研究者也会感到陌生的作品。因此，无怪为此书撰写书评的松井博光对其选材标准提出了质疑。①

除了上述综合性题材的译本外，日本还相继出版了一些专门类题材的新时期小说合集。小林荣于 1982—1988 年共翻译出版 6 册《中国农村百景》选集，集中译介了 1980—1985 年间山西省文协的机关刊物《汾水》（1982 年更名为《山西文学》）的部分作品，其中的代表作有日后产生广泛影响的《老井》等。1985 年辻康吾编译的《中国女流文学选》则将目光投向了活跃在新时期的女性作家群体，选取了戴厚英《高的是秫秫，矮的是芝麻》等 5 篇具有代表性的女性文学作品。

与短篇小说翻译的活跃状况相比，新时期中长篇小说在日本可谓译作寥寥。1981 年，相浦杲以单行本的形式翻译出版了王蒙的意识流作品《蝴蝶》（关于此话题将在下一章详述）；另一部新时期文学早期的代表作《人到中年》由于被改编成电影在日本上映，引起一定的社会反响，因此由田村年起和林芳分别译出。其中田村的译作题为《北京的女医生》（日语：北京の女医），林芳的译作题为《人到中年》（日

---

① 松井博光：「書評　永田耕作『最新中国短篇小説集　ひなっ子』（朝陽出版社）」，『中国研究月報』1984 年 8 号。松井固然对永田的选题标准提出了质疑，但事实上时任东京都立大学中文系教授的松井为该书写书评本身就构成了重要的事件。

语：人、中年に到るや），两部译作皆于 1984 年出版。以下将 1985 年
为止新时期小说在日本的译介情况整理成一览表，如表 1-1 所示。

表 1-1 1985 年前新时期小说日译出版情况

出版形式	译作名 （日语，出版年）	译者	出版社	收录作品数	册数
中短篇合集	伤痕（1980）	工藤静子、 西胁隆夫	日中出版	7	1
单行本	胡蝶（1981）	相浦杲	みすず书房	1	1
中短篇合集	天雲山伝奇 （1981）	田畑光永、 田畑佐和子	亚纪书房	3	1
中短篇合集	中国農村百景 （1981—1988）	小林荣	亚纪书房	7/8/5/6/8/4	6
中短篇合集	现代中国短編 小説選（1983）	上野广生	亚纪书房	10	1
中短篇合集	ひなっ子 （1984）	永田耕作	朝阳出版	10	1
单行本	北京の女医 （1984）	田村年起	第三文明社	1	1
单行本	人、中年に到 るや（1984）	林芳	中央公论社	1	1
中短篇合集	キビとゴマ 中国女流文学 選（1985）	加藤幸子、 辻康吾	研文出版	5	1
合计				76※	14

※茹志鹃的《儿女情》、张洁的《爱，是不能忘记的》、谌容的《人到中年》分别有两个
译本，因此被译介的新时期小说原文本共有 73 篇，而译出的新时期小说日语文本共有
76 篇。

通过表 1-1 可以发现，20 世纪 80 年代前中期新时期小说在日本
译介的一大特征是"出版形式单一"，即绝大多数新时期小说作品的译
本都是中短篇小说的合集。通过合集译介到日本的中短篇小说共有 71

篇，而通过单行本译介的中长篇小说只有 2 篇。这种出版形式上的悬殊表明新时期文学中的中短篇作品更受日本译者的青睐。新时期小说的译本篇幅都在 300 页前后，在同样篇幅下为何选择短篇小说的合集而不是长篇小说的单行本呢？笔者联系了几位当时的译者，以下是译者们的回答（见表 1-2）。

表 1-2　译者对新时期长篇小说的看法

译者	回　　答
西胁隆夫	没有翻译长篇的想法。我想在有限的篇幅内尽量多介绍几篇新时期小说
永田耕作	没有翻译长篇的想法……我的想法是，在日本的汉文学研究者还没注意到新时期小说之前，由我先来译介，等他们注意到了，还是交给研究者去翻译比较好
辻康吾	那时候新时期小说似乎没有长篇

再加上被《天云山传奇》打动的田畑佐和子，可以看出在短篇合集和长篇单行本的取舍上，日本译者们没有经过太多的犹豫，这种毫不犹豫的选择固然与 20 世纪 80 年代前中期的新时期小说的特征有关，也与日本的社会文化状况有着直接的联系。

从固有特征来看，80 年代初中期的新时期小说具有以下特点。

其一，绝大多数作品（无论篇幅）都是采用现实主义写作手法的平铺直叙的文本。20 世纪发祥于欧美的各种现代派文学思潮和表现方法虽然已经在国内产生了萌芽（如王蒙的一系列意识流作品等），但真正形成规模要等到 80 年代中后期，80 年代前期的中国文坛还是现实主义空气所充斥的"空旷寂寞的天空"（冯骥才语）。其二，短篇小说的艺术成就最高。洪子诚谈到，1977 年以后，小说创作的发展繁荣是从短篇开始的。然后，中篇小说加入了这一发展的潮流中，并越来越显示出其重要性。长篇虽然在 1977 年后的那几年中出版的作品不少，每年达到几百部的数目，但能给读者留下深刻印象的并不多。在若干年中，长篇小说的思想和艺术没有多大的进展，作家的生活观和艺术观表现出了相当停滞、陈旧的状态。①确实，当我们于四十多年后重新回眸时，《班主任》《陈奂生上城》《受戒》依旧被反复讨论，而80年代初期的长篇小说却已无法获得太多评价了（古华《芙蓉镇》和赵振开《波动》可能是为数不多的例外）。造成新时期小说在初期写作手法单一、体裁发展不平衡的原因简而言之有如下两点。

第一，当时小说创作的主力军由"文革"时上山下乡的知识青年和在历次政治运动中被打倒的老一辈作家（又称"归来者"）构成。其中知识青年绝大多数都没有完成有体系的初中等教育，更遑论接受专业写作的指导。而"归来者"的写作方式和艺术观念早已定型，而且经过历次的知识分子改造运动，不免对西方的现代派创作手法心存顾虑。②在这样的主客观条件合力下，无论是知识青年还是"归来者"，都无法在短时期内实现对自身艺术观念和写作手法的突破，现实主义成了他们抒发创作欲望时几乎唯一的选择。

第二，除了美学价值外，新时期文学还有更急迫的社会功用。当时的普遍观点是，新时期文学是"五四"文学的延续，肩负着"五四"文学尚未完成的启蒙国民的历史使命。正如曹文轩所说，对中国来讲，反精神意义上的封建主义的历史任务远没有达成。因此"文学要求社会承认人的价值始于70年代末，文学要求个性解放始于80年代初，因为后者的要求比前者更进了一步，它的提出显然比前者的提出需要更加民主自由的空气，也需要更大的勇气"③。在这种强调启蒙作用的历史背景下，作品的文学性势必一定程度上让位于思想性。如果20世纪中国社会的主潮是救亡压倒启蒙的话，那80年代初的文学主潮就是启蒙压倒文学。正如孟繁华指出的，"面对重重社会问题，文学家们还来不及思考艺术表达和形式的问题，艺术创新被悬置一旁，他们只能借用传统的话语形式参与社会传统的问题。文学的功能被单一化了，它

---

① 洪子诚：《当代中国文学的艺术问题》，北京大学出版社1986年版，第156页。
② 不能忽略的是个别"归来者"作家如王蒙得风气之先，在20世纪80年代初期率先使用现代主义的各种手法进行创作。
③ 曹文轩：《中国八十年代文学现象研究》，人民文学出版社2010年版，第27页。

所有的轰动来自于文学之外的因素……—切均是时代使然"①。

除了新时期文学自身的特征之外，接受国日本的实际情况也决定了译者对于新时期小说"重短篇，轻长篇"的态度。随着消费社会文化元素的兴起与确立，20世纪80年代的日本在文学上进入了一定程度上可被视为由村上春树和村上龙主导的"两村上时代"。前者专注于书写现代社会都市人的寂寞烦躁、无所依靠的个人感情（进入90年代后的作品变得更具有反思维度），后者则着力表现战后日本经济高速发展时期与1968年的全球左翼浪潮相遇时，日本青年男女所面临的某种困惑、压抑和激情。经历了从1945年到70年代的数次文坛大论争后，在80年代，日本文学界越来越内向，越来越忽视（或者说摒弃）文本与社会政治间的关系。也就是说，在小说是否应该积极介入公众的政治文化生活这一点上，中日两国当时的主流文学思潮之间存在着针尖麦芒般的相互对立。这种思潮上的对立不可避免地导致了日本读者在阅读新时期文学时，无法从作品与国家命运共呼吸、同患难的主旨中获得共感。

但是，迅速了解对岸那个不久之前还紧锁国门的大国，已成了日本国民当时最迫切的需要之一。首先，随着中日之间一系列文化经贸合作的开展，中国逐渐成为日本各类海外业务的目的地。了解中国的风土人情有利于避免交流中由文化摩擦带来的障碍，维护（与中国有业务往来的）日本国民自身的经济、政治或文化利益。作为一个旁证，著名的中国文学学者、翻译家，庆应义塾大学文学研究科前科长关根谦在接受笔者采访时表示，80年代中期自己选择职业时，日本的石油企业抛来了橄榄枝，因为企业需要在中国渤海湾开展业务。② 由此可以管窥当时日本各行业对了解中国的人才的需求之旺盛。

其次，由于执掌日本政坛数十年之久的自民党政府长期追随美国敌视新中国，导致了日本民间对政府外交政策的强烈反动和对外交处境艰难的新中国的深切同情。1978年中日《和平友好条约》签署后

---

① 孟繁华：《1978 激情岁月》，山东教育出版社1998年版，第152页。
② 源自2022年8月18日笔者对关根谦的访谈。

（更准确地说是1972年中日两国邦交正常化后），被压抑许久的中日民间友好交流热潮爆发，也让两国的外交关系迅速进入蜜月期。日本外务省主持的舆论调查表明，对中国抱有好感的日本国民在1980年达到峰值，占全体国民的78.6％。可想而知，想要了解中国的普通日本民众大有人在。在这样的历史背景下，译者考虑到"不定的大多数"读者的需求，也倾向于把新时期小说作为一种了解当下中国社会的窗口。其依据是几乎所有新时期小说译本的后记里，译者都明确地表示所译的文本表达了当下中国人的生活状况、所想所为。这似乎是译者认定的当时日本民众对中国文学的最高期待。

在这种日本读者对作品内容的兴趣要大于写作手法的时代背景下，译者自然偏向于在同样篇幅中选取描写万花筒般生活片段的短篇小说。

第二节　20世纪80年代前中期的 "译者职业多元" 现象及原因

在现代的知识生产结构中，外国文学译介的主力军除了极少数专职译者外，应该是高校或研究机构中的相关领域学者。然而在20世纪80年代前中期的日本，新时期小说译者的职业呈现出多元的态势。笔者按出版的时间顺序进行介绍：《伤痕》的译者西胁隆夫是大学教授，专业方向是中国少数民族文学与神话，《伤痕》是他学者生涯中极少数与新时期文学有关的学术成果；另一名译者工藤静子时任日中友好协会常任理事，负责协调安排中日之间的各种民间交流活动。《蝴蝶》的译者相浦杲时任大阪外国语大学中文系教授，是当时参与新时期文学译介的为数不多的中国文学领域权威之一。

《天云山传奇》的译者田畑佐和子已在上一节介绍过，以翻译《天云山传奇》为契机，田畑佐和子逐渐进入新时期文学这一领域，日后与当时在东京都立大的同门市川宏、岸阳子等人创办《季刊·中国现代小说》（详见第四章），成为在日本新时期文学译介的中坚力量。田畑佐和子的丈夫，《天云山传奇》的另一名译者田畑光永时任东京通讯社驻北京记者，专业方向为中国近代历史及政治经济，是日方报道1972年中日邦交正常化的记者团中一员。90年代，田畑光永从东京通讯社退休后历任法政大学、神奈川大学教授，学术成果集中在中国的政经外交领域。

《中国农村百景》的译者小林荣在长野县都筑制作所工作。《现代中国短篇小说选》的译者上野广生供职于伊势实业高校（相当于国内的中专或职校），具体职务不明。『ひなっ子』的译者永田耕作就职于日本朝日新闻西部本社通讯部。翻译《人到中年》的两位译者中，田村年起时年72岁，已离开了工作岗位；林芳时任公司职员，并兼任早稻田大学外聘老师。《中国女流文学选》的译者辻康吾时任每日新闻社东京本社外信部编辑委员，后成为著名中国研究专家，主要经历已在序章中介绍；另一名参与者加藤幸子是曾获得过芥川奖的日本著名作家，但她并不会中文。据笔者对辻康吾的采访，加藤主要在翻译过程中负责对日语译文的润色工作。

从表1-3可以看出，被认为是外国文学译介的传统中坚力量的学者所占比重不大，11人中仅占2席；媒体从业人员占3席，其他职业者（包括无职业人员）占了6席。虽然其后部分其他行业的译者进入了学者行列，但无可否认的是，在80年代中前期这个时间段中，译者群体呈现出了职业相当多元的态势。从汉语教育背景来看，这些译者可以分为3个类型：母语为中日双语（工藤静子、林芳），高等院校中文专业出身（相浦杲、田畑光永、田畑佐和子、田村年起、辻康吾），自学汉语（小林荣、永田耕作、上野广生）。从中可以看出译者的中文教育背景和职业有一定的内在联系：具有中文教育背景的译者多供职于大学、出版社、媒体，而自学中文的译者所从事的则是其他职业。

表1-3　新时期小说译介当时译者职业一览表（按出版时间排序）

作品集名（日语）	译者	译者职业（翻译时）
伤痕	工藤静子	日中友好协会常任理事，日本民主主义文学同盟成员
	西胁隆夫	岛根大学副教授

续　表

作品集名（日语）	译者	译者职业（翻译时）
胡蝶	相浦杲	大阪外国语大学教授
天雲山伝奇	田畑光永	东京通讯社北京支局记者
	田畑佐和子	岩波书店编辑
中国農村百景	小林荣	长野县都筑制作所职员
現代中国短編小説選	上野广生	伊势实业高校职员
ひなっ子	永田耕作	朝日新闻西部本社通信部
北京の女医	田村年起	无职业，《外语文学》杂志供稿人
人、中年に到るや	林芳	大学外聘老师，KDD（公司名）职员
キビとコマ	辻康吾※	每日新闻外信部编辑委员

※加藤幸子由于不通中文，在此不计入译者表格。

　　铁木志科（Tymoczko）指出，无论是译者还是研究者，都是活生生的人，他们对文本的认知和语境、价值观、意识形态，与他们自身所受的训练等有关。① 因此，如要探究这些职业多姿多彩的人成为译者的原因，还需要从当时目标语社会的历史语境、意识形态等超越文本的社会文化因素着手。经过考证，笔者认为造成80年代初期日本译者职业多元的原因主要有两点。

　　其一，日本尚未建立中国现当代文学的研究体系。据宇野木洋回忆，在其学生时代（1985年以前），日本开设有中文系的高等院校很少，而且多以汉学古典为中心，1949年后的中国文学被认为在意识形态上过于"激进化"，写作方法上过于"单一化"，因而并无多大研究价值。② 当然，在东京大学、东京都立大学、早稻田大学等院校中已经出现了中国现代文学的研究方向，竹内好等重要学者也在学院内外著文立说、培养学生，为80年代日本学界的新时期文学研究保存了火种，

① M. Tymoczko，"*Difference in Similarity*"，in Arduini（ed.），*Similarity and Difference in Translation*，Edizinoi di Storia e Letteratura，2007，p. 34.

② 源自2014年1月26日笔者对宇野木洋的访谈。

相关内容将在本书后文详述。但作为一个不可否认的事实，当时普遍的"重古典，轻现代"的研究传统导致当新时期文学在 70、80 年代之交喷涌而出时，日本的中国文学研究界因缺乏先期积淀和人才储备而"短时间失语"。这种失语客观上为日本的非学院派人士进行新时期文学的翻译出让了空间。正如永田耕作在接受笔者采访时说：

> 当我的译作（『ひなっ子』——引用者注）出版的时候，日本的新时期小说译本极少。我的想法是，在日本的汉文学研究者还没注意到新时期小说之前，由我先来译介……①

其二，当时日本社会中弥漫的中日友好的氛围亦催生了翻译的冲动。这种和古老邻邦友好交流的渴望在日本各阶层民众中产生了强烈的共鸣，才会使新时期文学吸引了那么多的非学院派译者（以及读者）。其证据就是在由非学院译者翻译的新时期文学的译本中，或多或少可以发现译者关于中日友好的言说或者行动实践。如小林荣在《中国农村百景 Ⅲ》中写道："我将在今后持续介绍中国现代文学，为中日友好、中日文化交流大声疾呼。"② 永田耕作在『ひなっ子』中写道："这部译本是名副其实的通过文字宣传中日友好的书。"③《现代中国短篇小说选》的译者上野写道，自己于中日邦交正常化的 1972 年开始学习汉语。④《伤痕》的译者之一工藤静子时任日中友好协会的常任理事。至于林芳译《人到中年》的封面画寒梅图，更是老舍的夫人胡絜青应邀特意为日本读者创作的。

从以上言说和实践可以看出，如果没有中日友好的土壤，就不会产生译介新时期小说的非学院译者，也不会孕育出新时期文学在 80 年代中前期于日本翻译传播的硕果。作为侧面证据，主营中国相关题材图书的东方书店安井正幸在 80 年代中接受商务印书馆访谈时表示，

---

① 源自 2013 年 11 月 21 日笔者与永田耕作的邮件交流。
② 小林栄：『中国農村百景Ⅲ』，銀河書房，1984 年，304 頁。
③ 永田耕作：『ひなっ子』，朝陽出版，1984 年，242 頁。
④ 上野廣生：『現代中国短篇小説選』，亜紀書房，1983 年，342 頁。

1972年中日两国恢复邦交以后，特别是近十年来，日本社会上出现了经久不衰的学习汉语的热潮。由于中日两国间经济、文化交流的发展和日本朋友来华旅游的需要，北京电台，日本广播协会（NHK）的电台、电视台先后向日本公众讲授汉语，社会上教授汉语的学校和讲习班更如雨后春笋，从而形成了学习汉语的社会风气。东方书店出版的各类汉语教材几乎每年开学时都要重印，每次印5000到10000册，定价低，发行量比较大。① 由此可以证明，当时确实存在着大量通过各种方式学习汉语的人口。

此外，《蝴蝶》的译者相浦杲曾任NHK中文教授节目讲师，并编撰节目用教科书《NHK中国语入门：发音·基本文型》，而上文提到的小林、永田和上野都提到通过NHK自学中文。从时间来看，三人应当都使用了相浦编撰的教科书，并有较大可能收看了相浦担任讲师的节目。

"出版形式单一"与"译者职业多元"凸显出80年代初期新时期文学在日本译介的双重面相。一方面，对新时期文学的译介在当时并非日本学界最为关注之事。这些作品虽然属于"'文革'后"，但其创作思路与写作手法和"文革"中的文学生产具有一定的关联性，都被看作迎合某一时期内国家主流意识形态的产物。当时已有部分学者（如前述高岛俊男等人）开始注意到中国文坛的新气象，但对大多数日本学者而言，这样的文学现象似乎并无特别关注的必要。此外，由于中国现代文学在1949年后较多受政治影响，在自1960年开始的近二十年时间内经历了极为不寻常的发展历程，以此作为研究对象的日本中国现代文学研究界亦陷入无法开展研究的境地。因此面对"文革"后中国文学的迅速崛起，学术界一时无法做出相应的回应也有其客观因素。但此处需要强调的是，学术界只是无法做出相应回应，而并非没有回应。事实上，自20世纪70年代末开始就有部分中坚学者发表了对新时期文学的作品论研究，如山田敬三探讨《伤痕》、前野淑子探讨《阿惠》、松井博光介绍70年代的中国文学整体情势等，只是学者们在译介

① 陈应年：《介绍和传播中国图书文化的东方书店》，《编辑之友》1987年第1期。

领域尚未发力。

在研究界的译介力量短暂缺位时，非学院的译者群体迅速填补了空隙。这批先驱者们译介新时期小说的意义何在呢？笔者认为，新时期小说的译介既是一种对中日两国间友好的呼吁方式，又是一种让日本国民了解中国的媒介。此中国并非媒体里的中国，而是通过小说这个载体，由小说中人物所思、所想、所做而映射的现实中国。正如 80 年代前中期的新时期小说之所以在中国社会引起轰动，并非全部因其文学性和美学价值，而是其现实主义的创作手法、针砭时弊的写作立场引起了社会大众的共鸣，新时期小说在日本译介传播，也使日本国民了解了开放不久而依旧显得神秘的古老邻国人民的真实生活和思想诉求。从这个层面上说，现实主义的写作手法和紧贴时代脉搏的文章主题又恰恰成了新时期小说在日本译介的最大理由。

行文至此，另一个疑问出现了：这些译文的翻译质量究竟如何？目前能找到的文字资料对这些译文评价不高，如 1985 年，日本战后文学巨匠，同时也是中日两国文学文化界的搭桥人野间宏指出：

> 现在的问题是译文质量问题。日本有不少人研究中国当代文学，读了大量的作品，但译文水平不高，这就严重影响中国当代文学的介绍和传播。一个好的翻译家，应该是一个好的作家，否则译成日文的作品就无法抓住读者。[1]

考虑到野间宏亲陈"不懂中文，阅读《人民日报》需要翻译"，因此上面的信息有可能转述自"研究中国现当代文学"之人。但无疑野间较为相信以上论调，并对当时新时期文学的译介现状怀有忧虑。同时，中国文学学者如松井博光、杉本达夫等虽然撰文赞赏非学院译者的尝试，但也指出译文质量尚有精进的空间。可以说 80 年代前中期非学院译者的译文质量不高已成了某种共识。

但作为笔者私见，至少从译文的准确性和信息量来看，非学院译

---

[1] 陈喜儒：《中国魅力——外国作家在中国》，上海文艺出版社 2009 年版，第 209 页。

者的译文都达到了较高水准。文本中极少见的理解不当造成的错误，实际上在之后中国文学专业学者的译文中也未能避免。至于野间提出的"一个好的翻译家，应该是一个好的作家"，即译本中的"文学语言"问题，即使我们不检证该命题自身的合理性与可行性，也应当考虑当时新时期文学的绝大部分作家正在进行摆脱中华人民共和国成立后已有文体范式的尝试，其原文在写作方式及审美形式上是否达到了高妙的艺术水准尚有疑问。因此要求译文如出自"好的作家"之手既无可能，也非必要。此处笔者认为更有探讨意义的问题是，学院派译者和非学院译者对于新时期文学的观念是否存在不同之处，在下一章，笔者将就新时期初期日本知识分子的中国新时期文学观进行探讨。

第二章

"文学性"的启魅与祛魅

——日本知识分子对中国新时期文学

"文学性"的认知

如上章所述，20 世纪 80 年代新时期文学被译介入日本时，译者的职业呈现出多元的态势。同时，新时期文学诞生不久后，在日本亦开始有学者将其纳入了考察视野。可想而知，这些译者和学者的学术积累各异，因此他们所秉持的文学观和审美标准也不完全一致，尤其就文学研究中的关键概念"文学性"而言，笔者所查在 80 年代初期受容中国新时期文学时，日本的知识分子中至少产生了四种对新时期文学"文学性"的言说。其中高岛俊男采用"二元对立"的评价框架，以是否与政治呈现对立姿态来定义文学性的高低。相浦杲从文学形式的实验看到了政治风向的变化与"中国气派"的文学现代化的可能。辻康吾认为新时期文学需要培养对人类普遍情感的关怀，此外还需要提升写作技法。而更多的民间译者则认为，反映事实，激昂民族的魂魄也是文学性的重要表达之一。随着时事变迁，高岛的评价标准逐渐成为日本学界的较主流认知，并切实影响了日本学界对新时期文学的批评。在本章中，笔者将分别考察以上四种言说并进行详细阐释。

第一节　高岛俊男：神话起源与"真实性之上的文学性"

新时期文学诞生于历史的断裂之处，如濑户宏所言，曾经积极介绍"文革"时期作品的日本学者在进入新时期后集体陷入了暂时的沉寂。[①] 新的文学呼唤着新的译者和研究者。高岛俊男（1937—2021 年）就是日本第一批将目光投向新时期文学的学者之一。高岛毕业于东京大学中文系，师从中国文学研究泰斗前野直彬[②]，他一面从事中国文学研究（以古典为主），一面创作与中日两国语言文字相关的随笔，对于

① 濑户宏：「書評 高岛俊男『声無き処に驚雷を聴く』」，『未名』1982 年 1 号。
② 前野直彬（1920—1998 年），东京大学中国文学科教授，汉诗词研究泰斗。著作有《中国小说史考》（1975 年）、《中国文学序说》（1982 年）等。本书第九章涉及前野主编的《中国文学史》（1975 年）。

普通日本读者而言，可能作为随笔家的高岛远较其学者身份出名。

　　1978 年的秋日，时任冈山大学副教授的高岛连续阅读了香港杂志《七十年代》上转载的《伤痕》以及《人民文学》9 月号上王亚平的《神圣的使命》，他"抑制不住惊讶与兴奋，'终于出现了这样的作品''现在开始中国的文学会变得有趣'等想法在脑海中翻涌"①。更兼巧合的是，《中日友好新闻》适时来电，邀请高岛自 1979 年起在报纸上开设《中国文学时评》专栏，每月一次介绍当月中国文学的最新动态。"现在想来，这时机真是绝妙。倘若电话早来一日半日，我定会不留情面地拒绝说：'并无任何重要或有趣之要素。'"② 从回溯的视角来看，这个秋日的午后是新时期文学在日本传播的历史原点。

　　1981 年，高岛将前两年发表在《中日友好新闻》上的时评经修改后集结出版，定题为《于无声处听惊雷》。该书"文体明白易读，更兼做了种种说明，以便不具有基础知识的普通读者也能理解书中内容"③，因此出版后立刻引发学界关注。1983 年，高岛又将此前两年发表的时评集结出版，定题为《追求文学之自立》。两部评论集成为在日本了解中国新时期文学的必读书目。

　　在《追求文学之自立》一书的前言中，高岛回溯性地认为 1979 年是"中华人民共和国的文学取得巨大的前进和扩展的一年。将来的文学史家们必定会大书特书这一年的意义"④。因为该年度的中国文学呈现出了三种要素：真实性、战斗性和文学性。其中的文学性"正是最重要之事，有少部分作品超越了上述的真实性，可堪作为文学被阅读评价。这正是从今往后中国文学的最大魅力"⑤。这代表在高岛的认知中，"文学性"超越了前两者。纵观两部论集，可以发现高岛眼中的"文学性"并非西方 20 世纪的写作技法，而是与国家的主流意识形态之间充满张力的那些价值，即高岛认为"为了实现文学性，文学有必要

①　高島俊男：『声無き処に驚雷を聞く』，日中出版，1981 年，222 頁。
②　高島俊男：『声無き処に驚雷を聞く』，日中出版，1981 年，222 頁。
③　瀬戸宏：「書評　高島俊男『声無き処に驚雷を聴く』」，『未名』1982 年 1 号。
④　高島俊男：『文学の自立を求めて─今日の中国文学を読む』，日中出版，1983 年，7 頁。
⑤　高島俊男：『文学の自立を求めて─今日の中国文学を読む』，日中出版，1983 年，118 頁。

摆脱政治宣传的道具地位，自立起来"①，这或许也是两本评论集分别得名《于无声处起惊雷》及《追求文学之自立》的原因。文学之自立固然是文学追求的永恒目标之一，但高岛以"文学性"为路径建构了文学与政治的过于简化的二元对立。譬如 1980 年 7 月的时评中，高岛认为 1979 年全国优秀短篇小说的评选委员们在一定程度上受到了与评选几乎同时段举办的"剧本创作座谈会"（1980 年 1—2 月）的影响，在选拔中"艺术的基准"让步于"政治的基准"。② 此处的艺术与政治构成了完全对立的评判标准。

高岛进一步在 1982 年 8 月的时评中认为《春天的童话》是"可在世界文学的场域中被称为'文学'的作品"，因为"这部作品表明在某些社会中，恋爱小说对体制具有强大的破坏力"。③ 此评价有诸多牵强之处：该小说的价值自有可商议之处，但无论在哪个时空内，似乎都很难认为《春天的童话》刻画了人类普遍的关怀及问题意识，从而可以成为当时中国文坛极其罕见的"世界文学"。事实上在高岛写作时评期间，《爱，是不能忘记的》等有关爱情的作品已在文坛上引起了广泛的讨论④，但高岛并未触及这些作品。《春天的童话》的博人眼球之处更多在于新婚姻法实施背景下小说内容与现实生活的互动，而非小说中的"恋爱"成分。因此，高岛挑选《春天的童话》并强调恋爱小说拥有破坏体制的力量，即使从当时的视角来看也绝称不上是客观中肯的评价。

此外，还有多处基于相同文学观的言说，如评价王蒙之所以是中国"最具代表性、最忙且地位最高"的作家，除了在当时文坛独树一帜的意识流写作手法外，另一个重要的原因是"他是彻底的'官方'

---

① 高島俊男：『文学の自立を求めて―今日の中国文学を読む』，日中出版，1983 年，118 頁。
② 高島俊男：『声無き処に驚雷を聞く』，日中出版，1981 年，156 頁。
③ 高島俊男：『文学の自立を求めて―今日の中国文学を読む』，日中出版，1983 年，149 頁。
④ 从后续解读者们的视角来看，这些作品都称不上纯粹意义上的恋爱小说。如李建立认为《爱，是不能忘记的》是典型的叙述者的成长小说，其中的爱情是个人精神成长的材料。在成长完成后，主人公"迅速转向了另外一种宏大叙事"。参见程光炜、李建立：《再成长：读〈爱，是不能忘记的〉及其周边文本》，载程光炜编：《文学史的多重面孔》，北京大学出版社 2009 年版，第 16 页。

作家"。① 相较后一章相浦杲对王蒙的评述，就可以发现两位日本学者不同的立场；评价"贾平凹是当今中国为数不多能写出值得称为'文学'作品的人"②，随后介绍了贾平凹的《二月杏》与《好了歌》两部底层叙事的作品；评价张洁、戴厚英、王安忆时，"最担心的是她们今后能否在宣传作品的洪水中维持作为'文学'的水准"③，相似内容不一而足。

高岛十分关注政权与文坛间的种种互动及对文坛的影响，要求文学尽快获得独立的地位。他从1976年即开始关注中国文坛的变化，可以想象他对前一个时期抱有高度的警惕，这同样也可以解释他为何对《神圣的使命》《伤痕》等与主流话语同步转变的作品大为赞赏。高岛的初心自有其价值，但正如王升远指出的，文学叙事应警惕"某种一元、单向文学史观下的规律性抑或某种本质性"④。高岛忽略了20世纪80年代初期中国文坛纷繁曲折的实际情况，"纯化"了文学与意识形态间多样化的关系，通过对作家、作品和事件的多幕话剧式编排，构筑了过于脸谱化的政治与文学的二元对立图景，将许多与国家主流思想保持一致的作品认定为"非文学的"宣传品。如伊格尔顿（Terry Eagleton）所言，"文学理论"和文学批评无论显得多么公允，从根本上来说它们永远是政治性的。⑤ 从这层意义上而言，高岛的评价标准所造就的是仅仅基于另一种政治价值判断的一元而单向的新时期文学叙事。

事实上，高岛的缺陷在于，他对中国文学和政治的关系缺乏辩证的判断视角。正如黄万华在谈及20世纪中国文学时所言：

　　既要承认政治对于文学的重大影响，更要强调文学对于

---

① 高島俊男：『文学の自立を求めて―今日の中国文学を読む』，日中出版，1983年，160頁。
② 高島俊男：『文学の自立を求めて―今日の中国文学を読む』，日中出版，1983年，165頁。
③ 高島俊男：『文学の自立を求めて―今日の中国文学を読む』，日中出版，1983年，178頁。
④ 王升远：《"跨战争"视野与"战败体验"的文学史、思想史意义》，《山东社会科学》2020年第6期。
⑤ ［英］特里·伊格尔顿：《当代西方文学理论》，王逢振译，中国社会科学出版社1988年版，第10页。

政治意识形态、作家对于自我意识形态的超越……当政治倾向成为作家整个人生体验的有机部分，并在作家心灵中与作家对宇宙、生命、世界的深挚感悟融为一体时，政治被艺术化了。①

以上言论并非一种理想化的描述，而是 20 世纪大部分具有民族责任感的中国作家念兹在兹、孜孜以求的创作目标。例如在新时期初期，下一节涉及的王蒙的意识流创作就可以说是"文学对于政治意识形态、作家对于自我意识形态的超越"的成功尝试。但令人遗憾的是，随着日后中日两国内外的时局变化，高岛的这种一元而单向的叙事在日本的中国文学研究界中产生的效应逐渐升温。在特定的时间节点上，高岛纯化的二元对立式解读在被经典化后发挥了更大的效能。在笔者与日本学界的交往中，多位至今依旧活跃在研究第一线的学者，如大东和重（70 后）、今泉秀人（60 后）、宇野木洋（50 后），都提及在青年时代曾阅读过高岛的这两部文集并受到其文学观的启发。② 综合以上史实可以认为，高岛在日本的中国新时期文学研究领域的学科建设中做出了开创性贡献。但与此同时，其过于纯化且片面的二元对立文学观亦深刻地影响了日本学界对新时期文学的评价方式和阐释角度。

第二节 相浦杲： 价值观为体与技法为用

高岛开始撰写时评两年后，新时期文学在日本的传播史中又出现了一次里程碑事件，即相浦杲（1926—1990 年）对王蒙《蝴蝶》的译介。相浦杲是日本中国文学研究泰斗，师从吉川幸次郎，时任大阪外国语大学校长、"中国文艺研究会"初代会长等，在日本知识界的影响

---

① 黄万华等：《经典解码：20 世纪中国文学与电影》，北京大学出版社 2012 年版，第 6 页。
② 以上言论发生于 2014 年 11 月的"中国文艺研究会"每月例会。"中国文艺研究会"为活跃于日本关西地区的中国现当代文学学术团体，其官方刊物《野草》在海内外中国学界具有一定知名度。

力无远弗届。与高岛一样，相浦也在 1977 年即撰文探讨了《人民文学》复刊后的小说题材及内容变化，展现出了其对"新时期"的敏锐意识。但相浦的新时期文学相关成果则要等到 1981 年翻译王蒙的《蝴蝶》。

《蝴蝶》译本含正文共 164 页，附译注 116 个（共 11 页），还有约 20 页的作家作品论兼译后记，以及王蒙的《致日语版序》，内容在新时期文学译本中属最充实之例。出版《蝴蝶》译本的"みすず书房"成立于 1947 年，主营业务范围为人文社会科学类学术出版。《蝴蝶》日译本于 1981 年 8 月付梓，选用的底本是 1980 年第 4 期《十月》杂志（8 月出刊），翻译及撰评合计在八个月内完成。从出版速度和文论的丰厚程度可以看出，相浦对《蝴蝶》相当重视。相浦在译后记开篇即直陈："《蝴蝶》是别开生面的小说。并非一般意义上的别开生面，而是与中国文学之前所有作品所不同的新型小说。"[1] 具体而言：

> 在《蝴蝶》中可以窥到扎根于中国固有风土的念想，马克思主义的思考。此外作者有意识地引入了由乔伊斯、伍尔芙等人创设并发扬的意识流手法。这是使小说与众不同的特征。
>
> 当然，作者并非严格遵照"意识流"的写作手法进行创作，而是通过中西折中的独特手法和风格，创造性地达成了中国风，或者说王蒙风的意识流小说。[2]

《蝴蝶》是新时期以来最早的意识流小说之一，但并非中国最早的意识流小说。因为意识流一词在"五四"新文学始创时期即作为心理学的概念进入中国，在文学批评及创作中作为现代主义的组成部分被中国文坛所接受。[3] 相浦也知道王蒙并非"严格遵照"意识流。对相浦而言，《蝴蝶》的艺术手法上最有价值之处在于将意识流与中国新旧文

---

① 相浦杲：『胡蝶』，みすず书房，1981 年，177 页。
② 相浦杲：『胡蝶』，みすず书房，1981 年，178 页。
③ 郭恋东：《意识流与中国小说现代化》，《甘肃社会科学》2018 年第 3 期。

学的传统相结合，以意识流为方法，开启了具有"王蒙式"个人烙印的文学现代性的尝试。在相浦看来，这种尝试代表了作家更高的追求：

> 出现了一股被称为"伤痕文学"的批判潮流。在向现代化前进的过程中，这些作品获得了读者的支持与共鸣……但随着时代之进展，读者们自然而然地开始追求更高的文学性和艺术性（着重号引用者所加——引用者注），作家也顺应这种要求创造出新的作品。①

无疑《蝴蝶》就是"顺应要求的新作品"。通过上文可知，相浦对新时期文学进行价值判断时，"文学性和艺术性"是比"揭露与冲击性"更高等级的要素，且这两者之间存在着以"时代之进展"为方向的线性进化关系，即所谓文学的"进化史观"。这是一种历史的局限，但笔者的目的不在于质疑相浦四十年前的文论，而是想要厘清对相浦而言"艺术"较"揭露"究竟重要在何处。这里除了表面化的西方式文学价值判断外，不可忽略的是相浦体悟到隐藏在"意识流"背后的中国文坛风向的改变。他在后记中用整整三页篇幅记录了1979—1980年间国内围绕王蒙作品展开的一系列讨论会，以及与会著名作家们对意识流的表态及对王蒙作品的臧否。看到无论赞成与否，与会全员一直认可应支持王蒙的探求精神，王元化还在《和新形式探索者对话》中期待意识流的成果时，相浦感叹"这样的基调和'文革'时完全不同了"②。文学手法等技术问题在80年代往往与背后的意识形态要素藕断丝连，而风向的变化或松动则大概率带来文学思潮的引入与创新。无疑相浦对此是有预感的，他念兹在兹的并非意识流，而是中国文学获得与世界文学同时代性的可能，对意识流的关注被安置在更广大的对中国文学未来走向的关切之中。

"作为方法，意识流的写作更多地具有象征性的症候，它为新时期

---

① 相浦杲：『胡蝶』，みすず書房，1981年，187頁。
② 相浦杲：『胡蝶』，みすず書房，1981年，191—192頁。

文学的发展提供了率先的表率，提供了一种立场和观点。"① 相浦通过对文坛的观察，认为这种象征性的症候是被中国文坛所接受的，这意味着新时期文学走向文学现代化的内外因已逐渐成熟。这就是相浦愿意介入新时期文学在日本译介的原因所在。而在这些意识流作品中，《蝴蝶》借鉴了伍尔芙（Virginia Woolf）等人的写作手法，同时其深处是"庄周梦蝶"这种古典的中国道家思想内核及马克思主义的现实主义革命文学传统，这种杂糅开拓了新时期文学迈向现代性的重要一步。这令人想起曾在王蒙身边工作的朱伟的评价："王蒙对现实主义广阔道路的理解更开放——他喜欢以西方的表现方法来改造和丰满现实主义。"② 从后续的创作轨迹来看，王蒙在意的始终是如何深化和改进现实主义，现代派的诸种手法是手段，庄周梦蝶的文人志趣亦是手段，刻在王蒙创作基因内的始终是与组织血连着血、骨连着骨的少年布尔什维克情结。至于通过旧文化传统走向世界，则是贾平凹、李杭育和郑万隆等人的课题了。但是没有"意识流"，何来"寻根"？回望80年代初的文坛环境，就可以理解相浦如呵护火种般珍视王蒙的尝试的意义，也可以理解虽然相浦将"揭露"与"艺术"置于文学发展的线性脉络中，但他所强调的并非"艺术"在审美上优于"揭露"，而是"艺术"表征了新时期文学现代化的可能，这种现代化可以是"中西折中的独特手法和风格"，乃至"创造性的中国风"。

第三节 历史现场的另一种声音：
中国文学爱好者的文学观

前两节中考察了以高岛、相浦为代表的学院话语体系对"文学性"的言说。但正如上一章所述，20世纪80年代中前期，新时期文学在日本译介的主要力量并非中国文学研究人员，而是职业与年龄层非常多

---

① 谢尚发：《作为方法的意识流》，《文艺报》2021年11月24日第5版。
② 朱伟：《重读八十年代》，中信出版社2018年版，第19页。

样化的文学爱好者。他们大体因为"中日友好""希望向日本传递中国的实时变化"乃至"练手"等积极介入文学翻译。

虽然这些爱好者的语言能力和职业背景各异，但他们对新时期文学秉持的评价立场和期许却存在着共通之处，即更看重小说对现实的观照性，而不是对定义暧昧的"文学性"的追求。如《现代中国短篇小说选》（1983年）的译者上野广生（职业学校教师，自学中文）直陈，中文学习与译介新时期文学的主要动机是"无法通过日本传播的新闻与评论了解中国的动向"①。《80年代中国女流文学选》的主持人南条纯子（日中友好协会理事）表示翻译的目的在于"帮助日本人理解在现代化道路上不断发展的中国社会与人"②。

需要注意的是，以上译本付梓的80年代中期，中国文坛各种新思潮新技法早已如旷野上飘满了风筝，更重大的方法论变革也正河出伏流。但以上译本收录的使用非线性叙事的作品只有《剪辑错了的故事》等寥寥数作。这种情况与出版周期之间可能存在关联，但更重要的原因在于译者的关注重心并未置于技法上。也许他们自己也未意识到的是，他们挑选同时代作品的眼光不是同时性的，而是历时性的，因为在思想解放大潮中，议题和价值取向的转化之快往往出乎意料，典型例子如张抗抗的《夏》中触及的主要矛盾在1985年事实上已成为历史问题，但爱好者们依旧将这些文章收录其中，个中原因在于作品真实地展现了中国社会某一时刻的真实状况。因此，毋宁说他们有意识地挑选了那些不使用过多技巧，而是平铺直叙地反映某一时段中国现实或民众思想的作品。也就是说，新时期文学作为文学的首要价值在于其反映现实的能力。

在爱好者看来，写实和其他技法的关系并非线性发展上的高低端，但这并不意味着爱好者们无力鉴赏非写实技法创作的文学。考虑到上野与南条都是名校文科系毕业，这些爱好者们提供了另一个视角：对接受了大学正统文科教育的日本读者而言，各种近代以降的文学技法

---

① 上野廣生：『現代中国短編小説選』，亜紀書房，1983年，342頁。
② 南条純子ほか訳：『八十年代中国女流文学選　1』，NGS出版社，1986年，3頁。

如意识流等早已成为司空见惯之物。而对于高岛、相浦这样的中国文学学者而言,这些西方兴起的技法是 30 年代后在中国逐渐消失,又在 70 年代末"重开的鲜花",其背后代表的思想范式和文艺观转换会引发他们的关注和遐思。非学院的译者们并不了解中国当代文学发展过程中积淀的各种历史遗产,因此自然无从体会这些技法之于新时期文学所昭示的意义。

可以看出,一般情况下专业学者和爱好者对新时期文学的评价标准是两条平行线,而对于一些特殊的爱好者如辻康吾(1934 年—)而言,这两种标准间还存在着新的维度。辻毕业于东京外国语大学,1979 年起任日本每日新闻北京支局长。1985 年,辻与人合译《中国女流文学选》。辻的特殊之处在于虽然主业为政经记者,但他在中国时大量阅读新时期文学,在 2021 年 87 岁高龄接受采访时,还能回忆起读后最不能忘怀的是戴厚英的《人啊、人!》。① 对辻而言,新时期文学是观察中国社会的重要方式。他清楚地意识到自己对新时期文学的阅读方式并非对文学的鉴赏:

> 我开始从这些文学作品中探求公开报道中无法确知的中国现实,人们对某时刻的政治或事件的反应等。我相信可以获得文学能提供的那份真相。但如此一来,我对将许多作品视作资料去使用而非视作文学去鉴赏感到不安,总对中国的作家们抱有歉意。②

辻想到的补偿方法是"作为文学的翻译":

> 回国后有幸遇见加藤幸子女士,决心与加藤女士合作,将中国的文学作品作为文学而非中国研究的资料介绍到日本。

---

① 辻康吾:「中国「新時期文学」への想い」,「週刊エコノミスト」,https://weekly-economist. mainichi. jp/articles/20210720/se1/00m/020/015000c,最后浏览日期:2021 年 10 月 4 号。
② 辻康吾:『キビとゴマ 中国女流文学選』,研文出版,1985 年,262 頁。

但我并非不担心这些作品作为所谓的文学是如何被日本读者接受的……包括鲁迅或老舍在内，中国近代文学的作品有强烈反映作品当时政治、社会状况的倾向，超越特定情况的作为文学的普遍性（着重号引用者所加——引用者注）有赖于各位读者自行判断。①

新时期文学与当时的社会热点、各种主次要矛盾间的深度关联大多属于"特定情况"，这也正是作为政经记者的辻康吾广泛涉猎新时期文学的主因，这些小说在他看来属于"资料"，而另一些小说如《人啊、人！》则是开拓性地探讨人性的小说。人的自觉与近代自我是一种同义重复，指的是敢于直面而非逃避压迫的主体性。② 探讨知识分子主体性的主题显然具有"文学的普遍性"，因此直到50年后辻依然记得阅读时的感动。《中国女流文学选》由于篇幅有限无法收录《人啊、人！》，而是选择了戴厚英的另一作《高的是秫秫，矮的是芝麻》，辻坦言这是译本中自己最喜欢的作品。但辻强调翻译时所尝试的是"作为文学的翻译"，文学如何"作为"文学被翻译？辻采用了两种操作方式：

1. 在译本中省略了一切可能有碍于文学鉴赏的注解或说明。

2. 委托辻原登对《高的是秫秫，矮的是芝麻》一文进行了大幅度的删减及修改。③

辻原登历任神奈川近代文学馆馆长、日本艺术院会员。详细比照翻译用原本与修改后的文本，可以发现在保留主要情节的前提下，辻原登调整了段落间的顺序、添加了过渡性段落，置换比喻，质而言之，即进行了修辞和构文技巧层面的改写。由此可以看出，在专业学者和爱好者对新时期文学的评价标准之间，辻康吾还在意文学的技巧。他认为新时期文学距离优秀的文学作品存在着差距，担心这些作品无法

① 辻康吾：『キビとゴマ 中国女流文学選』，研文出版，1985年，262—263頁。
② 谭仁岸：《日本思想研究关键词 近代主义》，《日语学习与研究》2021年第6期。
③ 辻康吾：『キビとゴマ 中国女流文学選』，研文出版，1985年，263頁。

被日本读者认同为文学，遂请名家对其进行了改写。勒弗菲尔（A. Lefevere）对菲茨杰拉德的评价可以原封不动地用于评价辻康吾：

> 菲茨杰拉德明显认为波斯人逊色于维多利亚时代的英国同行，这种心态使得他可以以绝不敢用于改写荷马或维吉尔的方式改写《鲁拜集》。诗学层面他认为这种改写应更符合当地读者的主流诗学倾向。①

辻康吾对《高的是秫秫，矮的是芝麻》一文的改写固然有其良苦用心，委托的作家也与戴厚英的文坛地位匹配。但本质上，这不可避免地展示出他对原作的信心不足与傲慢——信心不足才需要日本作家进行"大幅度的"润色，傲慢使得这种改写成为可能。同时需要注意的是，中国大陆1992年才加入《伯尔尼公约》，此前作家在国际上的知识产权无法得到有效保障，这也是改写成功进行的原因之一。

第四节 转型期的文学价值之思

20世纪70年代末的中国社会转型期中，文学发挥了远超审美功能的作用与影响。文学所表达的情感与愿望不仅仅属于作家们，同时它也来源于主流意识形态的引导和守护。但是，经常与这一事实结对出现的论调是，当时中国文学的大部分作品缺乏"文学性"。部分国内学者或认为新时期初期的文学尚未脱离前一个时期既成话语的轨道②，或觉得当时的文学主题思潮实质上是"政治分期的价值判断"③。如曹文轩认为70年代后期"文学界在重重阻力和种种精神障碍物面前，只能

---

① A. Lefevere, *Translation, Rewriting, and the Manipulation of Literary Fame*, Routledge, 1992, p. 8.
② 新时期初期文学文体及叙事模式与中华人民共和国建立后文学之间关联的相关研究，可参照许子东：《当代小说与集体记忆：叙述文革》，麦田出版2000年版；李陀：《昨天的故事：关于重写文学史》，生活·读书·新知三联书店2011年版等作。
③ 丁帆：《重回"五四"起跑线》，人民文学出版社2004年版，第22页。

作一些现在看来算不得什么的试探和突破"①。同时，一些海外汉学家如顾彬等亦对这一阶段的中国文学基于"文学性"标准进行了评估，认为"现代中国文学和时代经常是紧密相联的特性和世界文学的观念相左"②。总之，新时期初期的文学缺少作为文学的价值似乎已成为部分学人的共识。

但如福柯（Michel Foucault）所言，当考察某种专业话语时，我们应试图找到这些陈述过程的规律及来源，其中的主要问题包含了：谁在言说？使得话语合理化的机制是什么？言说主体与言说对象间具有怎样的关系？③ 其实以上问题意识并非由本章而起，国内学者李杨、贺桂梅等已经通过知识考古的路径考察了中国现当代文学史，就中国学界对"文学性"的各种言说和其背后的价值取向展开了论述。④ 本章在方法论层面上"接着前辈们的话说"，但在研究对象上主要关注新时期文学在日本的评价，通过考察日本学界研究新时期文学的先驱高岛俊男、相浦杲及民间文学爱好者所展现的不同的中国文学观，勾勒出新时期文学之"文学性"在日本的不同相位。

正如伊格尔顿所言，文学不是"某一或某些内在性质，而是人们把自己联系于作品的一些方式"⑤。日本译者们自接触新时期文学伊始，就在有意无意地将一系列价值判断的基准套用在新时期文学上。有的学者（如高岛）以与政治的对立姿态来定义文学性的高低；有的学者（如相浦）从文学形式的实验看到了风向的变化与文学现代化的可能；有些人（如辻）认为当时的新时期文学在写作技法上有需要提升的空间；更多的民间译者却认为反映事实、激昂民族的魂魄也是文学性的重要表达之一。

---

① 曹文轩：《中国八十年代文学现象研究》，人民文学出版社 2010 年版，第 2 页。
② ［德］顾彬：《二十世纪中国文学史》，范劲译，华东师范大学出版社 2008 年版，第 7 页。
③ ［法］福柯：《知识考古学》，谢强、马月译，生活·读书·新知三联书店 2013 年版，第54—56 页。
④ 如李杨：《文学史写作中的现代性问题》，北京大学出版社 2018 年版；贺桂梅：《"50—70 年代文学"研究读本》，上海书店出版社 2018 年版等。
⑤ ［英］特里·伊格尔顿：《当代西方文学理论》，王逢振译，中国社会科学出版社 1988 年版，第 8 页。

随着新时期文学在日本的学科化及两国国内外情势的变迁，最终高岛对新时期文学的评价基准成为日本学术界的主流话语，新的文学实验及写作技巧被收拢在文学与政治二元对立的话语框架下，被庸俗化为一种对抗的路径。共识一旦被创造出来，其必然会通过无数的再言说和再生产进行自我固化，而这种固化对不断变化着的中国文学而言并不公平。因此打破中国文学对外传播所遭遇的困局是我们必须努力的方向，而为了达成这一目标，我们需要从根本处着手，厘清日本学界对新时期文学评价标准确立的原初与过程，这就是本章的意义所在。

第三章

与时代联动的译丛

——20 世纪 80 年代中后期至 90 年代新时期

文学译介的一个侧面

随着时代的发展，20 世纪 80 年代中期后新时期文学的作家队伍日益壮大，文学的题材大大拓宽，坚持现实主义叙事传统的作家佳作迭出，而另一些先锋作家们"非常重视文本的自足，重视小说的虚构性，探索叙述方法上的革命"①。新时期文学的内涵变得愈加充实。与此同时，部分日本学者开始尝试将新时期文学研究纳入日本的中国文学研究的学科建制中。新时期文学作品的译介无疑是学科建立的奠基性工作。在以上种种内外部因素的联动中，新时期文学的译介形态也发生了变化，由单一的短篇佳作选向包含单行本、译丛、翻译杂志在内的更加多样化的译介出版形态过渡。相应的，非学院译者逐渐退场，高校中的中国文学研究人员开始承担起新时期文学译介的重任。在以上所述众多出版形态中，译丛与翻译杂志具有项目参与人员众多、译介活动中需要的工作量及资本规模较大、译介作品数量较多等共性特征，两者构成了 80 年代中后期至 90 年代新时期文学日译中具有代表性且占据主导地位的译介方式。不同的是，相比翻译杂志的长时稳定，译丛作为丛书的一种，可以通过短时间内的成套出版，产生出版市场之外的影响，正因为这个特质，新时期文学的译丛出版常与中日两国关系或时局变化具有关联。本章将以五套新时期文学译丛为中心，探索 80 年代中后期开始新时期文学译介情况的变化及新时期文学译介与中日时局变迁之间的关系。

第一节　非学院译者的退场与同时期的　"两国文学界一大盛事"

在译介行为中，译丛是一种非常重要的形式。就自身价值而言，译丛一般基于某种共同主题收录复数作品，具备或大或小的规模效应，比之单行本更容易在读者及出版市场中产生影响，有时其影响力甚至可以跳脱出读者圈，成为社会文化事件。就译丛顺利发行的隐性条件

---

① 陶东风、和磊：《中国新时期文学 30 年》，中国社会科学出版社 2008 年版，第 4 页。

而言，策划及出版译丛所需要的经济花销、社会资本、译者的人数及工作量都远远大过单行本，且译丛对译介对象的规模和质量有一定要求，因此译丛（特别是大型译丛）的顺利出版可以看作新时期文学在日本的译介进入了相对成熟的时期。20世纪八九十年代，在日本发行的新时期文学译丛共有五套，按时间顺序分别是《80年代中国女流文学选》（日语：『80年代中国女流文学選』，共5卷）、《现代中国文学选集》（日语：『現代中国文学選集』，共13卷）、《发现与冒险的中国文学》（日语：『発見と冒険の中国文学』，共8卷）、《新的中国文学》（日语：『新しい中国文学』，共6卷）、《现代中国的小说》（日语：『現代中国の小説』，共4卷）。五套译丛收录长、中、短篇小说共74篇，绝对数量不可谓不大，且译丛的选题主旨各异，构成了新时期文学多重面相间的互补，同时也在相当程度上展现了策划者的主体性。

　　《80年代中国女流文学选》出版于1986—1989年间，编者团队中，主编南条纯子出身于大阪市立大学东洋史学科，供职于大阪府日中友好协会，其余三位译者成员都是自学中文的中日友好人士，这是目前为止民间人士在新时期文学译介中规模最大的业绩，用文学性的语言来概括，也是目前为止非学院译者在新时期文学译坛上的一襟晚照。《80年代中国女流文学选》的目的在于"通过选择翻译80年代中国文坛绽放的女性作家作品，帮助日本人理解在现代化道路上不断发展的中国社会与人"①，这种想法尚未脱离之前非学院译者们将作品视为功能性文本的认知方式。出于这样的出版目的，南条在选择文本时比起作品的文学价值，更加重视作品蕴含的信息量，即作品可以在多大程度上反映80年代中国社会变化和人与人之间的关系变迁。南条将这些变化用"爱""文革""青年""工作""世相"五个关键词进行概括，每册围绕其中一个关键字进行组稿，收录三至四篇作品。入选作品的同质化程度较高，未能及时反映出新时期女性文学在文体和写作风格上的创新性。由于编译团队中并无文学研究人员，其选题逻辑有可商榷之处，如这五个语义场并未处在同一层面的关键词是否可以概括新时

① 南条純子ほか訳：『八十年代中国女流文学選　1』，NGS出版社，1986年，3頁。

期社会发生转变的主要领域？这些关键词与女性作家之间存在怎样的必然联系？能否准确反映出新时期女性写作的主要特征？

就笔者的调查而言，许多当代文学的研究者对这套选集没有印象，或只知其名未见其实，因此似可判断这套选集的流通程度及知名度均比较有限。但是，其探索意义及非学院译者对中国文学的热情都值得高度评价。王安忆《本次列车终点》、铁凝《六月的话题》等后来在当代文学史叙述中经典化的作品，正是借由这套译丛开始了在日本的传播历程。此外，国内对此套译丛的出版亦有介绍，赖育芳在《世界文学》杂志撰写简讯《日本翻译出版〈80年代中国女流文学选〉》，简单介绍了五卷的主题与构成，但并无任何评论。

《80年代中国女流文学选》问世一年后的1987年，《现代中国文学选集》由德间书店开始出版，整个出版周期历经4年，分2批共发行13卷，是为迄今为止最大规模的新时期文学译丛。① 《现代中国文学选集》每卷译介一位新时期代表作家的作品，入选的作家有王蒙、史铁生、贾平凹、莫言、阿城、王安忆、陆文夫、刘心武等共12人，可以说囊括了在叙事迷宫、新写实等"现代派"技巧尚未崛起时新时期文学的全部主要思潮。这套译丛的设想发端于野间宏（1915—1991年）。野间宏是日本战后派文学的代表作家，他在第二次世界大战后初期的一系列反战题材作品及之后的长篇巨制如《真空地带》等在中国翻译出版后，引发了热烈反响。更重要的是，野间在反战、第三世界独立、日本国内弱势群体福祉等议题上始终保持知识分子的批判立场。1960年5月，在安保斗争如火如荼之时，野间作为日本作家代表团团长访问中国，在上海受到毛主席与周总理接见。1965年3月，老舍、刘白羽率中国作家代表团访日，野间宏参加接待，结识了张光年、茹志鹃等作家。之后近二十年，两国文化交流中断。1982年冬，野间应中国社

---

① 2012年由勉诚出版（社）发行的10卷本《选集 中国同时代小说》（日语：『コレクション 中国同時代小説』）是目前为止规模第二大的新时期（及其之后时代的）文学译丛，译介的具体作家分别为第1卷阿来、第2卷王小波、第3卷韩东、第4卷苏童、第5卷刘庆邦、第6卷王安忆、第7卷迟子建、第9卷李锐、第10卷林白。该译丛由于时间因素不作为本书讨论对象，但笔者想强调的是，围绕这套译丛的一系列问题具有重要的研究价值。

会科学院邀请，第二次访问中国。① 这次访华结束回国后，野间痛感中国新时期文学在日本译介的质量与数量都需要提升，因此和井上光晴、小田实等日本著名作家一起研究"如何系统地介绍中国当代的文学作品"②。1985 年，时任中国作家协会副主席、党组书记张光年率中国作家代表团访日，野间在东京寓所中接待张光年及陈喜儒时，"初步达成由中国作家协会提供优秀作品文本，由野间宏牵头成立编委会，负责翻译出版现代中国文学选集五十卷，以期达到全面、系统、及时地介绍中国当代文学的最新成就的目的"③。

可以想象，在这样的背景下《现代中国文学选集》的立项与 20 世纪 80 年代中日蜜月期的时局有相当密切的关联。在该译丛行将在日本出版之际，《外国文学评论》1987 年 7 月发表同为赖育芳的简讯《日本将出版〈现代中国文学作品选〉》④，但与前述《80 年代中国女流文学选》不同，赖氏在开篇即陈述了该译丛的缘起及其对于中日两国文艺界的价值：

> 前不久，日本当代著名作家野间宏致函中国作家协会副主席王蒙，希望进一步加强与中国作家的合作。他在信中说，由日本作家及中国文学研究工作者共同主办的《现代中国文学作品选》，将于 1987 年 3 月与日本广大读者见面。
>
> ……
>
> 以长篇小说《真空地带》而知名的野间宏，为该书主要组织者。他曾于 1982 年冬应中国作家协会的邀请率团访问我国，与北京、西安、南京等地的新老作家及日本文学研究工作者进行了广泛的接蚀和交流，并表示回国后设法组织力量翻译介绍中国的现代文学作品。《现代中国文学作品选》便是他们的实际行动之一。⑤

---

① 陈德文：《和野间宏的一席谈》，《当代国外文学》1986 年第 3 期。
② 陈喜儒：《中国魅力——外国作家在中国》，上海文艺出版社 2009 年版，第 209 页。
③ 陈喜儒：《陈喜儒：我珍藏的光未然手迹》，《北京青年报》2021 年 10 月 8 日。
④ 此为赖氏原文标题，对该译丛书名表达似有误，照实录之。
⑤ 赖育芳：《日本将出版〈现代中国文学作品选〉》，《外国文学评论》1987 年第 2 期。

现在虽无法查证以《现代中国文学选集》为引子，中日双方文学界又形成了怎样的"进一步的合作"，但这套译丛本身就构成了证明当时两国文学界紧密联系的标志性事件。译丛的前期监修为日本野间宏，不谙中文的野间用在封面上署监修者的方式表达了对译丛的支持。之后由于野间于1991年离世，监修变为同样致力于中日友好交流的著名作家针生一郎及井上光晴。据张光年与野间宏会面时在场的陈喜儒回忆，这套选集于90年代初终止，主要是由于双方负责人相继离世而无以为继。① 试想该选集若能继续出版，其巨大的容量（预想中为50册）与专业的选题团队想必可以顺利实现系统性介绍中国文学的策划初衷，因此选集在13册处收尾是新时期文学译介乃至中日文学交流史上的"一盘没有下完的棋"。

以上是《现代中国文学选集》的立项过程，但在策划、选题、翻译等实际操作环节中，真正与中方的对接、负责译文监修及翻译等工作的主要是松井博光牵头的中国文学研究者团队。松井博光（1930—2012年）是日本著名中国学家、思想家竹内好（1910—1977年）培养的第一位硕士，80年代时任东京都立大学教授。松井承接了竹内好重视"同时代中国文学"的学风，他培养的弟子如南云智、渡边新一、山口守、饭塚容、千野拓政、近藤直子等都成长为日本中国当代文学、华语文学研究的中流砥柱。作为在日本的中国当代文学学科建构及当代文学译介中做出决定性贡献的标志性人物，松井博光的名字将在本书中多次出现。

《现代中国文学选集》的出版商德间康快（1921—2000年）是竹内好，同时也是松井博光的旧友，德间为80年代中日图书版权与电影交流做出了巨大贡献。据松井的博士生近藤直子（1950—2015年，作为残雪翻译家闻名）回忆，1985年，德间传媒集团总裁德间康快拜访松井，意图举"《中日友好条约》签订以来两国文学界一大盛事"，希望松井可以负责与中方交涉新时期小说日译的具体事宜。② 如此来看，此前野间与德间之间已经就《现代中国文学选集》进行了探讨。需要注

① 源自2021年11月17日笔者对陈喜儒的电话访谈。
② 源自2013年8月8日笔者对译者之一近藤直子的邮件访谈。

意的是，在具体的选题过程中，为选集出版提供全部资助的"赞助人"
德间康快的影响力不可忽略。正如勒弗菲尔所言，赞助人一般站在文
学系统的外部，并尝试调和文学系统与其他社会系统之间的关系。[①] 德
间早年曾投身日本共产党，80 年代初起任日中友好协会顾问，其管理
下的整个德间传媒集团（包含制作电影的大映株式会社、专门从事中
国电影发行业务的东光德间、主营纸质书出版的德间书店等）都倾力
于中日间的文化产品市场。[②] 如大映出品的《追捕》在进入中国后成为
整整一代中国人心中的经典。1982 年起，大映成为首家与中方电影厂
合作的日本公司，哪怕抛开中日友好的时代背景，双方联合拍摄的
《一盘没有下完的棋》《敦煌》都是电影史上的经典之作。[③]

　　手握多种媒体产业资源，德间康快非常重视集团内部电影与文学
的多模态传播的经营模式。如在《一盘没有下完的棋》上映时，德间
书店推出了南里征典的电影原著小说。描写 731 部队的《恶魔的饱食》
上映时，德间书店同时推出了郡司阳子所著《证言：七三一石井部
队》，在日本社会引发重大反响，累计销售二十余万册。[④] 在中国文化
产品的输入中，德间集团亦秉持这种理念。1977—1997 年，德间书店
每年在东京举办"中国电影节"，小规模放映中国影片[⑤]，其中就包含
了很多新时期文学佳作改编的电影，如《天云山传奇》（在日本上映时
间为 1981 年，下同）、《人到中年》（1983 年）、《人生》（1985 年）等。
在《现代中国文学选集》选题之际，德间明显倾向于已改编成电影或

---

① A. Lefevere, *Translation, Rewriting, and the Manipulation of Literary Fame*, Routledge, 1992, p. 15.
② 多原加栄子：「徳間書店・東タイ牛耳る　徳間康快の中国接近」,『創』1982 年 11 号。
③ 关于 20 世纪 80 年代中国电影在日本的引进史，玉腰辰已在未公开博士论文《关于日本电影在国际上表现的研究：日中电影交流与川喜多长政、德间康快的应对》（日语：日本映画の国際展開に関する研究：日中映画交流と川喜多長政・徳間康快の対応）中做了详细研究。论文摘要及审查意见可查阅早稻田大学学术信息储存网址，https://waseda.repo.nii.ac.jp/? action=pages _ view _ main&active _ action=repository _ view _ main _ item _ detail&item _ id=25661&item _ no=1&page _ id=13&block _ id=21，最后浏览日期：2018 年 8 月 13 日。
④ 多原加栄子：「徳間書店・東タイ牛耳る　徳間康快の中国接近」,『創』1982 年 11 号。
⑤ 每次 5 部～6 部，具体名单可参照刘文兵：《日本电影在中国》，上海电影出版社 2015 年版，第 303—305 页。

具有电影改编潜质的新时期文学作品。①

　　如选集第四册由贾平凹所著的《鸡窝洼人家》，该小说 1986 年由颜学恕导演改编为电影《野山》（出品人为吴天明），获第六届金鸡奖最佳故事片奖及第三届南特三大洲国际电影节（Festival des 3 Continents）金奖，并于同年在"中国电影节"上映。而《鸡窝洼人家》日译本的书名是《野山——鸡窝洼人家》（日语：野山－鶏巣村の人びと－），电影名甚至排在了原著名前面。由此可见，改编电影无疑是德间考量的重要因素。此外古华的《芙蓉镇》、莫言的《红高粱家族》、阿城的《孩子王》的入选自然是因为其本身高超的文学艺术水准，但根据其作品改编的电影在国际影展上屡有斩获的事实想必也在入选过程中发挥了作用。该三部小说改编的电影已无须在"中国电影节"上小规模上映，而是分别于 1988 年、1989 年在日本主要院线公映。从上述事实来看，在选材过程中，赞助人德间掌握了重要的决策权，并且也切实进行了新时期"文学＋电影"的多模态传播。

　　《现代中国文学选集》由著名作家进行推广，选取新时期作家名作，并由专业学者团队进行翻译，确实堪称"《中日友好条约》签订以来两国文学界一大盛事"。但是双方在合作过程中也经历过一些意见对立，如是否将当时一位极具话题性的远赴西德的女性作家放入选题中。这也再次印证了一个事实，即上章所指出的：日本学者对文艺的自觉与价值判断与国内的主流意识形态究竟在多大程度上合拍？当两者发生龃龉时，又应当如何处理与中日友好或中日合作这样大前提之间的关系？事实上不仅在文学领域，查阅中日两国电影人的回忆录等也可得知，在 80 年代的中日电影交流中，这种基于不同观念立场的意见对立更显频繁。② 因此就某种程度而言，90 年代的市场化反而为中日两国文艺界 80 年代的既定合作范式"解了围"。

---

① 源自 2018 年 11 月 5 日笔者与译者之一三木直大的邮件访谈。

② 有关内容可参阅植草信和等『「証言」　日中映画興亡史』（蒼々社，2013 年）。其中包括对《追捕》《敦煌》等片导演佐藤纯弥的采访内容。

第二节 20世纪90年代时局变迁背景下的文艺响应

1989—1990年间，对时局有所反应的东京大学中文系藤井省三、日本大学山口守、御茶水女子大学宫尾正树三位青年学者策划了《发现与冒险的中国文学》译丛。无论这套译丛当时是否有"应时而作"的意图，但从译丛的整体编撰思想来看，这套译丛体现了三位青年编者在当时日本学界颇具革命性的创新思想，简而言之，三位译者试图打通20世纪中国文学，并实现从中国文学到华语文学的观念转换。对于藤井而言，这种创新主要受到中国国内学界"20世纪中国文学史"及"重写文学史"的思潮影响。正如他所言：

> 钱锺书、张爱玲、苏曼殊这样的作家就被排除在文学史以外了……但作为个人研究的志趣我很喜欢苏曼殊他们。在1989年左右，鉴于当时文坛以及学界的现状，我觉得应该尝试一些变革。①

当时藤井正同时撰写中国文学史，他的译丛编撰思想和文学史观之间存在极强的关联，有关此点将在本书有关文学史的章节中详述。另一位编撰者山口守对译丛诞生的经纬有更加精细的描述，同时山口在选题中更关注"华语文学"的可能性，在此照录之：

> 20世纪80年代后期我已经有了正式教职，也有了自己的活动范围，我经常和藤井省三还有宫尾他们开读书会，讨论很多中国的问题。那时候有一个出版社和藤井省三来联络，他们要出一套翻译集，一共是十几本，规划有点大。我们成立了一个有点像编辑委员会的组织，在会上讨论了很多。我

---

① 藤井省三、孙若圣：「藤井省三へのインタビュー」，『アジア評論』2020年1号。

们三个人都负责了几本书，整个翻译集也定为 8 本。藤井负责编莫言、郑义和张爱玲的，宫尾正树负责编茅盾和北岛的。我先自己翻译巴金的从未翻译过的短篇小说集一本。然后编一本翻译台湾文学的。中国台湾文学对我来说一方面是思考中国大陆文学的一个参照，一方面开拓我研究文学的新领域，非常重要。

······

文学是一个实体，有作家、有读者、有作品就可以成立。把这一些作家或作品概括在哪一个轮廓里面，这是后来评论家、学者根据自己的立场去做的一个分类。

······

编扎西达娃和色波非汉族的汉语文学的动机和目的也差不多。也没有时间，我就找到早稻田大学的牧田英二老师。牧田老师是中国少数民族文学这方面的权威。结果那个翻译系列里面我负责了三本，巴金、台湾文学、非汉族（作家）的汉语文学。①

抱有以上意识的三位学者在译丛选题时采取了三种具有独创性的尝试。第一，他们试图打破"五四文学""十七年文学""新时期文学"之间的固有界限，将"20 世纪中国文学"的整体思维体现在译丛中，具体体现为第 3 卷、第 4 卷中分别收录了茅盾和巴金在 30 年代具有探索意识的短篇小说，第 5 卷中收录了杨绛十七年时期的回忆散文。第二，藤井等人重视在改写文学史的思潮中重新获得评定的"文学史中的隐身人"，于第 5 卷中收录了长期游离于主流文学评价体系之外的张爱玲的作品，这是张爱玲小说的首次日译。第 7 卷则主要译介了 70 年代末在国内产生重大影响、与新时期文学的起源密切相关的民间刊物《今天》中登载的北岛、史铁生等人的短篇小说。第三，用中华民族多元一体的整体思维统摄文学，将第 6 卷定为中国台湾文学选集，收录了

① 山口守、孫若聖：「山口守へのインタビュー」，『アジア評論』2020 年 1 号。

白先勇、张系国的作品。第 8 卷则是用汉语写作的少数民族作家作品选集，收录的作家有色波、扎西达娃。

从以上三个特征来看，这套译丛是一次大胆的学术创新，译丛名中的"发现"与"冒险"恰如其名地展现了创新之处："发现"指称之前日本中国文学研究中未被充分注意的张爱玲等作家的作品，以及将华语文学作为整体思考的可能，而"冒险"则表现在对民间刊物《今天》的译介上。相比较上文提到的《现代中国文学选集》，同在"中国文学"框架下的两套译丛展现出了令人惊愕的相异性，这无疑也代表了"中国文学"一词在当代的巨大张力。译丛体现了编译者自身的问题意识，藤井借由编译形成了自己与中国学界遥相呼应的 20 世纪中国文学整体构想，山口则实现了研究范围从"中国现当代文学"向"华语文学"的转换，两位学者此后都在各自的细分专业中取得了巨大成就。当然，这套充满探索性的译丛得以顺利付梓，出版方 JICC 出版局（1993 年更名宝岛社）也功不可没。据藤井回忆，JICC 出版局顺利通过了在当时看来十分前卫的选题，并且与藤井约定为中国作家们提供每印次 4‰ 的版税。译丛第一版每卷印制 2 500 册，原著者最多可收到版税约 15 000 元人民币。[①] 1990 年前后，中国职工平均月工资约为 179 元，可想而知这在当时是一笔巨大的收入。

《发现与冒险的中国文学》编撰与翻译之时，正值中国国内外环境中处于波折的时期，之后的 1992 年，中国的国内改革进入新的阶段，同年也恰逢中日两国恢复邦交 20 周年，两国关系迎来新的变化，其中标志性的事件是当年 10 月 23—28 日，时任日本天皇明仁[②]对中国进行了正式访问，这也是迄今（2023 年）为止唯一一次天皇访华，其意义不言而喻。受天皇访华带动，日本重新掀起了日中友好的浪潮。在日本内务省的外交相关舆论调查统计中，1990 年、1991 年、1992 年、1993 年四年中，对中国抱有好感（含"抱有好感"及"略抱有好感"

---

① 源自 2017 年 4 月 16 日笔者与藤井省三的访谈。相同内容见笔者与藤井省三的另一篇访谈录：「藤井省三へのインタビュー」，『アジア評論』2020 年 1 号。

② 明仁（1933 年—），日本第 125 代天皇，2019 年 4 月 30 日让位后成为上皇。著名鱼类学家。其父是侵华战争及第二次世界大战时在位的昭和天皇裕仁（1901—1989 年）。

两项）的人数分别占回答人数的 52.3％、51.1％、55.5％、53.9％，可以看出 1992 年达到了一个阶段内的峰值。① 在这样的时代背景下，早稻田大学的中国研究相关学者们编译了 6 卷本《新的中国文学》译丛（出版于 1993—1994 年）。有关译丛出版的契机，时任早稻田大学法学院教授、也是竹内好弟子的岸阳子开宗明义地表示："今年（1992 年）是中日邦交正常化 20 周年，我们想以这些微小的翻译业绩进行纪念，希望译丛可以成为邻国的人民触动我们心弦的引线。"② 与中国具有深厚历史渊源的早稻田大学资助出版了这套译丛。

译丛与前述出版于 80 年代末的《现代中国文学选集》一样，采用了每卷译介一位代表作家的编撰形式，被译介的作家依次是：陈建功、乌热尔图、崔红一、张承志、池莉、朱晓平。译者团队为岸阳子领衔的早稻田大学中国文学领域研究人员。译丛每卷都载有中国作者专门撰写的日译版序言，这是译丛相较其他新时期文学日译的独到之处（考虑到野间宏与中国作协牵头的《现代中国文学选集》亦未做此安排），同时也是民间交流中友好氛围的体现。在整体的编撰思路上，在国内评论界看来出身与写作方式各异的 6 位作家被岸阳子以对"知识青年作家"的关照作为伏线连接在一起：

> 生长于同一片文学土壤的知识青年作家们以"人民意识"与"自由意识"作为共同的磁场，展开了各自独特的道路。他们听取了生活在中国广袤大地上人民的生命之歌，并用文学的语言编织为多彩的交响诗。③

90 年代初，由于市场化浪潮的推进，文学也逐渐由 80 年代的精英志趣转向在大众传媒上的自由竞争，中国国内也出现了关于文学和人文精神的危机等一系列讨论。在这个时间节点上，岸阳子概括性地指

---

① 日本内阁府舆论调查，https：//survey. gov-online. go. jp/index-all. html，最后浏览日期：2022 年 3 月 3 日。
② 岸陽子：「刊行にあたって」，『新しい中国文学 1』，早稻田大学出版部，1993 年，xviii 頁。
③ 岸陽子：「刊行にあたって」，『新しい中国文学 1』，早稻田大学出版部，1993 年，xvii 頁。

出知青作家们的共通之处在于"人民意识"与"自由意识"，可看作基于域外视点对新时期文学人文精神的辩护。这套《新的中国文学》的译者团队中，包括岸阳子、牧田英二、田畑佐和子、杉本达夫、大村益夫在内的绝大多数成员都属于后续章节中将提到的新时期文学翻译类杂志《季刊·中国现代小说》的同人，他们在译丛中的部分译文已在《季刊》刊出，因此译丛整体可称得上"半总结，半创新"，有关此点，每卷译者都做了详细说明，并注明了译文初出之处。

　　90 年代最后一套新时期文学（为主体）的译丛是主要由庆应义塾大学学者出版的《现代中国的小说》（共四册，1997 年）。该译丛依旧采用一位作家一册的编撰方式，但四册书之间不排序号。根据实际出版时间由早至晚，依次是格非的《唿哨》（译者关根谦）、刘索拉的《你别无选择》（译者新谷雅树）、梁晓声的《秋之殇》（译者涩谷誉一郎）、林海音的《城南旧事》（译者杉野元子），除《城南旧事》外的三册还包含有书名小说外的其他作品。译丛负责人（监修）是庆应义塾大学文学部名誉教授（即荣休教授），同时也是《红楼梦》研究专家村松暎（1923—2008 年）。村松暎的父亲村松梢风（1889—1961 年）曾就读于庆应义塾大学经济学部及文学部，是日本著名作家，在上海时期曾与郭沫若、郁达夫等中国文艺界人士广有交集。村松梢风在中日交流史上留下最重要的一笔当是 1924 年发表以上海为舞台的小说《魔都》（原题为《不可思议的城市上海》），此后"魔都"遂成中日两国共知的对上海的别称。村松暎继承了父亲梢风与中国的关联，师从同样与民国知识分子们交情匪浅的庆应义塾大学中国文学大家奥野信太郎。① 不过村松暎的主要研究对象与业绩都集中于中国古代文学与思想，与本译丛涉及的内容无直接关联。村松自己在"致读者"中表达的编撰理

---

① 奥野与村松的师徒情谊让笔者联想到竹内好与松井博光、市川宏。不过据弟子们追忆，竹内时常"化身为鬼神"，而竹内在日记里对弟子也无太多带有情感色彩的评价，因此竹内似乎可谓一严师。但奥野似乎有所不同，奥野"追求生活情趣，似乎更近于'享乐主义的感觉派诗人'"，在某次学会上，"奥野信太郎在向与会学者介绍爱徒村松暎时说了句令四座无不咋舌的话：'此人搓麻将，就是通宵彻夜也在所不辞。'"以上有关奥野的内容引自王升远：《文化殖民与都市空间：侵华战争日本文化人的"北平体验"》，生活·读书·新知三联书店 2017 年版，第 416 页。

由是：

> 近十年前诞生的新文学尽管不断遇到阻碍，但持续成长，
> 值得关注。
> 此处介绍的作品是我在文中多次提到的"新文学""最新
> 的文学"……希望读者可以借由这些作品了解"现在当下"
> 的中国文学具有怎样的面向。①

此处的"近十年前诞生的新文学"即"85 新潮"后中国文坛诞生
的新气象。刘索拉和格非各自的代表作亦借由这套译丛来到了日本。
特别是《季刊》正处于第 1 期（1987—1996 年）与第 2 期（1997—
2006 年）中间的短暂停歇，因此这套译丛可以说与《季刊》形成了有
效的互补。②

与介绍中国文坛新气象的热情构成一体两面的是村松希望为弟子
们提供学术发展舞台的责任感，这也是译丛得以立项的重要原因。译
丛出版时村松暎 75 岁，已极度接近庆应义塾大学允许工作（含返聘）
的最大年限。且译丛的译者四人全员毕业于庆应义塾大学文学研究科
（即国内研究生院），都接受过村松的指导，其中三人当时正任教于庆
应义塾大学。正如译者之一的关根谦所言，这套译丛是村松为弟子们
力促而成的登台机会：

> 1997 年发行的《现代中国的小说》译丛，里面有格非、
> 梁晓声、刘索拉、林海音四人的作品。这套译丛是村松老师
> 和新潮社磋商要引进中国当代文学才得以成行的。翻译过程
> 历经两年，那时候村松老师年届古稀，但是依旧仔细检查了

---

① 村松暎：「読者へ」，関根謙：『時間を渡る鳥たち』，新潮社，1997 年，4 頁。
② 此处互补的含义是：《季刊》第一期中，格非入选 0 篇，刘索拉入选 1 篇，因此《现代中国
的小说》译丛对这两位作家的译介与《季刊》产生了互补。但值得注意的是，同时代出道
的苏童在《季刊》中入选 5 篇，译者都为饭塚容，可见饭塚容在 20 世纪 80、90 年代之交即
展现了对 80 年代后期登场作家的强烈兴趣。

四卷译稿，为提高译本质量做了很多修改，我们每个月进行
一次译稿探讨会，最后还进行了合宿，就在新潮社的三浦海
岸的会馆里，住在一起彻底讨论译文。

……

村松老师在确定《现代中国的小说》的选题时也反复推
敲，特别是考虑到译者中只有我研究中国现当代文学，其他
三位译者分别是说唱文学和近现代文学方向，所以村松老师
花的心思更多一些，最后选择了格非《喝哨》、梁晓声《秋之
殇》、刘索拉《你别无选择》（另两作）、林海英《城南旧事》
等能代表当时中国文学不同方向的作品。当时年长的老师们
有这么一种意识，就是有责任为年轻人创造活跃的舞台，提
供尽可能的支援。都立大的前辈如此，庆应的前辈也是如此，
这事实上也是很多译著诞生的原因。①

虽然专为弟子练手而组织策划大型译丛很难成为学术界和出版界
的通行动机，但是关根的言说带来的启示是，拥有具备翻译能力的弟
子们会使老师产生策划或承接大型翻译活动的倾向。竹内好监修弟子
们翻译《现代中国的思想》、松井博光组织《现代中国文学选集》到村
松暎磋商引进《现代中国的小说》译丛等事例都提醒我们，在考察翻
译史时不可忽略以权威人士为核心聚合的译者团体的作用。

80 年代中后期开始，新时期文学译文的出版形式发生了多元变化，
本章选取译丛为考察对象，是考虑到译丛所涉及的人力、物力和社会
资本远超过个体的翻译行为，更具有译介史意义上的研究价值。考察
以上五套新时期文学译丛在日本的立项缘起与出版过程，首先可以明
确的是，几乎没有一套新时期文学的译丛一开始被定义为商业行为。
《80 年代女流文学选》是同好会自费出书；《现代中国文学选集》由意
图举中日建交后一大盛事的德间书店承担所有费用；《发现与冒险的中
国文学》则经由藤井省三与出版社商议，由出版社在还未销售书籍的

---

① 源自 2023 年 8 月 18 日笔者对关根谦的访谈。

情况下根据印册支付每位中国作家版税;《新的中国文学》接受了早稻田大学的出版资助;最后的《现代中国的小说》的出资情况并不明晰。虽然其中《发现与冒险的中国文学》与《新的中国文学》两套译丛获得再版,创造了一定的销售业绩,但出版社至少在立项时都并非基于纯商业目的。这一定程度上与60年代起日本出版界整体繁荣,出版社有可用于社会影响类出版项目的资金等外部原因相关。因此,与其说译丛的出现代表着新时期小说逐渐被日本的出版市场接纳,不如说日本的市民阶级和知识界对新时期文学的重视使之具有了一定的社会影响。

而这种影响大致来源于以下三种要素。其一,国家间与民间的友好氛围。中日友好对新时期文学在日本译介的重要意义,无论强调多少次都不为过。20世纪80年代被傅高义(F. Vogel)定义为中日关系的"蜜月期","蜜月期"中存在着大批对中国抱有友好情感,甚至自学中文的日本民众。他们是新时期文学的读者,同时也是新时期文学的译者。正如松井博光所言:"他们的存在形成了一种潜在的需求,为了迎合这种需求,各地不断诞生出新的译者。换句话说,译者自身即是从潜在的读者层中脱颖而出的。"①《80年代中国女流文学选》的译者团队即是极好的例证。

其二,与第一点互为表里的是,友好关系也有利于营造良好的出版环境。虽然两国关系交恶时也会出现翻译的赞助人,但此时赞助人一般由官方、半官方机构组成,其赞助的内容也倾向于可以实际为两国间国际行为提供参考的对象国社会、经济、政治等各层面的资料,文学翻译未必可以顺利得到资助。而80年代正值中日关系的黄金时期,民间赞助人愿意在文学译介上投入资本,而官方背景的机构也乐于对两国间的人文领域交流提供一定的支持。如中日合拍的《一盘没下完的棋》在两国间引发了空前的反响,随后《敦煌》的拍摄又得到了中方各部门的鼎力相助。正是在这样的友好氛围中,德间书店顺理成章地介入了新时期文学的翻译活动。又如1992年是中日邦交正常化20周

---

① 松井博光:「最新中国短編小説集　ひなっ子」,『中国研究月報』1984年8号。

年，日本天皇访问中国，两国的友谊达到了又一个顶峰，这样的时代背景下，早稻田大学出版部资助《新的中国文学》译丛可以说是顺时代大势之趋。反向思考，如果没有德间康快与早稻田大学出版部的经济支持，两套译丛恐怕不会如此顺利地得到出版。

其三，合格的译者大量涌现。此处的合格不仅仅指从事翻译工作时语言转换的技巧，更指译者既具有对新时期文学的深厚理解与独特判断，又具有对本国读者审美意识的把握，能够在纷杂的文学现象中依据自己的标准进行取舍，形成一套具有译者主体思想性的译丛。在《发现与冒险的中国文学》中，藤井等译者借由译本选择实现了"新时期"与"五四"的精神脉络连接，又实现了由"中国大陆文学"向"华语文学"的转化。读者通过这套译丛可以管窥20世纪中国现代文学发展的流变，译丛推出后，其独创性的编撰方式立刻获得了市场及学术界的承认，不出半年即有加印。与此同时，岸阳子等早稻田大学诸学者则有意将关注重点缩小到新时期作家群体中的"知青作家"身上，以小见大，用知青文学这一范畴消解了都市、乡土文学及汉族、少数民族文学的二元对立，触摸到了同时代中国的普遍性。以上各种译丛在具体的材料选择上倾向相异，但在编撰的方法论上具有共通之处，都是编撰者结合自己的主体性对材料进行梳理后，选择出既符合译丛主题又可能为读者所接受的作品。

以上是对译丛的考察。正如前文所言，从80年代中后期开始，新时期文学的出版形式逐渐多元化起来，除了译丛之外，亦出现了专门的新时期文学翻译杂志。专门为某国某一时期的文学作品设立的翻译杂志在日本的翻译史上极为罕见，因此下一章中，笔者将以这部杂志的创立者们——80年代中后期起活跃于新时期文学译介领域的汉学家群体为中心，通过追溯他们与师辈之间的思想系谱，来尝试阐释他们投身于新时期文学译介的原因及动机，以及他们的译介实践行为。

第四章

作为方法的新时期文学

——《季刊·中国现代小说》的创刊

与竹内好的思想遗产

在新时期文学勃发兴盛的 20 世纪 80 年代初，一批曾于东京都立大学中国语言文学研究科（本书中简称"都立大中文研"）接受过竹内好、竹内实、松枝茂夫指导的学者们结成了松散的同人性质学术团体，定期举行读书会，交流阅读新时期文学的成果与心得。1987 年春，这批同人创办了《季刊·中国现代小说》（下文简称《季刊》），定期公开出版自己的新时期小说翻译成果。

《季刊》共发行两期，第一期从 1987 年春到 1996 年 3 月，九年中发行 36 号，译介新时期小说 168 篇（连载算一篇，下同）；第二期从 1996 年 10 月到 2005 年 1 月，同样是九年发行 36 号，译介小说 152 篇。《季刊》的印数最初为 1000 册，于第一期第 14 号开始，出于经费原因印数下调至 700 册。作为日本唯一一本专门译介新时期文学的杂志，发行年限长且具备一定发行量的《季刊》对新时期文学在日本的传播译介发挥了举足轻重的作用。两期《季刊》的编者团队有代际更迭，蒙竹内好直接授业的学生们主编第一期，至第一期完结时，这批 20 世纪 30 年代前后出生的竹内亲传弟子已接近退休，因此第二期的编者主要由"学生的学生们"（如近藤直子、饭塚容、千野拓政等）担任。本章主要探讨《季刊》创刊的历史脉络，因此将讨论的重点放在第一期。

第一节　竹内好与安保斗争、《中国的思想》和《季刊》

竹内好是日本著名思想家、中国文学研究家，以鲁迅研究和对中日两国近代化比较的思考为人所知，对其成就已无须赘言。终其一生，竹内始终与象牙塔式的学术生产保持着一定距离。孙歌如是评价："他虽然在战后先后执教于东京的多所著名学府，并在东京都立大学人文学部任教授八年（1953—1960）之久，但是他一生的主要精力却倾注于学院之外的著述、翻译、编辑工作。……而他没有嫡传弟子的那份身后寂寞，也因而具有了与学院派知识分子相对的文化品格。"①

　　但事实上，竹内虽然未终生常驻杏坛，可他为东京都立大中文研、乃至为日本的中国现当代文学研究领域的人才培养做出了划时代的贡献。任教的八年间，竹内开创了以同时代中国文学②为研究对象的独特学术传统，当时在都立大曾受竹内亲传的年轻学子们耳濡目染，养成了始终对中国同时代文学保持关注的学术品格。后来这批弟子陆续在以东京为中心的日本各地高校中任教，成为日本中国现当代文学研究的中坚力量，《季刊》的同人们即来自这批竹内好的弟子。

　　《季刊》创刊时共有 8 位同人，按照创刊号所示排名为：市川宏（主编）、井口晃、大石智良、岸阳子、杉本达夫、田畑佐和子、牧田英二、和田武司。该排名中，主编市川出现在第一位，而第二位井口的翻译量在两期杂志中位居所有同人之首，且远远超过其他人，据此似可判断该排名存在事先分工的逻辑性。到《季刊》第 2 号发刊时，近藤直子加入，因此同人们一般在公开场合称创刊时编者为 9 人。创刊时各人的所属单位如表 4-1 所示。

表 4-1　《季刊》创刊时同人所属单位一览

姓名	创刊时所属单位
市川宏	法政大学
井口晃	中央大学
大石智良	法政大学
岸阳子	早稻田大学
杉本达夫	早稻田大学
田畑佐和子	早稻田大学等（非长期聘用）

① 孙歌：《在零和一百之间》，载［日］竹内好：《近代的超克》，孙歌编，李冬木、赵京华、孙歌译，生活·读书·新知三联书店 2005 年版，第 1—2 页。
② 本书中的"同时代文学"与"新时期文学"两个术语具有不同的内涵。其中"同时代文学"指与研究者的研究经历发生在同时代的文学现象，如对竹内好而言，"五四"文学及人民文学属于同时代文学，对《季刊》同人而言，新时期文学属于同时代文学。"新时期文学"的定义已在本书绪论部分进行了讨论，即 1976—1990 年前后的中国大陆地区文学。

姓名	创刊时所属单位
牧田英二	早稻田大学
和田武司	拓殖大学
近藤直子	东京都立大学（博士在读）

饶有意味之处在于，《季刊》创刊时距竹内好（1908—1977 年）作古已逾十年，但同人们在公开媒体上多次表明《季刊》与竹内好之间具有某种精神上的传承，如以下三条日本著名报纸上公开刊登的杂志介绍信息：

1."编者共 9 人，基本都是以鲁迅研究闻名的已故都立大教授竹内好的弟子。"（《朝日夕刊》1988 年 7 月 22 日，第 1 版）

2."现有编者 12 人，所供职的大学虽不尽相同，但绝大多数都是受过已故都立大教授竹内好教诲的人。"（《朝日夕刊》1991 年 4 月 3 日，第 9 版）

3."10 年前创刊时编者 9 人，都是有机会直接接受过竹内好教授教诲的人。"（《朝日夕刊》1996 年 12 月 9 日，第 5 版）

可以发现，同人们反复强调与恩师竹内好之间的思想血脉，但这与《季刊》的创刊有怎样的关联呢？如果像这种宣言一样的传承关系确实存在的话，它又具体体现在何处呢？或者说，当时都立大中文研名师如云，为何同人们不同时强调他们和松枝茂夫、竹内实等同样优秀的学者之间的精神传承呢？这些构成了笔者的问题意识。而这些问题的答案可以通过细读《季刊》同人们创作的各类文献找出端倪。

前文已述，《季刊》并非同人们一时兴起之物，早在 80 年代初期，《季刊》创刊时的 8 位同人就开始举办定期读书会，阅读新时期文学了。在《季刊》创刊号中，主编市川记述了读书会成立的经纬：

　　数年前，曾经的 60 年代安保斗争中的老弱残兵们（进行
着令人耻笑的游击战），也就是现在已成为化石的我们，孜孜
不倦地开展了类似读书会的东西。也可以说，这是我们应对
如洪水般涌来的中国现代文学作品（此处意为新时期文学作
品——引用者注）时，良心的展现。①

　　这段揭示《季刊》起源的话语相当晦涩。"老弱残兵""游击战"
等战争隐喻为何会在和平年代翻译外国文学的刊物的发刊词中出现？
读书会如何与 27 年前的安保斗争产生联系？而又为何会是面对中国文
学时"良心的展现"？随着对这些问题的求索，《季刊》同人与其师竹
内好交往的草蛇灰线逐渐浮现。

　　1960 年的安保斗争是日本民众为了抗议日本政府同美国订立《日
美新安保条约》②而进行的波澜壮阔的反战市民运动。运动当时，《季
刊》的同人还都是都立大中文研的研究生，年龄在 22—27 岁之间，师
从竹内好等学者。竹内好并非埋首故纸的传统汉学家，他关注同时代
中国文学的研究姿态，就本质而言，带有强烈的对社会的关照意识。
竹内关于第二次世界大战后中日关系的中心思想可以归结为日本对中
国犯下了严重的战争罪行，应当通过努力实现中日邦交正常化的方式
来进行补偿。竹内认为，在 1951 年的旧金山和约中，日本已经因美方
压力与国民党政权盘踞的台湾省"单独媾和"，错过了与中华人民共和
国建立和平外交关系的机遇。如果《日美新安保条约》生效的话，中
日两国关系的进展将会非常困难。③ 因此，竹内自始就站在市民运动的
第一线，其在安保斗争中亲力亲为的抗议行动就有 1960 年 5 月 15 日与
丸山真男参加"静默游行"，5 月 18 日作为"安保批判会"的 11 位代
表之一赴日本国会陈情，并与时任日本外相藤山爱一郎座谈等。④

① 『季刊 中国現代小説』1 巻 1 号。
② 该条约全称为《日美相互协力及安全保障条约》（日语：『日本国とアメリカ合衆国との間
　の相互協力及安全保障条約』），通常情况下略称《日美新安保条约》。
③ 竹内好：『竹内好全集 9』，筑摩書房，1981 年，95—96 頁。
④ 安保前后竹内的具体抗议活动可参阅『竹内好全集 9』，筑摩書房，1981 年，142—159 頁。

然而，5月20日凌晨风云突变，岸信介政府不顾民意，在违反议会程序的状态下强行通过该条约。此举不仅意味着竹内理想中中日两国邦交正常化可能性的破灭，更在原理上意味着日本战后民主主义的重大挫败。正如竹内所言，明治以降，日本的近代科学如实证主义、进步主义都以完整的形式被接受，并没有与既存的神国史观展开思想的对决，亦没有进行内部转化。[①] 因此战后全盘接受美国民主重建，甚至由美国帮助订立宪法的日本政府，最终在美方的压力下背弃了全体国民（民主），破坏了议会政治（法制），形成了历史巨大的讽刺。安保条约的"强行通过"这一违宪事件无疑宣告了战后日本官方主导的民主建设的破产。竹内判断"日本已经失去了作为宪法核心的议会主义"，而自己在都立大就职时"曾宣誓作为公务员尊重、拥护宪法"，因此"在众议院议长和首相无视宪法的状态下，我继续担任都立大教授这一公职违背了就职时的誓约，也违背了作为教育者的良心，故我决意辞去大学教职"。[②] 在《日美新安保条约》违宪通过一天后的5月21日，竹内好就向学校递交了辞任状。那么当时尚负笈都立大的同人们是如何面对竹内辞职和安保斗争的呢？岸阳子的回忆录中写道：

> 不久，1960年安保斗争开始了，都立大的中文研究室变得格外喧嚣。我在从亚细亚大学（兼职）的归途中，用围巾半蒙着脸参加了示威游行。还有一次忘了摘下胸前挂着的"竹内别辞职，岸（岸信介，时任日本首相——引用者注）辞职"的条幅就去做兼职了，引起一阵忙乱。但是，竹内好先生离开都立大的去意已决……[③]

距事件发生后两个月，市川宏写的回忆录依旧情绪激昂：

---

① 竹内好：『竹内好全集 5』，筑摩书房，1981年，64頁。
② 竹内好：『竹内好全集 9』，筑摩书房，1981年，99—100頁。
③ 岸陽子：「中国文学を志して」，『中国—社会と文化』第29号，2014年7月，329—330頁。

政变。安保通过。

对抗暴政，唯有武力。

但我凭何，去应战。

浸透全身的空虚。

而且，已成了乱世。

无论如何，打倒岸政府。

这是事关生死的关键。

……①

从中可以看出同人们与自己的恩师步调一致，坚定进行反战和平斗争的立场。② 但是这些抗争没有阻止《日美新安保条约》生效。"竹内别辞职，岸辞职"的口号最终的结果是竹内辞职，而岸信介则在成功强行推进条约签署后"功成身退"。虽然事后来看，竹内好离开体制反而解放了其作为思想家的言论张力，但就成果主义式的评价标准来看，安保斗争的结局成了同人们的创伤记忆。虽然并无太多学生挽留竹内的文字记录，但岸阳子简朴的"去意已决"隐含了可以想象的巨大信息量。而市川的诗则宣告了以安保斗争的失败为起点的"斗争"的开始，诗中出现的"敌人""武力推翻""应战"等，与二十余年后《季刊》发刊词中的"老弱残兵""游击战"等隐喻共同构建了安保斗争认知的话语空间。市川将安保斗争定义为一场"战争"，但其行进的方式恐怕未遂市川设想。岸信介的后任首相池田勇人推出"国民收入倍增计划"，伴随着美国入侵越南带来的"战争特需"订单等经济刺激，日本的国民收入水平大幅度提高，国家进入消费社会时代，再没有出现各阶层广泛参与的市民运动。③ 由此，安保斗争的形式最终转化

---

① 市川宏：「5.19、20 1960」，『柿の会月報』1960 年 7 月号，第 1 面。

② 此外，当时都立大中文研的另一位教师、现代中国研究的开创者竹内实，于安保斗争最激烈的 6 月初随日本作家代表团访问中国，在中国逗留四十余天，并受到毛泽东的接见。都立大中文研对《日美新安保条约》的抵抗姿态可见一斑。

③ 1969 年虽然发生了以安田讲堂事件为代表的一系列社会运动，但这些运动从本质上而言是学生运动，其运动目标亦有局限性，并非 1960 年安保斗争时全社会各阶层广泛参与的市民运动。

为漫长时段内个人在各自领域内的主体性抗争（某种意义上而言，也可以理解为松井所说的"苦斗"），这照应了市川所言"武力推翻"最终转变为"老弱残兵""游击战"的逻辑过程。

然而，安保斗争虽然未再重现，但早已在那一代的年轻人心中埋下了启蒙的火种。正如张承志所言，自 60 年代安保时代起，一脉潮流就再也没有中断过。一系列响亮的话语被创造出来，或者从中国、法国引进："与其在战争中死，不如在反战中死。""坚持自我的第一步。"[1] 安保斗争作为精神装置，始终作用于同人的深层意识结构中，提醒同人在冷战的结构性困局中发挥主体性，寻找在日本的知识精英与市民阶层层面上与中国接近的可能性。而主体启蒙性的第一步，正是来自竹内好平时的言传身教及抗议安保离职所带来的冲击。如果竹内继续担任公职是"违背了良心"，那么辞去公职就是"良心的展现"方式了。这与《季刊》发刊词中创办刊物是"良心的展现"之间存在着极为明显的互文性。在中日两国处于冷战对立的非常时期，竹内始终秉持着不违良心这一道德底线，这可能是竹内作为教育家留给弟子们最重要的精神遗产。正如长堀祐造在竹内良雄（《季刊》第一期同人）的退休文集里所写，竹内良雄 1965 年进入都立大，当时竹内好已经离职了。但是竹内好指导的研究生还在校内，因此毫无疑问，竹内好的影响力一直波及了竹内良雄。[2] 这种精神传承是《季刊》及其前身读书会得以成立的思想前提。

竹内辞职意味着与同人们在大学教育制度上师生关系的终结，但这并不意味着竹内从此放弃了对同人们的指导。他的辞职行为一开始"并未获得学生的谅解"。竹内决定辞职后，都立大中文研一连数日召开内部会议，竹内几乎每次都出席。这些会议给竹内的感受是"学生开始展现对学问的渴求，他们一改被动的姿态，主动寻求指导，展现了自主的研究意识"[3]。竹内自然不会对这样的学生弃之不顾。三年之

---

① 张承志：《敬重与惜别》，东方出版社 2014 年版，第 105 页。
② 長堀祐造：「竹内良雄さんの定年退職を送る」，『慶応義塾大学日吉紀要 中国研究』2011 年 4 号。
③ 竹内好：『竹内好全集　9』，筑摩書房，1981 年，153 頁。

后，时机到来。1963 年 3 月 5 日，时任德间书店总裁的德间康快拜访竹内，提出希望译介出版中国的古典思想系列丛书。竹内立刻想到了以同人们为主体的青年学生们。岸阳子认为他"想必感到了作为教育家的责任，怀有指导他们、锻炼他们的渴望，因而立刻牵头成立了'竹内翻译组'（名为'中国的思想刊行委员会'）"①。翻译组由竹内好与松枝茂夫②两位资深学者领衔，其余清一色都是都立大的青年学生，《季刊》第一期的创刊同人大部在册。

　　竹内受德间委托策划的这套《中国的思想》系列译丛最初发行 13 卷，内容集中于诸子百家。随后"中国的思想刊行委员会"逐渐脱离其原本"竹内翻译组"的实际内涵，成为德间书店负责中国典籍翻译的固定项目组名称。在该委员会名下，《中国的思想》系列随后不断增发及重印，选题逐渐涉及较易与出版市场结合的中国传统故事与名言集、《三国演义》等。该系列最终发行近三十种，部分卷次改编至第三版，显示出强大的生命力与市场需求，是迄今为止日本规模最大的中国古典系统性译介成果。"竹内翻译组"直接完成了前 13 卷。竹内接受德间的委托是在 1963 年 3 月，《中国的思想》前 13 卷出版于 1967 年，此后于 1972 年起又出版了前 13 卷的改定增补版。由此可以推算出，最初版本的翻译加出版周期至少为四年，且此后至少到 1972 年前，翻译工作仍未停止，译本还在不断得到修改加工，据此可以想象十年间"竹内翻译组"为《中国的思想》所倾注的心血。那么，《中国的思想》具体经历了怎样的译介过程呢？

　　岸阳子推测，竹内"之所以承接任务，是为了补偿 1960 年安保斗争中被放逐的弟子们，并且通过这个机会来敲打他们光培养了问题意识，却不怎么肯下苦功的情状"③。从岸阳子的如上推测可以想象，竹

---

① 市川宏：「風よ、永遠なれ」，『德間康快追悼集』，德间书店，2002 年，45 页。

② 松枝茂夫（1905—1995 年），著名汉学家，东京都立大学教授，与周作人、郭沫若等中国知识分子交往甚笃，译著有《红楼梦》《周作人散文集》等数十种。自都立大离职后，松枝任早稻田大学文学部教授，同样成为早稻田大学中国文学的奠基人之一。

③ 岸陽子：「中国文学を志して」，『中国―社会と文化』29 号，2014 年 7 月，335 页。需要注意的是，岸阳子被分配到的译文是《庄子》，较其他诸子而言读解所需要的精力与学力恐怕更甚。

内必定在翻译过程中对弟子进行了严格要求。通过考察竹内日记中关于此事的记载，可互证这正是竹内的初衷之一：

> 都立大中文研的青年学生们组织了柿子会（因都立大坐落于东京柿坂——引用者注），进行着将中国古典译为现代日语丛书的计划。我被请求担任监修工作，担子很重，但我还是接下来了。这些青年们好不容易得到了学习的机会，如果我拒绝导致他们意志消沉就太不好了。此外，我自身也想利用这次机会，我认同从学问的社会功用来看，这次选题是有意义的……为了给研究（翻译之前的学习——引用者注）预留时间，研究会在春天就开始了。我因为生病一直没有去，进入秋天又因为感冒缺席。每周六的下午是研究会的定期会议日，借用了出版社二楼的日式房间。我第一次出席的印象是，大家对这次任务着实准备不足，如果不大幅度加快进度的话，可能无法按时进行翻译，于是我有些心急地敦促他们，给他们打气。正因为他们如此年轻而富有朝气，之后努力半年的话一定会有所建树的。①

竹内自己也认为研究会是他对弟子们"补课"的机会，而且觉得自己在未登场之前，弟子们的准备工作非常糟糕。据岸阳子回忆，翻译组先每周两次聚会，学习包括冯友兰《中国哲学史》在内的诸多论著长达一年，随后正式进入翻译，其中的半年有老师竹内参与。如此来看，竹内希望进行的"研究"或"准备"应当是对冯友兰《中国哲学史》等著作的学习，至于研究会是每周一次还是两次，或者由一次变为两次，现已无法判明。

竹内所谓"有些心急地敦促，给他们打气"，在实践过程中则表现为非常严格的学术训练。岸阳子对此回忆，在进入正式翻译后，整个翻译组"每晚集合，译者事先将试译发送给全员，大家一起讨论至深

---

① 竹内好：『竹内好全集　16』，筑摩书店，1981 年，450 頁。

夜后，译者将保有大家修改痕迹的译稿全部回收，回家修改，第二天大家对修改稿全体讨论。而化身鬼神的竹内每晚必到"①。在如此训练过程中，青年学生们养成了对于研究对象的求索态度和对于文本的精读能力，成为不光具有问题意识，亦具有研究能力的成熟学者。众人之后顺利就职于各高校，成为一代汉学家的中坚力量，想必颇多受益于这一阶段的训练。其中有一些学生以此为机进入古典研究领域（如奥平卓、守屋洋等），继续钻研近现代文学的学生则成了《季刊》的主力，全三十余卷的《中国的思想》不仅成为中国古典思想在海外译介的重要成果，更为《季刊》提供了团队基础和生产方式上的直接指导。

在此可以比较《季刊》与"竹内翻译组"在翻译方法上的相同之处。《季刊》的翻译方法为：译者自行决定作品后试译，将译稿发送给同人，随后在每月一次的例会上进行相互探讨，探讨后如何修改由译者本人自行决定。② 两相对照可以发现，《季刊》在译文的生产方式上几乎完全复制了《中国的思想》的工作坊形式，唯一的不同在于《中国的思想》中具有"卡里斯马"（charisma）的竹内好担任着监修工作，拥有对译稿的最终裁定权，文责由竹内承担。而《季刊》同人秉承平等的原则，对他人的修改意见拥有主体性的选择空间，文责也由译者单独承担。但读书会的组织形式和两种出版物在生产方式上的继承性可以说一览无余。同人们对两者之间的关系亦有着非常明确的认识：

> 《中国的思想》译者的大半如今作为《季刊》的同人，每月召开一次聚会对例文进行严格的互相批判，当时最年少的I君［即市川宏（Ichikawa Hiroshi），首字母为I——引用者注］是如今的主编。（竹内）好先生肯定会为我们如今"对于对象钻研的深度"打及格分的吧。③

---

① 岸陽子：「中国文学を志して」，『中国―社会と文化』29 号，2014 年 7 月，335 頁。
②『季刊 中国現代小説』1 巻 8 号。
③ 岸陽子：「翻訳恐るべし」，『早稲田文学』復刊 228 号，1995 年 5 月，96 頁。

可以看出，在立身与治学的层面上，竹内从形而上的价值观到形而下的方法论都给予了弟子们全方位的影响。事实上，竹内与弟子们在长期共事中也建立了深厚的私谊。竹内在日记中多次记载了与弟子们的交往（以松井博光和市川宏居多）。与此同时，作为学生的岸阳子也生动记录了竹内教弟子们滑雪的往事，松井博光更是动情写道："我从没正面回答过为何选择了研究中文这个问题。每次都是含糊地回答人生的进路总是由于某些机缘就这么定了，但是我想可以这么说，我在庆应研究的并非中国文学，只是因为遇见了竹内好。"①

1977 年 3 月 3 日，竹内病归道山，在竹内好的葬礼上，宣读悼词的除了增田涉、野间宏、鹤见俊辅等同朋巨擘外，后来《季刊》的主编市川宏亦代表诸弟子表达了对恩师的思念。2008 年，竹内创办的"中国之会"与"鲁迅之友会"的成员合流成立"竹内好记录会"②，整理竹内好学术成果的同时，收集有关竹内的各种资料，意图还原"作为普通人的竹内好"，这批弟子同样是会中骨干。可以说自竹内好过世后，弟子们以悼念竹内的方式进行的知识及学术生产活动就一直没有停止过，而《季刊》某种意义上亦可以被视作这些活动的一环。那么相比其他方式，译介中国新时期文学的《季刊》如何与竹内的学术思想发生勾连呢？

第二节　中国文学与日本民众的精神世界

《季刊》的出版目的见于每号扉页，内容如下：

在中国大地上生存的

人们的 生活与思想

---

① 松井博光：「あるのかないのか、故郷」，『三田評論』8、9 月合併号，1987 年 8 月 1 日。笔者见于竹内好追忆网站（http://takeuchiyoshimi.holy.jp/katarareki/matui.html）中松井博光授权转载全文，最后浏览日期：2018 年 7 月 7 日。
② 该会主页为 http://takeuchiyoshimi.holy.jp/，最后浏览日期：2018 年 7 月 7 日。

现在 中国文学是

把这些告诉世界的窗口

把翻译当作钥匙

打开这扇窗吧

光明的景色 黑暗的景色

模写下来的花纹 一个一个

甚至更大的图案 浮现而出吧

这一定

可以拓宽我们的世界

可以看出，同人们将《季刊》出版的主要目的设定为以翻译为媒介，通过引入中国文学来拓展日本民众的精神世界。这是相较当时其他译者呈现出的新变化。在此之前，绝大多数译者或将翻译的目标定为通过中国文学了解中国的政治变化、人民生活的实际情况，或通过小说的译介提倡中日友好，两种思维方式的出发点有所不同，但其共性是将新时期文学的译介与当时的中日两国之间的现实交往直接联结起来。因此比起文本，之前的译者（包括大多数非学院译者）可能更为注重文本在中国当时文化政治脉络中的意义。而《季刊》则明确发出宣言，并非仅仅满足于让日本民众通过文学作品了解中国，而是意图将中国文学作为一种资源来影响日本人的精神世界，探寻使日本社会更加多元化的可能性。这种意识与竹内好的中国文学观具有强烈的继承关系。

竹内在思索日本百年近代化道路时，认为明治民族主义是日本国民国家形成的一个失败的例子，而第二次世界大战后的教育在民主主义的名义下直接由美国舶来，因此无论是整体的民主制度还是教育都在具体实行过程中出现了缺陷。[1] 竹内的以上讨论初刊于安保斗争后的1961年，此时竹内想必对日本式民主主义的缺陷怀有最痛切的认识。于竹内而言，解构舶来的民主主义，建立通向未来"健全民族"的重

---

① 竹内好：『竹内好全集　9』，筑摩書店，1981 年，113 頁。

要路径，就是从一些被认为是"自发性"完成现代化的东洋国家（如中国、印度）那里摄取改造西方文明的精神资源。他将中国文学研究作为一种方法，来尝试挖掘日本人自身的主体性。正如吴佩蒨指出，竹内好对中国文学的研究，使用文学与现实产生关联的独特方式构筑了现实政治——太平洋战争之外的另一个文化政治空间。①

而在中国文学的范畴中，竹内尤其重视对现代小说的研究。因为从清末民初开始逐渐勃发的现代小说伴随着中国从封建国家向民族国家迈进的历史进程，"记录了中国现代化历程中种种可涕可笑的现象，而小说本身的质变，也成为中国现代化的表征之一"②。竹内之所以倾注心血于现代小说，正是因为他发现了中国现代小说中的"同时代性"。此处的"同时代性"并非内指涉小说反映了中国的"同时代"，因为这样又陷入了将文学作为政治史附庸解读的桎梏。他更倾向于从外向型的角度来思考"同时代性"，意图通过文学将一国人民的理性思考方式和感性感觉方式，以及通过这些方式确立的生活方式作为研究的对象，以此来阐释中国文学与世界的"同时代性"，并同时据此观照日本。此处例举竹内对中国文学中人道主义的看法加以说明。第二次世界大战后初期，中国现代文学中蕴含的人道主义被日本学者认为是与日本文学的人道主义相同的东西，但在竹内看来，两者间存在着根本的区别：中国的文学家们自觉代表着全国人民，没有一位作家会甘于宣称自己只是部分国民的代表，而评价作家的不言自明的标准，就在于他可以通过何种方式、将全国人民的感情代言至何种程度。而日本战后初期文坛具有影响力的《文学时标》及《新日本文学会》的同人们倾向于将"为谁代言"和"如何代言"作为两个割裂的问题，对日本作家而言，将这两个问题结合在一起，需要通过额外的如将文学与政治派别勾连的"操作"。③ 无疑，这种代表普通民众根本利益的标准才是处于时代最前沿的价值立场，也就是与世界的"同时代性"。

---

① 吴佩蒨：《从中国反译日本？：竹内好抗拒西方的策略》，台湾大学政治学系中国大陆暨两岸关系教学与研究中心 2007 年版，第 118 页。
② 王德威：《想象中国的方法》，百花文艺出版社 2016 年版，第 5 页。
③ 竹内好：『竹内好全集　9』，筑摩书店，1981 年，105—110 頁。

由此竹内认为，中国文学中的人道主义指向为普遍国民代言的朴素价值观，不存在对同一国族内部各阶层各政治势力的差异化区分，这正是战后的日本文学家们亟须改进之处。以上言说指向当时日本各文学团体争夺战后文坛话语权的特殊语境，而其论断亦有可商榷之处，但竹内以中国现代文学为方法观照日本的治学理路通过此例可说一目了然。

竹内对中国现代文学的研究在第二次世界大战后的日本独领风气之先。彼时日本传统汉学研究重镇依旧不肯赋予现代文学学术地位，因此竹内在都立大的最大贡献之一可说就是开创了重视同时代中国文学研究的学风。竹内"努力将中国文学当作外国文学给予正当评价，这样的开拓性努力后来变成了研究室的风骨。……从毕业论文来看，许多学生选择将现代文学作为研究对象"①。《季刊》同人正是那批把现代文学作为硕士论文课题的青年学生，如市川宏专攻萧红，岸阳子主要研究王国维与鲁迅，田畑佐和子专攻丁玲等。如将竹内好的上述思想和同人的前述主张，即"中国文学是把这些告诉世界的窗口，把翻译当作钥匙，打开这扇窗吧。……这一定可以拓宽我们的世界"进行对照，可以清晰地发现两者在方法论上的一致性。两者都试图以中国文学的译介和研究作为方法，一方面反省日本目前为止的现代化道路，另一方面开拓日本人独特的政治、文化、生活空间（也就是市川所谓的"拓宽我们的世界"）。从这点可以看出，《季刊》同人们的编撰目的继承了竹内的思想系谱。

在《季刊》的编译过程中，同人们通过对作品的选材等各维度的实践具体贯彻了"作为方法的中国文学"。以译本选择为例，译介行为是与专家（译者）、赞助人、读者有关的一系列复杂的活动。在这个过程中，译者常常无法翻译自己实际想翻译的作品。但《季刊》奉行"刊载作品的选择全赖于译者的个人意志"的选材原则，加之杂志由同人们自费出版，将专家与赞助人的角色合二为一，由此规避了《季刊》

① 松井博光：「中国語・中国文学専攻」，『東京都立大学三十年史』，東京都立大学三十年史編撰委員会，1981 年，179 頁。

被群体化的意识形态纠葛或是商业利益绑架的可能。同人们在选择想翻译的文本时可以充分发挥主体性，这导致了以下两个结果。

其一，译者可以按照自己的学术专长和学术兴趣选择想翻译的文本。综合来看，他们选取文章时的考量总体表现出三个特征。

（1）对各种思潮流派的小说均有涉及。在《季刊》第一期创办的1987—1995年，新时期的主流思潮已经走过了伤痕文学、反思文学、改革文学这种清晰的线性发展历程，并在1985年前后呈现出寻根、先锋、新写实等思潮齐头并进的多元化发展趋势，以上种种思潮在《季刊》里有较为均衡的体现。

（2）在所有种类的作品中，同人们比较重视内容上富含中国传统生活哲学的小说。日本的基础教育阶段有大量对中国古典思想的介绍，因此中国的传统价值体系在日本具有深厚的接受土壤。可能是基于此点，同人对含有中国传统生活哲学的小说表现出了格外的兴趣。比如阿城在创作中吸收了道家的天人合一、无为的思想，在描写上山下乡运动的众声喧哗的作品中独树一帜，开拓了一个将现实中政治斗争边缘化的自给自足的精神世界。《季刊》中收录了包括"三王"在内的5篇阿城作品（本书第六章有详细叙述）。而"最后一个士大夫"汪曾祺执着于对中华民族心灵以及性灵的描绘。同人之一的饭塚容评价其"得到中国小说的真髓，在新时期文学的时代写出的许多作品都成了展示中国文学优良传统的范本"①。《季刊》收录了汪曾祺的4篇作品。另一位有4篇作品被译介的作家史铁生经历从五体健全到双腿瘫痪的波折，因此他的作品里处处洋溢着对生命和人生的感悟。饭塚评价史铁生围绕着生活的"随想"，以及充满着哲学性思辨和问答的、描绘抽象世界的小说，都引起了编者们的强烈兴趣。② 事实上，如果算上《季刊》第二期，史铁生以16篇作品成为被翻译最多的作家。有关史铁生的译介本书将在第八章详细介绍。

① 饭塚容：「『季刊 中国现代小说』の歩みを振り返って」，http：//www.mmjp.or.jp/sososha/pdf_file/syosetu.pdf，最后浏览日期：2018年6月9日。
② 饭塚容：「『季刊 中国现代小说』の歩みを振り返って」，http：//www.mmjp.or.jp/sososha/pdf_file/syosetu.pdf，最后浏览日期：2018年6月9日。

（3）重视介绍少数民族作家的作品。作为中华民族多元一体精神架构中不可缺少的元素，少数民族作家的文学或以少数民族生活为题材的文学亦是中国当代及新时期文学中的重要组成部分。新时期文学中的少数民族文学多由汉语写成（而非由少数民族文字转译为汉语），这是中华民族形成过程中多种因素合力产生的结果。费孝通在 20 世纪 80 年代后期总结道：

> 中华民族作为一个自在的民族实体则是几千年的历史过程所形成的。他的主流是由许许多多分散孤立存在的民族单位，经过接触、混杂、连结和融合，形成一个我中有你、你中有我，而又各具个性的多元统一体。[①]
>
> 从语言来看，少数民族可以说都有自己的语言，有自己语言的民族中有 10 个民族有自己的文字……但一般来说，汉语已逐渐成为共同的通用语言。[②]

事实上，虽说新时期文学中广为人知的少数民族作家几乎都使用汉语从事创作，但是他们中绝大部分人的创作题材与自己的故乡及民族习俗之间保持着密切的联系，如乌热尔图笔下的鄂温克猎人、马拉沁夫笔下的"活佛"等，没有长期浸润于这些地区的经验，作家几无可能通过内部视角对少数民族与汉族殊异的那些风俗进行叙事或反思，因此这些作品无疑从内容到视角上都带有鲜明的少数民族特色。在这样的情况下，民族文学的汉语写作在研究中展现出一种双面性。一方面，基于汉语的文本可以为海内外的中国文学学者识读议论。因为即使国内存在着通晓少数民族语言的现当代文学领域学者，也很难想象海外通晓蒙古语、满语、藏语的学者会将目光投向现当代文学而非文献学或历史学，因此汉语客观上大幅度增加了少数民族文学的接受面与流通性。另一方面，汉语写作的少数民族文学有时也成了海外研究

---

① 费孝通等：《中华民族多元一体格局》，中央民族学院出版社 1989 年版，第 1 页。
② 费孝通等：《中华民族多元一体格局》，中央民族学院出版社 1989 年版，第 30—31 页。

者对其做出本质化质疑的原因。那么《季刊》是如何处理以汉语写作的少数民族文学的呢？

《季刊》同人之中牧田英二的研究领域即是中国少数民族文学，他在《季刊》第一期中一共翻译了9位少数民族作家的17篇作品，在全部168篇作品中占据了不小的比重。其中牧田刻意保持了各民族作家间的平衡，尽可能让日本读者接触多种多样的少数民族文化及其作家的代表作品。其中，80年代少数民族文学前期的代表人物乌热尔图和后期的代表人物扎西达娃各有4篇作品入选，在数量持平的同时又与其他少数民族作家拉开了距离，这符合两人的艺术水准和在当时中国文坛的实际地位。通过这些文学作品，牧田向日本读者展示了与汉民族生活方式互为观照、互为补充的中国少数民族的生活图景，在展现中国作为一个多元一体民族共同体拥有的多样生活方式的同时，也通过少数民族作家自身的叙述体现了中国全国各族人民的交融状态。

由编译者自主决定翻译题材的第二个益处在于，译者可以灵活调整翻译计划，切实利用翻译回应当下的突发状况。1995年初日本发生阪神大地震。在1996年3月出版的《季刊》第36号中，竹内良雄译介了冯骥才的《他在人间》。这是一篇在国内批评界并未引起过多反响的短篇小说，讲述了唐山地震时，眼有残疾的主人公在废墟中被一个运动员气质的男子所救，而男子为救主人公反而陷进了倒塌的废墟中。后来解放军赶到，却因主人公眼部残疾无法指认男子被掩埋的地点而无法开展救援工作。主人公伤好后满城寻觅自己的救命恩人，却终究没有找到。竹内良雄自述翻译目的："我们好久没有读过这种称颂灾难降临时人们互帮互助、舍己救人的小说了。当面临灾难时，为了保持精神的平衡，或许我们应该多读一些这样的小说。"[1] 竹内良雄试图以这篇小说为引，为当时专注于对受害者的痛苦进行书写的日本文坛展示面对灾难时的另一种可能的精神姿态，向日本民众传达同时代中国人在面对天灾时所展现的强韧不屈、互帮互助的精神品质。

以上种种选材的倾向和方式之所以成为可能，是《季刊》同人们

---

[1] 『季刊 中国现代小说』1卷36号。

拥有各自的研究志趣，且拥有对译文的选择权和定稿权的结果。这一方面将中国当代文学从意识形态、社会学路径等西方评价中国现当代文学的传统视角中抽离出来，从一种文学主体性的角度重新审视其内含的艺术人文价值；另一方面有针对性地将中国文学中的"救亡与启蒙""性灵与平静"作为一种复合的精神资源，作为对进入高度发达、大量生产消费社会的日本人迷惘心灵的一种补充。更有甚者，当日本发生突如其来的灾难时，译者还译介了同样面对灾情时中国作家的叙事，以此安抚日本受灾民众的心灵。

第三节　《季刊》的成就与意义

至此，本章论证了《季刊》与竹内好之间的深切联系。那么《季刊》的发刊在20世纪80年代的现实语境中具有怎样的意义呢？正如同人之一的田畑佐和子所言："《季刊》虽然规模小，但其存在意义绝不小。"[1] 笔者认为，《季刊》至少存在以下三重意义。

首先，如丹穆若什（D. Damrosch）所言："世界文学是一种流通和阅读的模式，这个模式既适用于单独的作品，也适用于物质实体，可同样服务于经典名著与新发现作品的阅读。"[2] 继承了竹内好方法学系谱的十数位同人在促进日本民众更了解中国的同时，为了从中国文学中摄取养分，补充日本人的精神世界，坚持译介新时期文学十数年（加上《季刊》第二期总共18年），借此，几乎所有中国作家（包括但不限于王蒙、戴厚英、残雪、迟子建、史铁生、刘震云、苏童等人）的作品都完成了文本的跨疆域旅行，成功进入目标语言社会的文化语境中，得到了日本知识分子及普通读者的关注。笔者归纳总结，《季刊》的读者主要分为三类，其一是对中国有兴趣，或者是与中国有业

---

① 田畑佐和子：「私を「この道」に引き戻してくれた丁玲との出会い」，『東方』2014年6号。

② ［美］大卫·丹穆若什：《什么是世界文学》，查明建、宋明炜译，北京大学出版社2014年版，第6页。

务往来的人①；其二是各类汉语学习者②；其三是来中国交流的日本作家③。《季刊》准确的翻译、忠实的文风，以及学者们公正的解读立场，在读者品读中国当代文学，形成具有独立思辨性的中国认识的过程中发挥了重要的作用，同时引发了青年学人的学术兴趣，促使他们跟进研究。新时期文学中的优秀作家作品经过这样一个文本的流通和再生产过程，成为世界文学，至少是更小范围的"东亚文学"的有机构成。在中国文学走向世界的过程中，《季刊》自有其贡献。

其次，从中国文学如何走出去这一战略层面着眼，谢天振指出，中西文化交流上存在两个特殊现象，即"时间差"和"语言差"。时间差提醒我们，在积极推进中国文学、文化走出去时，现阶段不宜贪大求全，选集汇编恐怕比全集更容易令西方读者接受。语言差提醒我们，在促进中国文学、文化走出去时，还必须关注如何在国外培养接受群体，乃至高水平翻译人员的问题。④ 比照《季刊》的事例，可以发现《季刊》由海外汉学家自由组稿，译文经过同人间反复讨论，在保证翻译质量的同时基本再现了原文风貌。并且，同人们与出版社保持良好关系，客观维持了杂志发刊的稳定性，他们每三个月为一个周期，定期将新时期文学的优秀作品译介至海外。这种高效且具有持续性的翻译出版模式似可以克服"时间差"和"语言差"，为中国文学外译机制提供必要的借鉴。

最后，从日本中国当代文学学科建立的角度来看，同人们的译介行为无疑为将新时期文学纳入日本中国文学学科做出了巨大贡献。如此系统性且高质量的新时期文学译文群及译后记群，不仅奠定了其作为学科内研究对象所需要的资料累积，同时也吸引了相关教师及学生的目光，成为他们对新时期文学的作家作品进行阐释与批评的源泉。

---

① "订阅的读者中，不仅有文学研究者，还有许多与中国有各方面业务往来的人。"见《朝日新闻》1988 年 7 月 22 日，第 1 版。
② "杂志被当作大学授课的教科书，毕业论文以当代文学为题的学生们几乎都使用这本杂志上的翻译。"见饭塚容：「『季刊 中国现代小説』の歩みを振り返って」，http：//www.mmjp. or.jp/sososha/pdf_file/syosetu.pdf，最后浏览日期：2018 年 6 月 9 日。
③ 源自 2013 年 11 月 13 日笔者与《季刊》同人千野拓政的访谈。
④ 谢天振：《中国文学走出去：问题与实质》，《中国比较文学》2014 年第 1 期。

无外乎松井博光在《季刊》草创期就不禁要为其送上掌声了。更重要的是，同人们既是译者，也是新时期文学的资深研究人员。他们对自己或其他同人所译作品的研究与阐释，就足以构成日本的中国文学学科领域内新时期文学方向的最初学术实践。在后几章的具体案例分析中，我们可以发现《季刊》为日本的中国新时期文学研究提供了大量可供引证与批评的资源。

行文至此，我们发现一个饶有深意的问题。竹内的弟子们创办了《季刊》，而在这些弟子中，并没有出现大师兄松井博光的面影。前一章已述，松井的团队与中国作协、德间书店联合推出《现代中国文学选集》，同样为新时期文学在日本的译介做出了重要贡献（团队中的近藤和饭塚同时也是《季刊》成员）。下一章中，笔者将就松井与竹内两人间中国文学观的传承为基线，试论述松井博光的80年代。

第五章

作为"同时代"的新时期

——松井博光对竹内好中国

文学观的继承与扬弃

松井博光是竹内好培养的第一位学者，同时也是竹内好在东京都立大学教授席位的衣钵传人。20 世纪 80 年代，松井处理中国新时期文学时援引竹内的"同时代性"论述，确认了新时期文学经过十余年的发展已具备了世界文学的"同时代性"，同时松井通过阐释中国作家的历史使命由"抵抗"向"苦斗"的转变，在现代与新时期两个时代的"同时代性"之间建立了历史系谱。松井援引竹内的思想资源，通过强调中国文学自主产生的"同时代性"，使用"断续中寻找连续"的治学方法来抵抗日本学界将中国当代文学比附为政治史附庸的现状。在抵抗的过程中，松井沿着竹内的足迹，通过编制研究资料目录和促进译介活动等实践策略完善中国文学研究业态，将具有"同时代性"的中国文学作品带进日本。

第一节　两个时代中国现当代文学的
"同时代性"　内涵变迁

松井博光，本科毕业于庆应义塾大学社会学系，大学时代旁听竹内好的中国文学课程后立志从事中国文学研究。1954 年，松井考入都立大中文研，成为竹内的第一位硕士生，此后除 1966—1971 年短暂任教于樱美林大学外，松井的学术黄金生涯都在都立大度过，并于 1989 年在都立大荣休（之后转任别处）。松井在竹内指导下由茅盾研究进入中国文学场域，是竹内好在都立大教授席位的衣钵传人。[①] 目前为止，国内外学界介绍松井时较为关注其在鲁迅及茅盾研究上的业绩，而尚未注意到他在新时期文学在日本的受容中亦发挥了重要作用。[②] 松井对新时期文学传播的贡献可归纳为三点：其一，与阿部幸夫合编研究文献目录《中国现代文学研究的深化与现状》（日语：中国现代文学研究

---

① 松井博光生平及业绩参照「松井博光先生略歴」，『人文学報』1990 年 3 号。
② 如尹北直、陈涛：《松井博光——日本学界茅盾研究学者简介之一》等文。

の深化と現状），该书到今天仍然具有重要的文献索引价值；其二，共同主编迄今为止最大规模的新时期文学译介选集《现代中国文学选集》，并翻译其中《茹志鹃》与《陆文夫》两卷；其三，在各类报刊上发表新时期文学相关论述多篇。在方法论层面，松井明确提示竹内好对待中国现代文学的立场在处理新时期文学问题时亦具有指导作用。他的论述以新时期文学与中国现代文学一样具有"同时代性"展开：

> 竹内好曾阐释道：中国"革命文学"（即无产阶级文学）运动兴起时，中国文学才第一次获得与世界的同时代性。从"同时代性"这个词可以看出，竹内有着充分直面那个时代的同时代意识及感觉。以此类推，我认为我们如今正处于"文革"后十年中国文学再次逐渐获得与世界的同时代性的环境中。①

松井认为新时期文学经过近十年发展后和"革命文学"一样具有了"同时代性"。这里的问题在于"同时代性"的内涵究竟是什么？为何是革命文学而不是文学革命具有"同时代性"？要理解这个关键词，就必须回溯竹内的原著。中国文学的"同时代性"提法最早出现于1956年，文中竹内指出，内含弱者意识的文学革命在历经"救亡与启蒙"的双重变奏后逐渐被扬弃为革命文学，实现了文学主体精神由弱者图强意识向革命者意识的转换。在这个过程中，作家使用的话语资源由"无视时代和流派"的西洋诸种文学思潮，逐渐收敛为马列主义文论和左翼文学思潮。那么竹内对当时的文论和作品做何评价呢？竹内对中国革命历来抱有同情、理解甚至憧憬的态度（特别是著文时），但意味深长的是，文章里竹内在肯定革命文学中存在同时代性的同时，并未肯定革命文学自身的文学价值：

---

① 松井博光：「日本における中国当代文学研究」，『中国现代文学研究の深化と現状』，東方書店，1988 年，31 頁。

当时的革命文学急于展示新引入的理论，但缺乏实际作品的支撑。今日来看并未留下太多文学史的遗产，唯一值得纪念的便是那是·中·国·文·学·在·世·界·文·学·中·获·得·同·时·代·性·的·时·期（着重号为引用者所加）。当时的各种论战虽说更像是骂战（原文：泥試合），但无论在理论上还是创作上都可被视为之后中国文学的新发展的准备工作。以马克思主义为武器提升自己社会认识的优秀作家（如茅盾、丁玲等）逐渐成长起来。①

从上文可以看出，"同时代性"与作品质量之间并没有直接联系，如文中举出的茅盾初期的文学作品就是政治性超越文学性的典型。由此来看，"同时代性"并非一种技艺的标准，而是特指使茅盾、丁玲等作家成长起来的"中国文学的新发展"，即无产阶级文学思想逐渐在中国文艺界立足生根，与中国本土文学思想资源结合，最后形成人民文学的具体过程。竹内的以上论述令人想起阿甘本（G. Agamben）所言，同时代人"意味着不但有能力保持对时代黑暗的凝视，还要有能力在此黑暗中感知那种尽管朝向我们却又无限地与我们拉开距离的光"②。

在人民文学的形成过程中，最重要的事件莫过于毛泽东的《在延安文艺座谈会上的讲话》（以下简称《讲话》）。因为《讲话》对民族危亡时文坛上的众声喧哗提出了根本性解决方案。在《讲话》的领导下，革命文学经过多年的发展，诞生了诸如《李家庄的变迁》等重要作品，并在政权确立后以大一统的人民文学身份展开了与旧有世界文学体系的对话。换句话说，在"文学的新发展"中，革命文学终于诞生了超越文学革命的、代表"多数者"、"代表全国"（与文学革命的精英志趣相对）的普罗文学作品，而这些作品诞生的源头并非 19 世纪的西方文学资源，而是毛泽东、周扬等人对 20 世纪 20 年代最新的无产阶级文学思想进行本土化改造后形成的全新文学意识形态。因此文学新发展的

① 竹内好：『竹内好全集 3』，筑摩書房，1981 年，8—9 頁。
② ［意］古奥乔·阿甘本：《何为同时代》，王立秋译，《上海文化》2010 年第 4 期。

先声"同时代性"并未出现在"五四"时代，而是出现在左翼文论领风气之先的革命文学时代。正如李洁非等指出的：在整个 20 世纪中国文学的转型过程中，"五四"新文学结束了中国文学几千年几乎完全自足的发展史和美学形态，令中国文学与域外文学形成一种"借鉴"的"对话关系"，20 世纪二三十年代的无产阶级革命文学则迈出了幅度更大的第二步——让中国的文学完全汇入某一种世界性文学潮流，成为它的一部分。① 而无产阶级文学思想这一世界性潮流与本土的文学资源整合后，形成了独特的中国作风和中国气派，并诞生了如《太阳照在桑干河上》这样可以代表该思潮某阶段最高发展水准的作品。换而言之，即拥有了"同时代性"。

在这样的意味下，竹内语境中的"同时代性"可以被理解为中国文学在与世界文学彼时最前沿的理论、思潮相接触后将其内化，最终达到与世界文学"同步发展"的发展历程中，文学作品所展现的性质。那么，"新时期文学"的"同时代性"具有怎样的内涵呢？松井在 1988 年表示，中国文学"再次逐渐获得与世界的同时代性"。此时距《伤痕》发表已逾十年，距离中国文学的"方法年"1985 年也已过了三年，有关资产阶级自由化的讨论已经成为过去，欧美现代派、寻根热等各种新思潮与经典的现实主义创作思想形成了多元共生的局面。在这个时间点提出"同时代性"，似可判断松井认为"文革"后初期文学中的绝大多数作品都是因文学之外的影响而获得了文学史的地位，无法与他国的当代文学享有共同的话语空间。真正与世界文学存在对话可能的是脱离了"伤痕—反思—改革"这一主流线性发展框架的、"汇入某一种世界性文学潮流"的作品。

竹内与松井对"同时代性"的认知看似在此处出现了背反。竹内强调"同时代性"时，指向了由最高领导人定调、成为共和国文学生产唯一范式的"一体化"文学（洪子诚语）。但是充满着理想主义的竹内提出中国文学的"同时代性"后，被高度组织化、服务于当下政治目标的中国文学非但没有如竹内所预料"将其蕴含的可能性继续向世

---

① 李洁非、杨劼：《共和国文学生产方式》，社会科学文献出版社 2011 年版，第 9 页。

界文学开放"①，反而随着时代大潮几经沉浮，直到进入新时期后才逐渐重获新生。松井非常了解上述历史过程，他所强调的新时期文学的同时代性恰恰指向了中国文学从一体化中逐渐解放时产生的属性。由于两个时代"同时代性"的表象差异如此巨大，松井宣称"中国文学再次逐渐获得与世界的同时代性"势必需要解答以下两个问题：其一，表象差异的背后是否存在一条可以将两个时代"同时代性"串联起来的内在依据；其二，松井援用竹内提出的"同时代性"这一思想资源究竟想要达成怎样的目标。

第二节　走向"同时代性"的路径
——"抵抗"与"苦斗"

为了解答以上问题，我们首先需要关注两种"同时代性"的历史系谱，而厘清系谱同样需要回溯竹内的原典。竹内认为：

> 中国文学在十年内一举获得了与世界的同时代性，又在不到十年的时间内全面开花，在这期间鲁迅一刻都未退居二线……也就是说鲁迅经历了中国新文学的全过程。但在这一过程中鲁迅没有一次是主角，也没有一次举起新旗帜。他成了可以覆盖新文学全貌的黑影般的存在，因此目前为止（1963年前后——引用者注）在中国写就的几乎所有近代文学史都采用了以鲁迅为中轴展望整体的写作方式。②

鲁迅经历了中国现代文学从无到有、"在十年内一举获得了与世界的同时代性"的发展期，并在这一过程中以稳定的态势和炙热的战斗激情成为形塑现代文学风骨的标志性人物，其重要性不言自明。作为

---

① 竹内好：『竹内好全集　3』，筑摩書房，1981年，26頁。
② 竹内好：『竹内好全集　3』，筑摩書房，1981年，418頁。

竹内学术生涯中最重要的研究对象，竹内通过对鲁迅的研究获得了"抵抗"的意识：

> 我对认为什么都可以单独抽出的理性主义的信念心怀恐惧。与其这么说，不如说我对理性主义背后存在的非理性意志的压力感到害怕。……我发现日本的思想家、文学家，除少数诗人以外，都没有察觉我所感到的事情。他们并不害怕理性主义。而且他们称之为理性主义（包括唯物论）的东西在我看来怎么都无法理解为理性主义，对此我感到很不安。这时我遇到了鲁迅。我看见鲁迅舍命承受（原文：堪える）我感到的恐怖。鲁迅的抵抗成了我理解自己的契机。我对抵抗的理解正来源于此。如果问我何谓抵抗，我只能回答那是鲁迅身上存在的东西。①

在竹内的思想体系中，"抵抗"涉及包括文学在内的与近代化相关的一系列课题。在竹内看来，"抵抗"是"回心"和"转向"最本质的区分。而这两者则是中日两国近代化的本质性区别：

> 转向是在没有抵抗处产生的现象。即在缺少将自身确立为自身欲求的情况下产生……回心通过保持自身来展现，转向通过放弃自身来取得。回心以抵抗为媒介，转向不需要媒介（着重号为引用者所加）。②

竹内将中国的近代化进程称为"回心型"，日本称为"转向型"。"回心型"在不断的抵抗中保留了自身的民族性，"转向型"则在对西欧理性主义的追随中轻而易举地放弃了自己的立场，这样没有抵抗的

---

① 竹内好：『竹内好全集 4』，筑摩书房，1980 年，144 頁。该译文参考了［日］竹内好：《近代的超克》，孙歌编，李冬木、赵京华、孙歌译，生活·读书·新知三联书店 2005 年版，第 195—196 頁。

② 竹内好：『竹内好全集 4』，筑摩书房，1980 年，162—163 頁。

近代化是不彻底的。这里的近代化不仅指社会发展，亦指与社会发展相匹配的各类知识及文学的生产方式。"抵抗"并非体现在针对某种特殊思潮的反抗，而是"不简单把任何'先进'的理论作为自己的出发点，在主体的实践过程中创造性地进行思想生产，并在这个过程中吸收各种有用的理论"①。竹内在此援用"抵抗"，正是想强调以鲁迅"无"的主体性意识为底色的新文学，在短短十多年内由单纯模仿西方近代文学诸种理论转向与世界文坛进行对话，继而在50年代前后确立了汇入世界文学大潮的人民文学创作范式。作为参照，竹内痛斥日本知识界除鹤见俊辅、丸山真男等极少数人外，绝大多数知识分子都依据理性主义的路径毫无"抵抗"地接受了转向。这种转向既指涉作家们第二次世界大战前、战中在社会压力下由自由主义或共产主义转向支持极端意识的心态，又指向战后"新日本文学会"这样日本文坛新生力量的代表毫无抵抗地接受了占领军（GHQ）灌输的"被给予的民主"意识，最终成长为"带有强烈封建性的、自我目的化"的组织。②从以上论述可知，竹内认为中国文学（比日本文学）具备同时代性的判断依据正是拥有"抵抗"精神。

那么，松井强调新时期文学的"同时代性"时是否注意到了"抵抗"的作用呢？松井认为，中国文学多年后重新具有了竹内语境中的"同时代性"，这同时也说明了新时期的作家们继承了鲁迅等"五四"作家的抵抗精神。但松井极少使用"抵抗"一词，细读其文论，可以发现松井常用"苦斗"一词描绘作家。由"抵抗"转向"苦斗"体现了松井对竹内中国文学观的继承与扬弃。"抵抗"倾向于内面化，强调的是面对时代变化时始终坚持自己的主体性立场。而"苦斗"倾向于外面化，强调的是主体为了保持主体性所做的种种外向性实践。松井认为中国作家苦斗的传统自新文化运动就开始了，"五四"时期作家苦斗的对象是数千年来的封建礼教传统，而新时期作家面对的则是"文

---

① 孙歌：《根据地哲学与历史结构意识》，载汪晖、王中忱主编：《区域》第1辑，社会科学文献出版社2014年版，第234页。
② 竹内好：『竹内好全集 4』，筑摩书房，1980年，102—109頁。

革"这一负遗产,作家们所做的事情就是看清各自时代的负遗产,并亲身背负这些负遗产"恶战苦斗"。① 随着共和国的成立,文学逐渐进入单一价值标准的"一体化"时代,作家们面临的最重要历史使命也从"抵抗"转化为"苦斗"。

归纳而言,松井认为新时期作家的"苦斗"具体发生在两个层面。第一层面是作家们对国家社会运行机制的反省:"而就是这十年,中国作家在艰苦地重新思索'文革'的内在,面对他们的苦斗,我们着实有必要扪心自问,为什么错乱的业态(在日本的中国当代文学研究——引用者注)没有丝毫改善呢?"② 第二层面描述作家们在文学语言与文学技法革新中做出的努力:"可以看到,近年的中国文学为了超越既有的现实主义,引入欧洲(及受欧洲各种直接间接影响的区域)的诸多方法而恶战苦斗。"在松井看来,"我写到近年的中国文学正在恶战苦斗,可以经常发现恶战苦斗的痕迹……这也是中国文学'变得有意思'的原因之一"。与"变得有意思"呈对照关系的是,"'文革'(及以前)非常之无聊。无聊是因为净是一些善恶分明的小说……或者存在着文学应该为政治服务这一大前提"。③

质而言之,松井认为新时期作家苦斗的对象正是导致单一价值取向的文学生产方式和极端意识形态。这种"苦斗"既指向文学的记述层面,又指向知识分子的社会职能层面。葛兰西认为,真正符合无产阶级国家建设要求的知识分子应当如此:

> 要积极地参与实际生活,不仅仅是做一个雄辩者,而是要作为建议者、组织者和"坚持不懈的劝说者"。我们的观念……上升到人道主义的历史观,没有这种历史观,我们就只

---

① 松井博光:「魯迅と「文革」後の中国文学」,『毎日新聞』東京夕刊 1986 年 10 月 4 日,第 3 面。
② 松井博光:「日本における中国当代文学研究」,『中国現代文学研究の深化と現状』,東方書店,1988 年,33 頁。
③ 松井博光:「日本における中国当代文学研究」,『中国現代文学研究の深化と現状』,東方書店,1988 年,36—37 頁。

能停留在"专家"的水平上，不会成为"领导者（政治家）"。①

"苦斗"正是新时期的中国作家群体转型为具有人道主义历史观的"坚持不懈的劝说者"的具体实践方式。苦斗的两个层面是相通的，因为文学手法等技术问题在 80 年代往往与背后的意识形态要素藕断丝连，而意识形态的松动则大概率带来文学思潮的引入与创新，80 年代文坛的无数事实已清晰证明了这一点。因此，竹内言说的"同时代性"是中国作家们将当时最先进的无产阶级文学思想带入中国，在"抵抗"中最终形成《讲话》所规定的社会主义文学创作范式的过程。而松井引用竹内所言"同时代性"，指向的是作家们通过对最新文学技法的吸收和社会制度的质疑，在"苦斗"中重新发挥知识分子社会功能的过程。两者相同之处在于对新思潮的吸收、内化及新范式的确立，但吸收、内化的对象随着社会局势与世界大潮的变迁而发生了改变。

第三节　传承竹内方法论的实践和意义

通过从"抵抗"到"苦斗"的转化，两种"同时代性"之间产生了系谱性。但既然两次"同时代性"的意涵有一定差别，松井为何还要坚持使用这个词呢？其中的关键就在于，松井希望援用竹内的"同时代性"文学观，来对抗日本汉学界将新时期文学当作政治史附庸解释的现状。彼时，如何看待新时期文学是海外中国学界中具有普遍性的热点问题之一。如在 1986 年由中国作协主办的"中国当代文学研讨会"上，新时期作家与各国的研究者们齐聚一堂。会上某外国学者表示，研究中国文学时，经常为将其作为艺术品还是历史文献对待而感到苦恼。与会的松井对此感慨颇深："原来这种苦恼在其他国家的学者

① ［意］安东尼奥·葛兰西：《狱中札记》，曹雷雨、姜丽、张跣译，中国社会科学出版社 2000 年版，第 119 页。

身上也是存在的。"① 松井痛感以上苦恼产生的根源除了新时期文学中的部分作品自身过于社会文本化之外，海外学界执着于将文学嵌套入共和国史的研究路径亦难辞其咎。

而同样的问题竹内也不陌生，早在 1951 年，竹内就评价当时日本有部分人"不将（中国）文学当作文学来看，而断章取义地将其用于佐证自己的预设或者政治立场。这是一个危险的倾向"②。相隔多年，松井与竹内对日本的中国文学学界看法有诸多相通之处。为了解决当下之惑，松井主张坚持竹内处理同时代文学的态度：

> "流动中看清本质，断续中探求连续"（竹内好语）（日语：働くものの中に不動を見る、不連続の中に連続をさぐる）是以同时代为对象时必须恪守的原则……流动中看清本质是极难的造诣。我们必须构筑看待文学时稳固的立场。③

此处的"本质"可以理解为松井在前文中强调的"同时代性"。那么，如何"构筑看待文学时稳固的立场"呢？这同样需要回溯竹内的原著。竹内介入中国文学是从鲁迅研究开始的。"流动中看清本质，断续中探求连续"正是竹内解读鲁迅的立场，竹内对鲁迅的以下解读篇幅较长，但于本问题的论证有着重要意义，现摘录如下：

> 通过《呐喊》自序可以得知，从留学时代的挫折体验到 1918 年的再次奋起，中间 20 年的空白在鲁迅的内部呈连续形态。鲁迅在 1926 年编撰长篇散文集《坟》时将 4 篇旧作置于卷首也可以证明这一点。不认同转向的鲁迅无法像相反性格

---

① 松井博光：「日本における中国当代文学研究」，『中国現代文学研究の深化と現状』，東方書店，1988 年，34 頁。
② 竹内好：『竹内好全集 3』，筑摩書房，1981 年，293 頁。笔者所用筑摩书房版《竹内好全集》第三卷出版于 1981 年，第四卷出版于 1980 年，从时间上较第三卷为早，经确认为同一套书同一印次，按版权页所记出版年份照实录之。
③ 松井博光：「日本における中国当代文学研究」，『中国現代文学研究の深化と現状』，東方書店，1988 年，33—34 頁。

的郭沫若一样抹杀过去……因此我的立场是做便宜计，应当
区分文学革命以后的中国文学发展同革命之前的前史。但辛
亥革命与国民革命，或者之后的国民革命与人民革命之间，
并非不间断的连续，又非一刀两断式的非连续，我赞成采取
将其作为连续的非连续、非连续的连续这种处理方式。连续
和非连续是处理者的方法论问题（着重号皆为引用者所加）。①

就文学史编纂的体例而言，将 20 世纪前期的中国文学按时期划分
为清末民初文学、"五四"文学、革命文学是学界惯例。但在竹内看
来，这样的分类方式不过著史时"做便宜计"，中国文学的发展自有断
续中的连续，其标志性例证就是不认同"转向"的鲁迅，鲁迅自《狂
人日记》发表至病逝的二十余年间始终奋斗在文坛上。但竹内认为除
了《狂人日记》等开先河之作外，多数时间鲁迅并不代表新文学发展
的最新思潮。鲁迅存在的价值在于，他先后与包括左翼文学在内的各
股思潮进行争鸣，在这个过程中始终坚持着自己的主体性，最终"成
了可以覆盖新文学全貌的黑影般的存在"。竹内通过对鲁迅"抵抗"意
识的研究自身获得了抵抗的立场，并通过呼吁和实践这种立场来促使
日本知识界反省轻视中国现代文学研究，将其作为政治史附庸来解读
的状况。竹内依凭"流动中看清本质，断续中探求连续"的文学观对
日本汉学界之"抵抗"，是贯穿其学术生涯的主线。如前一章所示，这
种抵抗的立场也成为竹内留给都立大弟子们的宝贵遗产。

松井认为，竹内对都立大的最大贡献就是开创了都立大中文研重
视同时代中国文学研究的学风。他在中文系系史里写道："将在日本从
来容易被轻视的中国现代文学积极当作研究对象。致力于收集相关文
献的同时，努力将中国文学当作外国文学给予正当评价，这样的开拓
性努力之后形成了研究室的风骨。……从毕业论文来看，许多学生选

---

① 竹内好：『竹内好全集　3』，筑摩書房，1981 年，419 頁。

择将现代文学作为研究对象。"① 从这段话可以进一步厘清松井与竹内在中国文学观上的传承。20 世纪五六十年代是都立大中文研的黄金时代，竹内好、松枝茂夫、竹内实、伊藤敬一等著名学者交相辉映。但结合竹内好的学术志趣可以判断，松井认为"形成了研究室的风骨"的最关键人物就是竹内好。②

重视同时代文学治学风格的都立大与其他日本传统汉学重镇在中国文学研究领域处于分庭抗礼的状态，因为"传统汉学并不关心同时代的中国……战前的现代中国研究更多的是为了配合日本的侵略战争这一基本国策而进行，所以文学这种不能产生立竿见影效果的学问自然也不会被纳入研究的视野"③。战后国际形势虽发生了天翻地覆的变化，但以旧帝大为中心的传统汉学研究体制依旧排斥中国现代文学，甚至在某种程度上不将其作为外国文学的研究对象。以至于如前所述，到了 20 世纪 80 年代初，译介新时期文学的主力军还是非学院的中国文学爱好者，或者从事与中国相关工作的社会人士。新时期文学研究始终无法摆脱成为国别研究附庸的命运，研究者们在追逐振幅大、周期短的文学表面现象中耗费了过多精力。松井正是想要通过倡导竹内所说的"流动中看清本质，断续中探求连续"来抵抗研究界的庸俗化现状。

松井的具体实践有翻译、文论、批评等数种，这些工作基于"流动中看清本质"的思路，相辅相成地完善了中国文学研究业态，是将具有"同时代性"的中国文学作品带入日本的重要举措。在此具体探讨松井最重要的两大业绩：研究资料目录的编撰和新时期文学的译介与促进活动。

关于编制研究资料目录，松井认为"采取目录体裁的同时追求可

---

① 松井博光：「中国語・中国文学専攻」，『東京都立大学三十年史』，東京都立大学三十年史編纂委員会，1981 年，179 頁。
② 此外，校史第 101—106 页详细记述了竹内好 1960 年为抵抗日本政府与美国签订《日美新安保条约》从都立大辞职的经纬。
③ 熊文莉：《日本"中国文学研究会"研究》，社会科学文献出版社 2017 年版，第 29 页。

读性。无论成功与否，这一尝试的确对初学者起到了促进作用"①。而
其师竹内也同样对研究目录的重要性抱有关注。如评价饭田吉郎编写
的《现代中国文学研究文献目录》（1951 年）时，他指出优秀的目录具
有三种功能：首先是便于检索必要文献，其次是可以提供思维源泉，
最后是可以作为史料长存。② 松井强调的"目录追求可读性""对初学
者起促进作用"与竹内所说的"提供思维源泉"具有方法论上的共性。
当然，除了评价他人所著书志，松井本人在研究资料的目录编辑方面
亦做出了巨大贡献。他与阿部幸夫合编的《中国现代文学研究的深化》
（其中阿部负责现代文学及"文革"文学部分，松井负责新时期文学部
分）是当时收录信息最全的研究索引工具书，书中共收录 1977—1986
年间中国现当代文学研究成果 3 450 件，时至今日依旧具有实用价值。
在现代学科建制中，研究成果目录与研究资料汇编是考据学科源流及
发展的重要文献。松井编撰研究文献目录正是为将新时期文学纳入在
日本的中国现当代文学学科所做的奠基性工作。而松井倾注心血于这
样的基础性工作，想必与其求学时在都立大受到竹内的"致力于收集
相关文献的同时，努力将中国文学当作外国文学给予正当评价"的学
术训练具有深层次的关联性。

接着，探讨新时期文学作品的译介问题。在狭义的认知上，译介
被认为是两种语言间转换的实践，而在广义上则可理解为包含了翻译
实践、翻译批评、翻译策划等一系列和翻译有关的行为。例如松井的
恩师竹内好在译介中国现代文学（也就是对竹内而言的"同时代文
学"）时，进行了大量翻译批评及译本策划，他的所为早已超越了单纯
的语言转换，而体现在更加广义的译介实践中。松井亦是如此，他在
进行翻译实践的同时，也通过翻译策划与翻译评述等来体现自身处理
新时期文学的态度。截至 20 世纪 80 年代中期，在日本译介新时期小说
的译者主要是非学院的社会人士。面对这样的情况，松井的内心显然

---

① 松井博光：「日本における中国当代文学研究」，『中国现代文学研究の深化と现状』，東方
　書店，1988 年，34—36 頁。
② 竹内好：『竹内好全集　4』，筑摩書房，1980 年，335 頁。

较为复杂。在这个阶段，松井着力于新时期文学在日本研究及译介的资料收集作业，其本人也未涉足翻译实践，但是松井通过翻译批评等方式对社会人士的翻译实践做出了肯定。他为民间人士永田耕作的译著《最新中国短篇小说集》撰写的评论刊登在权威中国学杂志《中国研究月报》上。著名学者为业余译者写评论这一行为本身就构成了对学术界的质疑和敦促。特别在文中，松井还构想了一个独立于学院体制外的译者与读者的共同体：

> 　　我推测在所谓专业研究人员出版的译作极度匮乏的今天，存在着与旧有的读者群略有不同的读者层，也就是分散在各地的潜在读者层。他们的数量可能并不多，但他们的存在形成了一种潜在的需求。为了迎合这种需求，各地不断诞生出新的译者。换句话说，译者自身即是从潜在的读者层中脱颖而出的。[①]

　　在松井看来，依赖非学院的译者并非只是学院派不在时的便宜之计，非学院译者代表了一个有主体性的潜在"译者—读者"共同体。这个共同体"与旧有的读者群略有不同"，是中国新时期文学在日本译介的群众基础。因此，松井虽然指出这些译著在翻译准确度上存在提升的空间，但其解决方案并非将翻译业务重新收编入学院体制内，而是在保证这些译者存在的基础上，尝试令"分散于全国的汉语自学者们相互携手，或者得到专家的协助"，此处"协助"的日语原文"協力"暗示了理想状态下，由非学院译者发起的翻译行为中行动主体应当还是非学院译者们，专家在整个过程中属于辅助性角色。

　　这种坚持保留非学院译者们主体性和话语权的努力，极易让人联想到其师竹内好在学院体制外为同时代中国文学译介所做的实践与呼吁。彼时中国同时代文学的译者除了小野忍、尾坂德司等中国文学学

---

① 松井博光：「書評　永田耕作『最新中国短編小説集　ひなっ子』（朝陽出版社）」，『中国研究月報』1984 年 8 号，社团法人中国研究所。

116

者外，亦有鹿地亘、岛田政雄等非专业人士，与 20 世纪 80 年代译者职业多元化的情况相似，竹内希冀非学院的译者和读者共同体可以形成对日本文坛的变革：

> 今日翻译水准虽然低下，但拥有广泛的读者。这些读者并非文学爱好者，而是与文学无缘之人，特别是那些劳动人民。中国文学在日本开拓新的读者层具有重大意义，这为那些拥有生活体验，可以在中国文学作品中实现移情的读者带来了打开文学世界的机缘……随着这些读者的成长，日本文学将来的范式一定会发生改变。①

竹内认为，中国同时代文学的读者中很大一部分原来"并非文学爱好者，而是与文学无缘之人"，松井则认为新时期文学的读者与"旧有的读者群略有不同"，说明两人都注意到了中国现当代文学读者的特殊性。虽然两人对体制外译者及这部分读者的期待最后都没有完全实现，但通过体制外力量对学界的不合理范式进行抵抗的方法论思想具有内在的传承性。两人显著的区别在于，松井一直身处学院体制中，他所想的绝非竹内那般与日本汉学界正面对抗，而是寄希望于通过外因使汉学界内部的研究获得"抵抗"的特征。

不过，松井也确实对学者在译介中的缺位感到不满。他于 1988 年直陈"'文革'后无系统性译介的状况最近才逐渐有所改善。希望能够尽早改正无法用日语阅读同时代文学这种不幸且扭曲的情况。为此需要研究者的奋斗"②。可以看出，松井认为非专业人士虽有一腔热情，但由于不具备中国现当代文学的总体知识，且作品的阅读量有限，因此 20 世纪 80 年代中前期为止的译介总体而言缺乏系统性。那么，为何 1988 年前后"译介的状况有所改善"呢？事实上，前一年的 1987 年是

---

① 竹内好：『竹内好全集　4』，筑摩書房，1980 年，318 頁。
② 松井博光：「日本における中国当代文学研究」，『中国現代文学研究の深化と現状』，東方書店，1988 年，39 頁。

新时期文学在日本译介的标志性年份，是年发生了两件事：第一，中日合作策划的 13 卷《现代中国文学选集》开始陆续付梓。其中松井本人翻译了《茹志鹃》与《陆文夫》两卷，当时松井座下的博士生饭塚容与山口守合译了《张辛欣》卷，近藤直子翻译了在新时期初期引起重大反响的《春天的童话》，可谓师门尽出，松井对这套选集之用心无须再证。

并没有太多史料可以说明松井为何选择翻译《茹志鹃》与《陆文夫》两卷，但需要注意的是，除王蒙①外，陆文夫、茹志鹃是选集中仅有的两位活跃时期横跨十七年与新时期的作家。这极易让人联想到松井主张的"流动中看清本质，断续中探求连续"。在译后记中，松井着力强调了两位作家在不同时代中的"苦斗"。如《茹志鹃》卷所选 10 篇作品中 8 篇来自十七年文学时期，剩余 2 篇属于新时期文学，对此松井明确提示"编撰本卷的目的之一就是希望读者可以看到（茹志鹃）贯穿'文革'前后的某种特质"②。比照"文革"前后的作品可以发现，茹志鹃虽然在文学和政治过度结合的历史语境中留下过一些颂歌式的作品，但其文学的真正造诣在于洞悉个体心中隐秘处的波澜，看穿时代塑造的强者的隐痛。《陆文夫》卷中，松井强调作家几十年如一日温存地关注着在时代大潮中或逃避或拼搏、活得非常认真却又展现出滑稽一面的"小巷"人物。这样的作家"对中国现代文学而言具有重大的意义"③。可以看出，松井认为对普通人人性的关注是两位作家共同的文学特质。这种关注蕴含在具有"同时代性"的作品中，既构成了十七年—"文革"—新时期这种政治、文学断代法中连续的草蛇灰线，又构成了文学"大一统"的特殊环境中作者的"苦斗"。松井亲自编撰并翻译《茹志鹃》与《陆文夫》卷的原因可能很大程度上正在于此。

第二件大事是 1987 年 7 月起，松井的师弟、师妹们创办的《季

---

① 《王蒙》卷译者市川宏与牧田英二是王蒙的好友及研究者。《王蒙》卷主要选取了王蒙的新疆叙事作品，而牧田英二是中国现代边疆文学及少数民族文学研究专家，因此《王蒙》卷译者的选择有理可循。
② 松井博光：「解説」，『中国現代文学選集 11　茹志鵑』，徳間書店，1990 年，226 頁。
③ 松井博光：「解説」，『中国現代文学選集 9　陸文夫』，徳間書店，1990 年，229 頁。

刊·中国现代小说》正式发行，有关杂志创办的经纬及意义已在上一章详述，此处探讨松井对这本杂志给予的高度评价和厚望：

> 我想为从作品选择到翻译实践上的探讨，再到译本的编辑、发行全都由同人们亲力亲为的独特杂志《季刊·中国现代小说》送上掌声。新的读者层被开拓出来后，读者参与到译介的讨论中来，这样的话这个业界（日语：世界）会更加活跃，翻译的质量也会改善。……今后还要慢慢养成对那种无系统性（或者该说一时兴起？）刊登的为时宜作的翻译进行批判的眼光。只有在那时中国文学在日本才获得了同时代性。[①]

《季刊》发行的时间跨度长达18年，为中国当代文学进入日本发挥了难以估量的作用。重要的是，创刊时的同人全员于20世纪50年代负笈都立大，直接受到竹内好的影响，也就是松井在校史里所称的"选择将现代文学作为研究对象"的那批学生。从松井著文的时间推算，《季刊》当时最多只发行到第5号，远未展现出后日的累累硕果。即使如此，松井依旧给予这本新生刊物以极高评价，个中缘由除了松井与诸位后辈的多年深交外，还在于松井认为新时期文学译介的最理想的状态是非专业译者的译介行为与出版行为"带来了新的读者层"，同时通过专业译者、学者的翻译与解读，培养读者们对新时期文学的批评与判断能力。在这样的情况下，具有"同时代性"的中国文学作品才能在日本显示出其价值，而《季刊》正是可以达成此目标的刊物。

此处有一个细节问题，即上一章最后提出的：既然《季刊》如此重要，且创刊时同人全员都是竹内的弟子、松井的后辈，那为何独独松井没有参与其中呢？关于此问题，松井的弟子、同时也是《季刊》

---

① 松井博光：「日本における中国当代文学研究」，『中国現代文学研究の深化と現状』，東方書店，1988年，39—40頁。

中非常活跃的同人千野拓政①做出了回答：

> 松井老师从年代上来说比同人们大一些，所以他不好意
> 思参加，没有参加。他和同人们是同一个学校同一个学派的，
> 很熟的。尽管这样，市川宏、井口晃、杉本达夫他们办的杂
> 志，如果松井老师过来，因为是市川他们的师兄，里面的氛
> 围也不一样了。他们会尊重松井老师，比较拘谨。但对于
> 《季刊》，松井老师当然支持的，当时在东方书店出版的《东
> 方》杂志上有个专栏，连载介绍中国新时期的文学，就是书
> 评一类的。主持专栏的就是松井老师和井口老师。这个专栏
> 当然和《季刊》的活动存在关系，因为先要阅读，先要了解
> 中国文学，接着才有翻译的可能，所以实际上松井老师广义
> 上也参与了井口、市川他们的活动。只是松井老师在研究会
> 的外部，但他的活动和研究会是连续的。②

可以看出，松井没有参加《季刊》的最主要原因是他隐秘的身份
意识，即自己是同人们（特别是主编市川宏）的大师兄，加入后可能
会使得同人们无法自由施展拳脚。但无疑松井十分支持《季刊》，除了
千野所说的"研究会外部"的活动之外，他的弟子几乎悉数加入《季
刊》便是明证。这再次提醒我们，在考察学人间的思想变迁时，一定
要格外关注他们之间代际和辈分上的细微差别。

20 世纪 80 年代，松井考察新时期文学在日本的接受状况时，发现
尽管时过境迁，但日本的中国同时代文学研究业态与竹内好活跃的 20
世纪五六十年代相比并无本质改变，竹内提倡的对待中国文学应"流
动中看清本质，断续中探求连续"依旧是当下学界亟待引入的方法论
资源。但同时松井也发现，随着时过境迁，竹内中国文学观中的核心

---

① 颇有兴味的是，千野拓政的硕士生导师杉本达夫也是同人之一，且是竹内好的硕士、松井
博光的师弟。
② 源自 2019 年 7 月 15 日笔者与千野拓政的访谈。

要素"同时代性"及"抵抗"存在需要与时俱进的部分。具体而言，竹内并未看清共和国文学"大一统"后的发展趋势。而了解这一历史过程的松井在论说"同时代性"时，不仅注意到中国作家与无产阶级先进文学思想的结合，也同时强调了知识分子在"文革"后发挥社会责任、与政权间相互协调的主体性，即作家们的历史使命由"抵抗"转变为"苦斗"。此外，在将中国文学的"同时代性"介绍到日本的实践过程中，松井认为体制外译者与读者之间形成的共同体的"抵抗"似乎并不具备改变日本文坛及学界的力量，更加可行的方法并非打倒体制，而是刺激体制内部接受来自体制外的新思潮、新动向后，主动进行改革。如此，松井在继承竹内的思想框架的基础上去芜存菁，实现了对竹内中国文学观的继承与扬弃，并在此文学观的指导下进行了一系列新时期文学的资料整理与译介出版活动。

至此，本书以投身于新时期文学译介活动的日本学者的代际传承和精神系谱为线索，考察了新时期文学于20世纪八九十年代在日本译介的总体趋势和多样化的载体。在接下来的章节中，本书将以日本学者文学观念的变迁为线索，考察新时期文学译介史中具有研究价值的具体事例，所考察对象共有三个，分别是：寻根文学、《红高粱家族》和史铁生。其中寻根文学代表了日本学者对中国文学思潮的接受，《红高粱家族》代表了对具体作品的接受，史铁生代表了对作家的接受，所涉思潮、作品、作家共三个层面可以较为全面地反映出日本译者、学者的文学观和价值观在对新时期文学作品进行选择和阐释时发挥的影响。

第六章

新时期文学中的寻根思潮

在日本的接受与评价

从本章起，论述的中心将转移到新时期文学在日本译介过程中产生的具体问题。如勒菲弗尔所言，作家的作品主要通过"折射"获得曝光并产生影响，或者也可以说，它们总是通过特定的棱镜而被折射出来。它在文学中是始终存在的。翻译就是最明显的折射形式，不太明显的折射形式包括批评、评论、历史传记等。①

无疑，新时期文学在日本的译介过程中经历了上述几乎所有的折射形式。而有些新时期文学的具体思潮、作家、文本也在各维度的折射中，展现出了在源文化语境中被忽视或无法被讨论的某些议题。本章及后两章将围绕这些议题中的三个典型案例展开，其中本章梳理的是新时期文学中的"寻根"文学问题。中国当代文学的"寻根"思潮发轫于20世纪80年代初，"成为'文革'以后中国最重要的文学现象"②。立足于传统文化的"寻根"思潮不仅是当时文坛基于"现代化焦虑"的自觉性革新，更暗含了提倡者们试图挖掘民族文化资源，与世界文坛对话的雄心。如此一来，对寻根思潮进行评价时，势必要兼顾对国内文坛的影响及在国际学界上的接受两个维度。本书聚焦世界上译介新时期文学最多的国家之一——日本，通过考察阿城等"寻根"作家在日本的译介与受容，发现多数日本学者虽然承认了阿城作品的文学价值，却并不认同寻根思潮。日本的中国文学研究者们资历各异，关注的侧重点亦有不同，多数人会对与其本土语境有耦合之处的作品产生共鸣。只有基于共鸣而非时势一时驱使的译介，才能使中国文学在他国受到作为文学作品的公正对待。

第一节 被建构的 "寻根"

新时期文学中后来被"追认"为带有"寻根"意识的作品在20世

---

① ［美］勒菲弗尔：《大胆妈妈的黄瓜：文学理论中的文本、系统和折射》，江帆译，载谢天振主编：《当代国外翻译理论导读》，南开大学出版社2008年版，第529页。
② 许子东：《寻根文学中的贾平凹与阿城》，《文艺争鸣》2014年第11期。

纪80年代初期就已出现，如汪曾祺发表于1981年的《大淖记事》、史铁生发表于1982年的《我的遥远的清平湾》等。但"寻根"成为一股思潮是在80年代中期。1984年11月杭州会议后，在当时已在文坛崭露头角的新锐作家与批评家的探讨与回应中，寻根思潮迅速升温，"成为'文革'以后中国最重要的文学现象"。如旷新年所言，"中国当代文学在1985年发生了一次具有历史意义的断裂。从文学本身的发展来说，中国当代文学真正进入了一个'众声喧哗''多元共生'的年代"①。作为1985"方法年"的重要组成部分，寻根思潮势如破竹而来，经历了裹挟几乎整个文坛的大讨论后，在两三年内迅速降温，但其思想资源一直影响着日后文学的发展及评价，无论莫言自己是否承认，有的批评家认为"山东寻根作家群代表"莫言斩获诺奖不啻为对寻根思潮的"历史肯定"。寻根思潮因内涵和外延在众声喧哗中并未得到清晰界定，而呈现出繁多的面相，无论基于哪种视点，论述都无法还原其全貌。但当我们通过文本精读回溯三十年前的历史现场时，有根本性的一点可以确认，即寻根文学是在"普遍的'文化热'背景下推演而成的支流"②，是由当事者及批评家有意构建的产物。如亲历杭州会议的季红真所言："1985年4月，韩少功在《作家》发表了《文学的根》，是为寻根文学的历史刻度……随着批评界的迅速命名，寻根文学声势浩大地展开。"③ 李洁非更直接表示：

> 寻根派作家以理论推动现实的做法，开创了此后文学操作的一个基本模式，使小说现象从自发变成有组织的，从盲目变成按一定规律预先设计的，凡此一切，均自"寻根派"始。④

---

① 旷新年：《"寻根文学"的兴起》，载刘复生编：《"80年代文学"研究读本》，上海书店出版社2018年版，第293页。
② 尹昌龙：《1985：延伸与转折》，人民出版社2017年版，第32页。
③ 季红真：《寻根文学的历史语境、文化背景与多重意义——三十年历程的回望与随想》，《文艺争鸣》2014年第11期。
④ 李洁非：《寻根文学：更新的开始》，《当代作家评论》1995年第4期。

寻根思潮之所以能够在青年作家和批评家群落中形成一拍即合又一呼百应的共识，多多少少来自他们共有的一种隐秘的欲望，即尝试在文本中既剥离建国后的意识形态元素，又抗拒全盘接纳彼时方兴未艾的现代派思潮，而是通过活用乡土中国的文化资源使文本获得"同时代性"。如季红真认为：

> 寻根文学的主要美学贡献，是把中国文学从欧美文学的模仿与复制中解放了出来，克服了民族的自卑感，使文学回归于民族生存的历史土壤，接上了地气。①

该评论主要指涉 80 年代中期历史语境下寻根文学与现代派之间非公开的对峙状态。相比现代派从写作理路到写作技巧大规模借鉴西方各种思潮，寻根派则倾向于从中华民族多元一体的广袤文化内部汲取写作资源。但寻根文学的目标远不止于此，正如鲁迅被误传的名言"有地方色彩的，倒容易成为世界的"②，作家们希望通过对本族群原始神话、民风旧俗的叙事，使中国文学在世界文学共和国的版图中占有一块独立的领域。李洁非所言"寻根文学"这种意念的生成，与 1982 年哥伦比亚作家加西亚·马尔克斯获得诺贝尔奖显然有着很密切的关系。这一事件提供了一个"第三世界"文学文本打破西方文学垄断地位的榜样，亦即以民族的文化、民族的情绪、民族的技巧来创作民族的艺术作品这样一种榜样。③ 又如阿城在《文化制约着人类》中写道："我的悲观根据是中国文学尚没有建立在一个广泛深厚的文化开掘之中。没有一个强大的、独特的文化限制，大约是不好达到文学先进水平这种自由的，同样也是与世界文化对不起话的。"韩少功亦在《文学

---

① 季红真：《寻根文学的历史语境、文化背景与多重意义——三十年历程的回望与随想》，《文艺争鸣》2014 年第 11 期。

② 原文出自鲁迅《致陈烟桥》："木刻还未大发展，所以我的意见，现在首先是在引一般读书界的注意、看重，于是得到赏鉴、采用，就是将那条路开拓起来，路开拓了，那活动力也就增大……现在的文学也一样，有地方色彩的，倒容易成为世界的，即为别国所注意。打出世界上去，即于中国之活动有利。"经常被误传为"越是民族的，就越是世界的"。

③ 李洁非：《寻根文学：更新的开始》，《当代作家评论》1995 年第 4 期。

的根》中借毕加索之口说出了"在你们东方，在非洲，才会有艺术"。两篇寻根文学的纲领性文献不约而同地从民族之"根"指向了世界，这是一个饶有兴味的话题。当时已有部分批评家注意到了作家们试图通过寻根在世界文学中争取话语权的努力①，但由于国内外交流条件远较今日不便，亦限于文学译介产生影响的滞后性，多数文章对此浅尝辄止，因此寻根与世界文学的关联成了一个时至今日才有条件进行深度论证的课题。

立足于传统文化的寻根思潮不仅是当时文坛基于"现代化焦虑"的自觉性革新，更暗含了提倡者们试图挖掘民族文化资源与世界文坛对话的雄心。如此一来，对寻根思潮进行评价时，势必要兼顾两个维度。第一，寻根思潮对国内文坛的影响。在这个维度上，寻根思潮的争鸣与实践从写作意识、题材、文体、语言等各层面给文坛带来了颠覆性冲击。国内文坛上针对寻根思潮的研究已积累了相当数量的先行成果，本章不再就此赘述。② 第二，青年作家们试图通过"寻根"使中国文学成为世界文学有机组成部分的目的在多大层面上获得了实现？关于这一维度目前国内学界尚无太多积淀，仅有的数种研究亦主要关注寻根文学在英语世界及德国传播的情况。本章聚焦世界上译介新时期文学最多的国家之一——日本，以考察阿城作品在日本的译介与受容为线索，明悉寻根文学在日本的传播过程与评价转变，并为当下中国文学"走出去"提供学理上的参考。

柄谷行人在谈论日本现代文学的起源时提出了"风景的发现"这

---

① 如肖强分析韩少功提倡寻根的动机时认为："中国文学要走向世界，还是远远不够的。这就要求文学创作必须不落陈套，更进一步大胆创新，以达到向更高层次的发展……""韩少功的现代全球意识显然要求文学作品必须以当代的眼光、语言、技巧和形象等，来表达本民族对世界独特的艺术认识和把握。"（见《寻根意识与全球意识的融汇》，《文学自由谈》1986年第4期）此外李陀也注意到了这一点："现在提出重建中国文化的概念，这很复杂。这里中国人面临一个两难困境，一是和世界发展同步，中国再也不能封闭起来了，另一个困境是怎样使我们的文学独特而跟人家不一样，换一句话说就是民族的。"（见李欧梵、李陀、阿城：《文学：海外与中国》，《文学自由谈》1986年第6期）
② 如陈思和主编《中国当代文学史教程（第二版）》认为："1985年文化寻根意识的崛起，却在政治和文化的多重关系下直接带动了文学上的实验，唤起作家艺术家对艺术本体的自觉关注。"

一概念。此处的风景并非自然存在之物，而是"通过还原其背后的宗教、传说或者某种意义而被发现的风景。把以往认为的事物之主要次要关系颠倒过来"①。风景成为一种调节事物内部主次要关系的认知装置，此处的主次关系不具有绝对性，而是随着事物本身的发展及周围环境的变化，存在被调整或倒错的可能。按时间顺序整理相关文献，可以发现原本具有多义性的"寻根"在日本也是一个"被发现"的概念，其内含的各种解释维度之间的主次关系随着阐释者们的中国文学观不同而不断被调整，因此此处首要的任务是追根溯源，厘清寻根文学在日本传播的脉络。

第二节　在日本学界遭遇评价困境的 "寻根"

寻根文学的代表作品发表后不久就流入了日本。不过相较中国文坛的热闹非凡，最初日本学界对作为总体思潮的"寻根"并不敏感，而是更倾向于肯定包括寻根作家在内的年轻一代作家对人性的追求。如本书序章提及的大修馆书店编 1987 年《中国年鉴》附赠的权威文论集《中国新时期文学的十年》中，通篇没有出现"寻根"二字，有关阿城、莫言、刘索拉、韩少功等作家的内容被该部分著者樱庭由美子收编在"年轻一代文学"的范畴中。樱庭认为这一代人"对'高迈理想'中隐含的'对个性的抹杀'十分敏感，对被强制灌输的既成概念、价值观嗤之以鼻"，"一面抵抗封建思想的压抑，一面探索'个体'，也就是'人类这一未知的生物'"。② 这里日本学者关注的重点在于阿城等人所共有的对历史宏大叙事的抵制及对个体价值的尊重，在这种视角下，音乐学院失去生活目标的大学生们，对未来生活既憧憬又忧愁的少女雯雯，专注于棋艺的王一生等人物形象都呈现出了与社会大潮隔

① ［日］柄谷行人：《日本现代文学的起源》，赵京华译，中央编译出版社 2013 年版，第 2 页。
② 櫻庭ゆみ子：「若き世代の文学」，中国文学研究所编：『中国新時期文学の 10 年』，大修館書店，1987 年，64 頁。

绝的"小我"属性，这与上一辈作家们塑造的乔厂长、高加林等社会主义新人形象形成了鲜明的对峙。可以说，当时作为整体的年轻一代作家的价值已经得到肯定，但其中部分人提倡的寻根意识并未在日本引起反响。

　　"寻根"作为整体思潮在日本被评述大约始于20世纪80年代末。其时，一些学者们试图通过重新审视新时期文学的发展历程，来解释80、90年代之交中国时局变化的深层次起源及要素。在这样的背景下，寻根作品中对农村的描写似乎提供了一条指向共和国内层隐秘结构的路径。在中华人民共和国成立之后，毛泽东《讲话》及其解释逐渐由解放区作家们的创作规范升级成为指导大陆地区文坛的一元化铁律，语言浅白易懂，反映各时期战争状况及农村改革新貌的作品逐渐成为国家文学生产中的主流。如十七年期间在文学史上留名的"三红一创，青山保林"中，农村题材和战争题材各占半壁江山。进入新时期后，尽管都市题材及工业题材小说逐渐占据了文坛主流，但农村小说依旧承担着塑造社会主义农村新人的重要使命。在这样的情况下，小说几乎必然沿袭了农民经过"教育和感化"后觉醒的固定范式。如《乡场上》冯幺爸经过反复思想拉锯后挺起腰杆与村里的权贵阶级斗争，以及陈奂生从上城到出国，文本中农民从浑浑噩噩到逐渐产生自我的主体意识这一展开方式，与40年代姚雪垠的《差半车麦秸》中"王哑吧"从扛着太阳旗刨红薯养家到为了支前流血负伤并无本质的区别。然而，自革命文学开始的农村题材文学的范式继承性在寻根文学处发生了断裂。在寻根作品中，高度抽象化的农村生活被作家方法化了。如《小鲍庄》中传统的仁义神话与处于意识形态中心位置的"当代神话"两套符码纠结在一起，互相龃龉，却又相安无事似的[①]，村民们却在两套符码的缠绕中感到了怅然若失。又如阿城《树王》中遭遇生态破坏的农村，《孩子王》中"我"离职后村里孩子们将继续受到口号式的教育，寻根文学中的农村生活并不指向螺旋上升的前景，反而成为用来修饰中国社会超稳定结构的注脚。

---

① 黄子平：《远去的文学时代》，复旦大学出版社2011年版，第110页。

　　日本学者们注意到寻根文学中农村地区普遍面临的现实困境，在他们看来，这种困境无法在现实主义的语境中获得充分表达，因此寻根便化身成为含有与现实政治相对抗色彩的隐性描写方式。如加藤三由纪提出："现代中国文学中把农村选为释放想象力的场域，是80年代中期寻根文学兴起之后的事情。"而想象力明确基于农村生活的严酷现实。"（寻根文学）描写的事物本身一方面保持了触及目前为止新时期文学都未表现出的农村困境这种紧张感，另一方面又创造出了与现实之间泾渭分明的想象场域。"他们的目标在于令农村"从被封锁的不变的日常中实现自我解放，寻找从被外部因素制约的日常中突破的可能性"。① 几乎同一时段，藤井省三也撰文表示历经改革开放，中国农村有了巨大的变化，但农民的意识中依旧存在着某种超稳定结构："都市知识分子的言说当真在多大程度上可以与占共和国总人口八成的农村民众相通呢？寻根文学的作家们怀着这样的问题意识开始探求中国农民的心性。"② 在随后出版的《发现与冒险的中国文学》译丛中，藤井借由解读郑义和莫言的小说对寻根思潮与"农村的凋敝"之间的关联做了持续性的阐释。

　　现在来看，一些日本学者已经注意到了寻根文学特殊的表现手法与新时期文学乃至20世纪80年代中国社会主流思潮间的乖离，但限于时局，他们对寻根与农村的关联志趣带有强烈的工具理性色彩。那么，寻根文学真的如这些日本学者想象的那样吗？关于此点吴俊认为，寻根"是在既定的且被社会所充分认可的政治框架中展开的，即从一开始就没有预设明确或强烈的政治诉求"③。寻根无意也无法直面农村的现实问题，事实上寻根作家主将如阿城、韩少功、乌热尔图等人的创作中并未过多涉及作为叙事背景的农村。质而言之，现实中闭塞的农村对作家而言并非亟待解决的课题，而恰恰成为连接"根"与当下的纽带。确实如加藤和藤井所指出的，寻根作家们描绘了农村并不因为

---

① 加藤三由紀：「中国農村小説の変貌—ルーツ文学」，『ユリイカ』1991年6号。
② 藤井省三：「中国の危機とルーツ文学」，『波』1991年2号。
③ 吴俊：《关于"寻根文学"的再思考》，载程光炜编：《重返八十年代》，北京大学出版社2009年版，第215页。

改革开放而产生动摇的"原始状态",但他们却有意无意地忽视了作家们并未为这种"原始状态"心焦不已。相反,作家们反而为"发现了"湘西农村"披兰戴芷,佩饰纷繁,萦茅以占,结苣以信"① 而欢呼雀跃。农村成为作家们回到城市后想象中具有象征性的他者,有赛义德(E. W. Said) 东方主义的痕迹。而"亘古不变"正是历史想象可以赋格当下农村的关键性通路。无论是《爸爸爸》还是《红高粱家族》,作品中对古老野性的崇拜绝非克服现实农村问题的良方,这是将寻根与农村结合论述时日本学者们始终无法克服的结构性难题。因此进入 90年代之后,藤井尝试将寻根文学与儒家思想批判结合起来,但这种批评方式同样带有指向当下的强烈属性。后文有关阿城在日本的译介中将就此详述。

当然,同时期并非所有日本学者都专注于寻根与政局的现实关联,部分研究者还开始关注寻根与拉美魔幻现实主义的关联性,以及作家为中国文学走向世界做出的努力。但不无遗憾的是,这样的努力并未收获完全正面的评价,如 1990 年出版的《红高粱家族》日译本后记中,井口晃如此评价《红高粱家族》及寻根:

> 拉美文学的基层部分一直保持着向外部世界开放的姿态,作品中并没有自以为是的民族意识以及矮小的自我权威化。因此拉美文学作为"世界文学"可以引起广泛的共鸣。而另一方面,以拉美文学为蓝本的寻根文学仅仅止于"返祖",将荒凉与粗糙(日语:荒々しさ)当作卖点,这根本就是无"根"的小把戏(日语:「根」なしのお手先芸)。②

事实上,除了上述对寻根的批评,井口对《红高粱家族》文本本身的"酷评"可以说到达了出乎中日两国学者意料的境地,也引起了

---

① 韩少功:《文学的根》,载《韩少功作品精选》,长江文艺出版社 2006 年版,第 367 页。
② 井口晃:「訳者あとがき」,『現代中国文学選集 12　莫言　赤い高粱(続)』,徳間書店,1990 年,237—238 頁。

一定程度的探讨与争鸣，本书亦将在有关《红高粱家族》译介的章节中展开讨论。此处与井口观点类似、但探讨问题更加深层的是新时期文论领域的权威宇野木洋：

> 在不得不正面迎接以强大经济实力为后盾的欧美文化的深厚力量的过程中，中国知识界由于不安、危机感乃至于对其的反动而开始走向对民族认同的追逐。之后发生了"文化热"现象。在文学领域自 1985 年中段开始流行的"寻根文学"关注传统的民族文化中原始性、非理性、暴力性等蕴含的能量。[①]

两位学者同时指出寻根小说并未表现出文化之"根"的广袤深邃，相反却让人读出了原始性的自我神圣化。他们对表面的"返祖"没有做出深入性的分析，而是轻易将其归结到对西方的赶超或恐惧心态中去了。当然，学者进行论述时应当充分享有学术自由，两位学者的批评也是基于其自洽的逻辑，但是笔者试图同样基于以上理念对该观点提出争鸣。确实，寻根文学中有些就当时而言十分大胆的用词或情节，如《爸爸爸》中丙崽的口头禅，又如《红高粱家族》中"我爷爷"和"我奶奶"在高粱地里天雷勾地火等。但这样的表象值得更加深入的阐释，如作家们刻意通过俗的描写，将与正统文学观相对峙的民间话语体系纳入文学创作的资源中，这也是寻根的某种意义所在。可能是因为日本全国各地文化属性趋同，且国民主体为单一民族，在这样的固有风土中接受学术训练的日本学者们无法对中国作家找寻在"大一统"过程中被遮蔽的各地"文化的根"的执着产生理解与共情，亦有可能是当时学者们尚无思想准备，来接受自 20 世纪 80 年代的"现代派"以来一直追随欧美的中国文坛可以在短时间内爆发出具有独创性的文学思潮。

---

① 宇野木洋：「「統治」の枠組みから文化「解読」へ向けた模索の営為へ―対抗軸としての政治・欧米理論・コマーシャリズム」，宇野木洋、松浦恒雄編：『中国二〇世紀文学を学ぶ人のために』，世界思想社，2003 年，80 頁。

综上所述，寻根在日本虽然被认为突破了农村小说写作范式的桎梏（如不再普遍包含农民受教育的情节），但总体而言并不被认为是一种可与世界文学进行对话的思潮。尤其是它的核心价值"文化的根"在一些批评家看来更多地体现了带有原始性的民族主义意识，而在另一些批评家看来又象征着与意识形态的对抗。那么，我们是否可以就此断定寻根思潮的作品在日本也遭受了冷遇呢？其实绝非如此。通过考察可以发现，很多国内批评界命名的寻根文学代表作品在日本被剥离了寻根的框架后，反而获得了更大的阐释空间，而在被收束进寻根的范畴后，其阐释反而显得空洞化了。接下来笔者将以阿城在日本的译介经过为实例进行讨论。

第三节　剥离 "寻根" 后的阿城小说之译介

在中国批评界，言阿城必称"寻根"似乎已成为一种经典化的文学史叙述范式。但事实上，阿城被认为是寻根经典文本的"三王"中，《棋王》发表于《上海文学》1984 年第 7 期，《树王》发表于《中国作家》1985 年第 1 期，《孩子王》发表于《人民文学》1985 年第 2 期，考虑到稿件的发表周期，可以发现"三王"皆构思于寻根思潮兴起之前。"三王"之所以成为"寻根"文学的代表作品，是批评家的分析及阿城不断的自我确认所共同构建的结果。对此，杨晓帆撰文分析，寻根文学兴起后，渐成"主流"的寻根浪潮使阿城不断修改自己的"知青小说家"形象，并在此基础上重建自己"寻根小说家"的形象。[①] 在远离国内批评界以及阿城自身影响范畴的日本，对阿城小说的评价同样存在从知青小说转变为寻根文学的过程。在这个过程中，日本学者对阿城的不同解读折射出了面对中国社会发生的一系列重大变故时他们的不同认知，而部分日本学者也在这个过程中剥离了寻根在中国语境中

---

① 杨晓帆：《知青小说如何"寻根"——〈棋王〉的经典化与寻根文学的剥离式批评》，《南方文坛》2010 年第 6 期。

阐释的多义性，而将其浓缩为与意识形态相对抗的文化符号。

阿城第一次在日本被详细介绍是 1985 年 6 月，高岛俊男在《季刊中国》发刊号上将阿城、史铁生、曹冠龙归纳为"下放一代"的代表作家。文中高岛提到已阅读了发表于 1985 年 2 月《人民文学》的《孩子王》，但刊载《树王》的 1985 年第 1 期《中国作家》尚未运抵日本。从这则信息可以管窥 80 年代中国文艺类杂志在日本流通的情状，同时也可以判断出该文写于 1985 年 2 月至 5 月间，此时寻根在国内批评界尚未引起广泛的争鸣，高岛也未对寻根给予特别的关注。在高岛看来，下放作家的共通性在于"文革"期间未接受完整教育就被下放至偏远地区饱尝疾苦，他们质疑一切由上而下被灌输的思想及口号，是"思考的一代"或者说"冷漠的一代"。[①] 这里有一个值得关注的细节，即高岛所说的"下放"并非指具有一定社会地位的干部、知识分子到基层工作生活，而是指知识青年插队落户。与此相对，在国内批评话语中，"下放作家"指的是王蒙、陆文夫等成名作家或体制内管理人员在"文革"中被调至非原属地工作劳动，而阿城、史铁生的命名方式应该是"知青作家"，这两个专有名词无法互相代替或混用。当时对新时期文学涉猎最广、成果可谓最丰厚的高岛将阿城等称为"下放作家"似乎可以说明，日本学者在阐释新时期文学时并不意图与中国批评界达成某种共识，这一点在包括阿城在内的寻根派作家的译介中体现得尤为明显。

高岛认为《棋王》之精妙主要在两点。其一在于写出了活生生的人。此处高岛用"王一生自不必说"把主角带过，将分析的重点放在"脚卵"这个形象上。脚卵出身世家子弟，一方面觉得知青们"文化水平是很低的"，另一方面古道热肠、助人为乐，受到大伙善意的打趣及热爱。"通过对脚卵的描写，文化程度不高但善良且阳光的下放青年群像跃然纸上。"其二在于如实刻画了知青的日常生活，如为了迎接王一生来访，知青们杀蛇做菜的那段描写，"锅里冒出的热气可以透过文本蹿到读者的脸上"。这样祥和的"日常"与文章后半部九人车轮战的

---

① 高岛俊男：「下放世代の作家たち」，『季刊中国』1985 年 1 号。

"非日常"巧妙融合在一起，形成了中国传统"武侠小说"的叙事结构。高岛以文本精读的批评方式为主，一方面是因为彼时阿城成名不久，各种刊物中阿城的相关论述尚未跟进，高岛可以借鉴的材料不多；另一方面也可以看出，阿城最初得到高岛的关注，是因为其作品将普通知青的日常生活与中国传统通俗文学拍案惊奇的叙事方式巧妙结合在一起（其后的《树王》亦是如此），这是当时脸谱化的知青小说普遍不具备的。当然，高岛也隐约感受到了一些文本之下的东西："阿城的文章总是和对象保持着距离，绝非冷淡，但并没有紧贴或者沉迷于描写的对象，作者看包括'我'在内的角色时都隔着一层膜。"① 进入 20世纪 80 年代末后，针对这种距离感的阐释由于时局因素被大大加强了。

　　阿城小说最初被翻译成日语是 1988 年 4 月，《孩子王》（日语：『新米先生てんまつ記』）刊登在《季刊·中国现代小说》第 5 号上，译者是田畑佐和子。佐和子作为《季刊》同人的一员，自 20 世纪 70 年代末就始终紧跟新时期文学的发展与研究前沿。如本书第二章所述，1981年佐和子即与丈夫田畑光永合译了反思小说集《天云山传奇》，而后与中国文坛交流频繁。这种情况下，在 1988 年的时间点上，佐和子恐怕不会对在中国国内红透大江南北的"寻根"思潮无所耳闻。但是译后记中佐和子通篇未言及"寻根"，亦未言及《孩子王》和"寻根"的关系。特别是考虑到在译后记中佐和子还直接引用了中国评论界约定俗成的"三王"一词，更加可以看出其并非不了解国内对阿城的评价，而是对"寻根"这种评价方式采取了有意识的疏离。那么佐和子对阿城评价如何呢？首先在佐和子看来，阿城小说得以成立的原因在于表现了"中国'"文革"一代'人们的共同情感"，也就是并未超越"知青文学"的范畴，但其特殊之处在于阿城表现的共同情感并非梁晓声、张承志笔下知青的浪漫英雄主义情怀（如《今夜有暴风雪》），而是"纤细敏感的笔触里可以体会到一种若隐若现的、在荒郊僻地终日劳作、前途无望的'迷惘的一代'的青年心境"②。

---

① 高岛俊男：「下放世代の作家たち」，『季刊中国』1985 年 1 号。
② 『季刊 中国现代小说』1 卷 5 号。

显然，日本评论家无须为社会主义新人或重建中国文化而摇旗呐喊，就文本而言，比起寻根、禅意等形而上的命题，佐和子能够感受到的是文中切实表现出的知青一代在下放生活中的迷惘、无助等时代共感。那么，既然迷惘是"三王"共同基调的话，佐和子为何选了《孩子王》呢？对此她表示：

> 虽说《棋王》最有名（佐和子甚至知道在中国《棋王》最有名——引用者注）……但我最喜欢的是《孩子王》，翻译时脑中始终浮现出在日本的黑暗年代中坚持"缀方教室"的青年教师们的姿态及宫泽贤治的童话世界。①

"缀方教室"可意译为"作文教室"，为日本中小学教育方式的一种，要求学生们将自己及身边之人每日所发生的事情记录在案，形成作文，以培养学生对社会的洞察能力及自身的文章表现能力。《孩子王》中主人公"我"要求孩子们"随便写什么，字不在多，但一定要把这件事老老实实、清清楚楚地写出来"，在行为内容和目的上与"缀方教室"有趋同之处。但佐和子所指恐怕不止于此。

昭和初期，日本军部势力抬头，整个国家的政体逐渐趋向法西斯独裁体制。在这样的时代背景下，以"缀方教室"为基础发展起来的"生活缀方教育运动"通过训练儿童对身边日常的观察，一方面培养其"生活意欲"与"生活知性"，使之可以发现在宏大国族主义叙事中身为国民的每一个独立"个体"之美丑；另一方面培养孩子们看清国家机器宣传的美好图景与普通国民日常生活真实状态之间的张力，意识到日本军国主义宣传的虚妄性。如此一来，"缀方教室"在极端时代客观上转变为以青年教师们启发儿童性灵为主要方式的消极抵抗运动。事实上，当年日本的暴力机关确实意识到了该运动对意识形态统制的威胁，于是在侵华战争开始后不断以"违反《治安维持法》"为由逮捕提倡或践行"生活缀方教育运动"的教师，这一系列抓捕及检举行为

---

① 『季刊 中国現代小説』1 巻 5 号。

史称"缀方事件"。佐和子在此处提及"缀方教室"，恐怕不只是主人公培养孩子将身边事记录成文的行为与"缀方教室"相近，而是读出了阿城小说淡泊笔触中隐含的对抗的意味。在这层意义上，道家、寻根都只是文风的表象，潜藏其中的是"救救孩子"的抵抗意识。佐和子在"三王"中独选《孩子王》的原因即在于此。

　　阿城小说第二次被译为日语是一年后的 1989 年 4 月，"三王"一齐被编选入《现代中国文学选集》第 8 卷出版，译者是以翻译《三国演义》闻名的立间祥介。由此《孩子王》与《人到中年》成为新时期文学中为数不多的保有平行译本的中篇小说。第三章中已述，《现代中国文学选集》的出版单位德间书店出于经营战略考量，在选题时倾向于可进行多模态传播的作品，如古华的《芙蓉镇》、莫言的《红高粱》等。阿城及《孩子王》的入选亦可考虑有此因素：由陈凯歌执导的电影《孩子王》入选第四十一届戛纳电影节主竞赛单元，1988 年在日本上映后引起一定反响，至今日本主流影评网站上该片的评分依旧不俗，影评也多有褒美之辞。[①] 当然电影只是选题时考量的众多因素之一，在《现代中国文学选集》中实际从事选题工作的是松井博光等中国文学研究专家，阿城的作品入选其中，无疑是对其作为新时期文学第一流作家的文学水准之肯定。

　　在《现代中国文学选集》的译后记中，译者立间同样未提"寻根"。立间认为"三王"与其他知青小说的相异之处在于，虽然同样是描写在下放中度过的"本该是人生最充实的十年"，"阿城并非直接发出抗议之声，其成功之处在于通过描写不加抵抗地接受异常时代的'我'及'我'周围人物的言行，来更加凸显出时代的异常性……是'知青文学'中的异色之作"。[②] 此处"不加抵抗"指的是人为制造的冲突的缺位，而展现出的顺从亦非对时代的默认，而是分化为日常中沉

---

① 如《大家的电影评论》网站中得分为 7.11/10，见 https：//www.jtnews.jp/cgi-bin/review.cgi? TITLE_NO=5799，最后浏览日期：2018 年 8 月 13 日；"日本雅虎电影"网站中得分为 3.63/5，见 https：//movies.yahoo.co.jp/movie/％E5％AD％90％E4％BE％9B％E3％81％9F％E3％81％A1％E3％81％AE％E7％8E％8B％E6％A7％98/7968/，最后浏览日期：2018 年 8 月 13 日。

② 立间祥介：「解説」，『現代中国文学選集 8　阿城』，德間書店，1989 年，229 頁。

默的抵抗。这种写作方式更能引起读者的深思，如《树王》中肖疙瘩并未与生产队产生尖锐的对立，只是在树王被砍倒后，他的生命也无声无息地枯竭了。《孩子王》中"我"在最后关头并没有与"吴干事"据理力争，而是接到调令后迅速离开了，这样的无作为表现了人性在扭曲时代中无法抵抗的悲剧性命运，比故意制造的冲突更能打动人心。作为一种域外视角，两位译者同样将"三王"定义为特殊的知青小说，且比起《棋王》更加青睐《孩子王》。原因在于小说反映了下乡知青的个体意识，而这样的个人意识脱离了"悔与不悔"的价值判断，也未触及在国内批评界受到热议的"形而上"部分，而是渗透进小说中人物生活的诸多细节，展现了时代巨浪中个人沉默的抵抗意识。而这种抵抗意识恰恰是"三王"在国内批评中因表现了"知青生活的阴暗面"而在大多数情况下被一笔带过的部分。

以上即到 20 世纪 80 年代末为止阿城在日本的受容过程。可以看出，日本学者们倾向于将阿城的作品定位为"特殊"的知青小说，特殊之处体现在与其他自传体式的知青文学相比，作者故意与描写对象之间拉开距离，用不带感情色彩的笔触在文字的冰山之下完成了对时代的控诉。此处有两点非常重要：其一，阿城并未被视为与寻根有关的作家，事实上通过前文可知，直到 80 年代末，寻根在日本还是几乎没有被触及的话题。尽管田畑和立间对中国批评界的"三王"术语耳熟能详，但并没有尝试借鉴寻根的批评路径。其二，阿城作品的控诉被局限在文本以内，就是特殊年代发生的故事。尽管当时文坛屡有反复，但日本学者始终没有以"特殊"的知青小说为方法来评价政局的打算。然而这两点在 80 年代末出现了巨大的转变，日本学者意识到已画上休止符的寻根思潮中蕴含着多元阐释的可能性，而这种阐释带有与时代背景有关的强烈工具性。典型例证可举藤井省三的中国文学史叙述。

藤井在 20 世纪 80 年代主要从事现代文学研究，对新时期文学的兴趣只在阅读层面。可以说，他在 80 年代末进入新时期文学的研究场域很大程度上是对风波的匆忙回应。藤井当时关注的作家有莫言、郑义、阿城三人，在国内的批评界三人皆可被视为寻根思潮的代表。但藤井一开始也未将阿城和寻根联系在一起。按藤井诸作出版的时间顺序索骥，可以清晰地发现阿城和寻根被逐渐有意识地勾连在一起的过程。

首先在 1991 年出版的《百年间的中国文学》中，阿城是"如彗星般登场的充满异色的作家"，《棋王》的"划时代之处在于借用社会最底层人们的目光"。王一生及友人在作品中反复言说的对饥饿的恐惧及每日得食之幸福，象征着达观兼具韧劲的庶民精神，这种庶民精神具有"反传统"的特性。① 这并非格外有新意的论断，当时国内评述寻根思潮的文献中持以上观点者并不鲜见，如陈平原就认为"作家们是有意识地借传统来反传统——借处于外围地位的民间文化来批判处于中心地位的儒家文化"②。此时藤井的叙述丝毫未涉及寻根，实际上包括有关莫言及郑义的章节在内，整本书中都没有对寻根的具体叙述。这似乎可以从侧面印证彼时日本学界关于寻根思潮的介绍或评述并未形成规模，导致当时的历史条件下，藤井论述寻根一时无法找到可以借鉴的文献。

但这种情况并未持续太久，1992 年《中国的危机与寻根文学》中，藤井已经将寻根视作隐喻农村凋敝景象的手段了。而后 1997 年出版的《新的中国文学史》中，"寻根文学派"已经作为独立小节出现了。书中描述该派受影响于《今天》杂志的先驱思潮及高行健、王蒙等对现代派的介绍，作为例证，藤井枚举了阿城、韩少功等作家，其中阿城的作品"摒弃了一切政治意识形态，彻底展示了一部青春剧"③。在 2011 年出版的《中国语圈文学史》中，藤井也沿用了几乎完全相同的说法。

此处最大的问题在于，自 1991 年至 2011 年间的数部文学史中，藤井对阿城小说的评述并无二致，都着重强调其小说摒弃意识形态的一面。但从 1997 年开始，在藤井笔下，阿城无须证明地化身为寻根作家。在藤井的定义中，"寻根"批判儒家思想，与"大一统"意识呈对抗状态，而阿城小说却摒弃了一切意识形态要素，如此一来，阿城如何能被收编进寻根中去呢？这个亟须论证的根本性问题在文学史叙述中被

① 藤井省三：『中国文学この百年』，新潮社，1991 年，110 頁。
② 陈平原：《文化·寻根·语码》，《读书》1986 年第 1 期。
③ 藤井省三、大木康：『新しい中国文学史』，ミネルヴァ書房，1997 年，217 頁。

遮蔽起来了。正如柄谷所言，"认知装置一旦成型出现，其起源便被遮盖起来了"①。藤井借用了阿城属于寻根文学思潮这一"知识"，但此处的寻根已经失去了多元性的阐释空间，退化成为与意识形态对抗的空洞的能指。

第四节　被日本学者工具化的　"寻根"

在远离国内批评界以及阿城自身影响范畴的日本，对阿城小说的评价存在从知青小说转变为寻根文学代表作的过程，在这个过程中，对阿城的不同解读折射出了日本学者的不同认知，而寻根也在这个过程中脱离了其在中国语境中阐释的多义性，被浓缩为与"大一统"意识形态相对抗的文化符号。但与此同时，优秀的作品无关思潮都会获得认可，如高岛俊男、田畑佐和子、立间祥介都对阿城作品中对知青生活真实且有温度的描写不吝溢美之词，而田畑更是因为《孩子王》中的作文课与日本历史上的"缀方教室"相耦合而产生了强烈的共鸣。由此来看，在思考中国文学"走出去"时，不妨少谈一些集团性的主义，而是让真正有水准的单个作家乃至单篇作品接受世界文坛的检阅，外国学者资历各异，关注的侧重点亦有不同，多数人会对与其本土语境有耦合之处的作品产生共鸣。只有基于共鸣而非时势一时驱使的译介，才能使中国文学在他国受到公正的对待。

同时，阿城以及寻根在日本的"旅行"也不禁让人思考，如果寻根思潮的潜在目的是通过对民族深层文化现象的探索让中国文学走向世界的话，那作为"裁判"的外国文评家又是如何审视"寻根"的呢？就日本的情况来看，虽然具体作家（如阿城）在日本获得了相当程度的认可，但寻根这一整体思潮在日本中国学界内引起的呼应与关注远较国内逊色。通过之前的分析可以发现，这固然可以归咎于寻根思潮的固有缺陷，但在日本学界有限的探讨中，几乎所有学者都倾向于将

---

① ［日］柄谷行人：《日本现代文学的起源》，赵京华译，中央编译出版社 2013 年版，第 10 页。

寻根视为青年作家们的工具。

　　当然，围绕工具的最终目的性，学者间还存在着两种观点。一些专家如井口晃认为，寻根是青年作家看到拉美魔幻现实主义大获成功后匆忙之间的模仿，这种模仿未能精准地描绘出本族群的文化基底，而是试图将怪异的浅表习俗介绍给读者（特别是外国读者）。另一些专家如藤井和加藤认为，寻根是青年作家对文化"大一统"状态的技巧性抵抗。这两种目的性的认知各有其产生的时代背景。事实上，虽说寻根思潮在国内文坛经历了作家与批评家合谋性的指认，对其评论中不乏诸多刻意性的言说，但饶是如此，国内评论界目前对寻根认知的深度与广度都要较日本学界更为完善，日本学者提出的两种工具性认识并未脱离寻根思潮在国内所受评价的范畴。①

　　但中日两国不同的状况在于，在国内批评界，工具性只是有关寻根的多声部言说中的一种，但在日本，工具性几乎是寻根的唯一属性。忽视寻根的多义性而仅仅谈论其工具性是危险的，一元化的阐释一方面轻易消解了青年作家文学创作的冲动与努力，虽然有时这种冲动缺乏节制，这种努力又过于贴近西方的各种潮流；另一方面，一元化的阐释实则大大强化了文学与时局联动的研究范式。在这种此消彼长的情势中，至少到90年代中前期为止，寻根文学的代表性作家在日本评论界面临着被工具化（如果用词更尖锐一些的话，即庸俗化）解读的倾向，无论作家们是否承认或愿意，他们的文字或被视为对西方思潮的（低质量）模仿，或被视为对现行制度的挪揄与对抗。前述阿城即是典型例证。而另一个更具有文学名声的案例是莫言。本书随后章节将就莫言于20世纪80年代至90年代在日本的译介进行具体分析，以试图说明莫言在这种工具化研究观中经历的"折射"。

———————————

① 除了前述吴俊等人的论述外，寻根文学的启发性研究成果还可参考贺桂梅：《"新启蒙"知识档案——80年代中国文化研究》（北京大学出版社2010年版）。书中贺桂梅认为，先于寻根思潮出现的杨炼等诗人的"文化寻根诗"构成了寻根思潮的前景与制约。关于寻根与政治，贺桂梅认为两者的关系并非对抗，而是作家们意图将寻根树立为一种超越政治的"文化"：寻根倡导者的意识形态诉求在于通过建立起文学活动的等级关系，将"文化"主题置于政治、时代主题之上。在这种等级关系当中，文化（民族）能够包容并且超越政治（国家），因为前者代表着短暂的、非本质的"中国"，而后者则是永恒的、本质的中国的化身（第164—203页）。

第七章

作为"事件"的《红高粱家族》日译

及其背后的思想脉络

莫言的《红高粱家族》在日本的译介无疑是新时期文学在日本译介史中最值得细究的"事件"之一。此处的"值得细究"并非指涉《红高粱家族》在文学上达到的高度，也并非德间书店的多模态销售策略下《红高粱家族》创造了怎样的销售业绩，而是指该书译者井口晃在译后记中对文本的描写方式及作者的思想旨趣提出了强烈质疑，这成为当时日本中国文学研究界的一个"事件"。时过境迁，现如今译者的酷评表象以及内里隐含的中国文学观已不会过多引发我们对《红高粱家族》或寻根思潮的价值反思，但这一事件与前章提及的寻根思潮一起，组成了观察当时日本中国文学界对新时期文学不同价值判断的绝佳窗口。

在进入本章前需要事先说明的是，有关莫言在日本传播的种种已事实上形成了一个庞大的课题群。本章仅就围绕《红高粱家族》译介的一系列事实进行论述。当然，这也并非笔者"勇于开拓"的话题。据笔者所查，第一篇深入探讨莫言在日本译介的论文是朱芬的《莫言在日本的译介》（载于《中国比较文学》2014 年第 4 期），其中已有关于井口晃对莫言译介的探讨。2021 年，朱芬出版专著《莫言作品在日本：文本旅行与文化越界》，提出了井口的批判来自作品与井口自身的诗学及意识形态上的冲突。① 同时，林敏洁也提出当时日本社会兴起的对麻风病人态度的反思运动也可能在一定程度上影响了井口的批评意识。② 此外李光贞、李圣杰等学者也在论文中对此问题有所涉及。③ 以上研究与笔者具有相同的问题意识，带给了本章写作重要的启发，但笔者更倾向于从井口自身的新时期文学阅读史出发，将《红高粱家族》与之前的寻根思潮在日本的接受过程联立进行考证。

在本章中，笔者依照时间顺序脉络性地精读了井口在 20 世纪 80 年

① 朱芬：《莫言作品在日本：文本旅行与文化越界》，复旦大学出版社 2021 年版，第 217—223 页。
② 林敏洁：《莫言文学在日本的接受与传播——兼论其与获诺贝尔文学奖的关系》，《文学评论》2015 年第 6 期。
③ 李光贞：《莫言文学在日本的接受史及其意义》，《复旦外国语言文学论丛》2018 年第 1 期；李圣杰：《莫言文学在日本的译介与研究》，《华中学术》2018 年第 3 期等。

代对莫言及其他中国作家的评述，发现井口对莫言的态度存在着从欣赏到批判的变化过程，并且井口对《红高粱家族》的质疑主要源于其对寻根文学思潮的批判意识。前章已说明，日本学者对寻根的解读呈现出一元化的工具论倾向。《红高粱家族》作为寻根文学的代表作，在特定时间点上成为了井口集中火力的目标，这是一个新时期文学译介中的偶然事件，同时也是井口基于自身批评立场和文学观而大概率引发的事件。《红高粱家族》日译作为一个典型案例，展现出了新时期文学在译介过程中可能遭遇的、在本国语境中无法想象的多样化折射。

第一节 《红高粱家族》日译及作为
"事件" 的井口批评

新时期外译传播的研究中，莫言无疑是一个不可忽略的研究对象。

如果说新时期文学中的大部分经典如《人到中年》《芙蓉镇》已远离了现实的文化消费市场中心，并成为我们民族宝贵的精神资源，那么与之相对，莫言的创作历经四十年依旧保有相当程度的流通性与相当规模的读者群。尤为重要的是，在瑞典首都斯德哥尔摩的当地时间2012年10月11日，瑞典文学院宣布将诺贝尔文学奖授予中国作家莫言这一文学事件，迅速引燃了学术界和民间自20世纪80年代后已不常见的"文学的社会轰动效应"。在国内主流媒体的叙事中，莫言迅速化身为当代作家的典范，人民网称莫言获奖的特殊意义在于"他并没有表现出一种脱离中国社会和体制才能创作的特定形象，而是在现实条件下，书写出他所能达到的最好的文学，一定意义上展示了当代中国文学的气象"①。在这段话中，诺奖委员会对莫言作品的承认被引申为对改革开放后共和国文学制度的承认，莫言的获奖被视为社会主义新文化建设的重要成就。而在80年代中期凭借《红高粱家族》等佳作崭

---

① 范玉刚：《莫言获奖的多重意义》，人民网，http://theory.people.com.cn/n/2012/1022/c245417-19341777.html，最后浏览日期：2019年7月15日。

露头角的莫言获得诺奖似乎也可以说明，伴随着共和国改革开放历史进程产生的新时期文学终于进入了开花结果、收获历史评价的时刻。

与此同时，莫言获奖之后，莫言作品的外语译者们亦随之受到国内各方关注。莫言著作颇丰，作品在日本的译者多达 6 名，其中翻译作品较多、具有较大影响力的有井口晃、藤井省三、吉田富夫三人。井口从 1988 年的《枯河》开始，最先在日本译介莫言作品，其中代表译作为《红高粱家族》。藤井于 20 世纪 90 年代初开始涉猎莫言的作品，翻译了莫言的数部短篇及长篇小说《酒国》，并留下对莫言的数次专访见刊。吉田于 90 年代中后期开始翻译了包括《丰乳肥臀》《檀香刑》等在内的莫言诸多长篇小说，也是最受莫言青睐的译者。对以上三位莫言日本译者的介绍中，国内学界及媒体呈现出相对一致的表述方式，即将研究、报道的焦点集中于吉田（一部分也聚焦藤井），而谈到井口时不是一笔带过，语焉不详，就是对井口的翻译观提出批判或质疑。个中最大的原因在于井口在《红高粱家族》的译后记中对该小说以及莫言提出了比较严厉的批评。

井口的批评（某种程度上可视为"批判"）大致可归纳为以下三点：其一，小说中多处出现对麻风病人的歧视性描写；其二，莫言的用词粗鄙，缺乏美学价值；其三，文中洋溢着幼稚（日语：たわいもない）的民族主义情绪。这样的评价与国内外文学界对《红高粱家族》的一般评价方式大相径庭，更与"展示了当代中国文学的气象"这种理想表述完全对立。因此，在莫言被树立为当代文学文化输出先行者的时代语境下，国内学界与媒体对井口批评的失语或许是一种最安全的处理方式。然而，正如莫言自述："《红高粱家族》绝对是我的最有影响力的作品，因为迄今为止，很多人在提到莫言的时候，往往代之以'《红高粱家族》的作者'。"[1] 因此，排除《红高粱家族》去考察莫言在日本的译介，既无法完整展示莫言在日本译介情况的全貌，亦忽略了日本学者对莫言认知的多样性。基于此，本章首先以《红高粱家族》的译介为中心，全面考察井口对莫言的译介与评价。

---

[1] 莫言：《散文新编》，文化艺术出版社 2010 年版，第 163 页。

凭借《透明的红萝卜》（1985 年）、《红高粱》（1986 年）等一系列作品登上文坛以来，莫言以其奇幻的叙事方式以及对农民内心深处隐秘欲望的精准把握在当时的文坛独树一帜，这自然也引起了日本学者们的注意。1987 年，井口在《东方》杂志发表文论，高度评价了莫言作品《金发婴儿》和《枯河》，并在 1988 年出版的《季刊·中国现代小说》第一期第 4 号中翻译了《枯河》，这是莫言最初的日译作品之一。同年，张艺谋导演根据莫言《红高粱家族》改编的电影《红高粱》在柏林折桂金熊，蜚声海外。电影于 1989 年登陆日本，旋即受到日本各大主流媒体的关注和一致好评。如日本权威电影杂志《电影旬报》将该影片评为 1989 年十佳外国电影的第三位（作为参考，另一部侯孝贤导演的华语片《恋恋风尘》排名第七）。电影的热播产生了附加价值，同时作品的文学价值得到了承认，松井博光将《红高粱家族》编入前几章已论及的《现代中国文学选集》中，由井口晃负责翻译，所用底本为解放军文艺出版社 1987 年版。选集中第 6 册《红高粱》收录了《红高粱家族》的《红高粱》《高粱酒》两篇；第 12 册《红高粱 续》收录了《高粱殡》《狗道》《奇死》三篇。两部译著先后于 1987 年和 1990 年出版，又分别于 2003 年和 2013 年由岩波书店以文库本①形式再版，成为新时期文学日译本中少有的获得再版的作品。一般情况下，只有已完成经典化或具有广泛读者群的作品才有可能入选文库本。《红高粱家族》是唯一入选文库本的新时期文学作品，其中《红高粱》于 2003 年入选②，远早于莫言获奖的 2012 年，而《红高粱 续》2013 年的入选确实与莫言获得诺奖有一定关系。由此可见，早在莫言获得诺奖之前，《红高粱家族》已在日本获得了一定的文学声望。

《红高粱家族》（以下为叙述方便，简称"《红》书"）展现了新时期作家积极融入同时代世界的一种尝试，以其为脚本的电影又在国际电影市场上大放光芒。因此，《红》书被译入日本应该说是中日文学交

① 日本出版市场常见的一种易于随身携带的小开本图书，通用尺寸为 A6（105 mm×148 mm）前后，各大出版公司会基于该尺寸进行相应调整。

② 事实上，笔者推测《红高粱》入选岩波文库的更直接原因可能与 2002 年日本诺奖得主大江健三郎访问莫言故乡，并与莫言深度交流有关。

流史上水到渠成之事。然而吊诡的是，井口在译后记里对《红》书以及莫言作为作家的职业操守提出了严肃批评，其意见可归纳为如下三点。

（1）对麻风病人的歧视性描写。井口指出《红》书中存在大量对麻风病人的歧视性描写，甚至据此认为莫言已经"失去了作为作家的初心"，以下引用井口的主要观点：

> 《红高粱》这部作品中，如上文所举的对麻风病人的一些粗暴的、带有歧视性的言辞非常显眼。原来对待"歧视"就该执行零容忍。况且不得不说这部作品中莫言对麻风病人的处理方式过了……仅从这部《红高粱》上来判断，莫言的尝试难说成功。别说成功了，我甚至觉得莫言已经失去了作为作家的初心。[1]
>
> 《红高粱》里有许多关于"麻风病"（汉森氏病）的令人瞠目的偏见与歧视性描写。[2]

（2）用词粗鄙。除了对残疾人歧视这一事关作家职业操守的问题外，井口还对莫言文学中的修辞方式缺乏美感提出了批评，如：

> 莫言的叙事里经常出现粪、尿、屁股、屁、阴茎等品味低下的词语……莫言的这种姿态与手法固然可以延展去伪存真的幽默世界，但一旦过度就会变成欠考虑的粗暴言辞。[3]

（3）幼稚的民族主义情绪。如果说歧视性描写和用词粗鄙是针对莫言个体的话，那井口对书中浮现的对民族主义情绪的批判，则直接指向当时在中国文坛方兴未艾的寻根主义文学思潮以及对这股思潮过度

---

[1] 井口晃：「第一、第二章へのあとがき」，『現代中国文学選集6 莫言 赤い高粱』，徳間書店，1989年，234—237頁。
[2] 井口晃：「訳者あとがき」，『赤い高粱』，岩波書店，2003年，312—313頁。
[3] 井口晃：「訳者あとがき」，『赤い高粱』，岩波書店，2003年，312—313頁。

的吹捧：

> 将《红高粱》的作者莫言比作"中国的加西亚·马尔克斯"，甚至是"超越"马尔克斯的人……我觉得这种陈腐且毫无意义的类比最好可以消停了。每当译到这部作品处处浮现出的幼稚的"民族精神"礼赞、"原始"世界的赞美之处时，我就不禁苦笑，笔触也不由停滞。①

其译后记中几乎难以看见对《红》书正面评价的语言。两相对照，井口对莫言及《红》书的指摘已经远超一般批评的限度，而达到了可谓"批判"的程度。原本借助电影春风可能引起日本读者阅读兴趣的《红》书或是因为译者莫名的解说作祟，或是因为与同时期进入日本的法籍华裔作家亚丁作品《高粱红了》重名，至少在 20 世纪 90 年代初期并未被图书市场充分接受。

井口晃毕业于东京都立大中文研，并在同系担任助教。彼时的都立大在竹内好的倡导下开创了重视中国同时代文学研究的学风，井口亦是这股风潮的积极响应者。进入 20 世纪 80 年代后，井口与昔日同门共同创办了《季刊·中国现代小说》。在《季刊》第一期发行的九年中，井口共翻译作品 36 篇，平均每号 1 篇，总计 1 102 页②，粗略统计共约 88 万字。加算《红》书、贾平凹《鸡窝洼人家》等单行译本，井口的译介总字数达到 120 万字左右，且涉猎的小说主题非常广泛。显然，井口对新时期文学具有强烈的学术兴趣及丰厚的学识储备，并且较为全面地把握了新时期文学的发展历程及总体状态。这样一位具备深厚学识且热心译介新时期文学的学者，却对自己耗费时力翻译的《红》书提出如此严酷的批评，这是亟待厘清来龙去脉的译介史课题。

---

① 井口晃：「訳者あとがき」，『現代中国文学選集 12　莫言　赤い高粱（続）』，德間書店，1990 年，328—329 頁。
② 飯塚容：「『季刊 中国現代小説』第一期完結に際して」，http：//www. mmjp. or. jp/sososha/soso/soso067. html＃SO2，最后浏览日期：2019 年 7 月 16 日。该网页隶属于苍苍社官方网页，随着苍苍社注销，该网页同时也被删除。

为了得到答案，笔者一方面基于时间轴回溯井口对莫言的各种言说，重建井口对莫言认识的变迁过程，另一方面脉络化地阅读井口所撰有关新时期文学的各种材料，归纳其对新时期文学的主要观点及审美倾向，意图将井口的莫言批评置于井口对新时期文学的整体文学观中进行解读。

第二节　井口对莫言的评价变迁

首先来回溯井口对莫言认知的变迁。1986 年 7 月，井口在《东方》杂志上发表文章，介绍了 1985—1986 年间莫言作品的发表情况，并着重点评了《金发婴儿》，彼时井口在字里行间并不乏对莫言的赞赏。细读该文本可以发现两点：其一，井口称自己最初关注莫言是在阅读 1985 年发表于《北京文学》的《枯河》时。从这点可以看出，与大多数从电影《红高粱》曝得大名后再关注莫言的学者不同，1985 年井口就已意识到莫言的存在了。其二，井口对莫言作品的第一感觉是"充满异色"，井口认为在当时重视"客观事实"以及"故事性"的中国文坛，莫言的作品宛若清风拂面，令人耳目一新，属于自己所中意的写作态度真诚、文体上具有创新意识的作品。井口谈到，"尝试摆脱这些限制（前文的'故事性'等——引用者注）的莫言果然是一个异色调的存在，今后一段时间内我会持续关注他"①。时隔不久，在某次座谈会上，其他学者谈到莫言在中国引起的争议时，井口提出"莫言是还在修行中的作家，他的作品风格差异很大"②。这句话可以理解成其对莫言异色调认识的延伸，一方面表达了对莫言成熟后的期待，另一方面通过强调莫言还未完全成熟以构成对莫言的保护，可以说在当时，莫言及其作品符合井口的审美期待。

井口对莫言的认知转变最初体现在 1988 年的《枯河》译后记中，

---

① 井口晃：「莫言の中篇小説『金髪嬰児』」，『東方』1986 年 7 号。
② 井口晃等：「中国当代文学国際討論会に参加して」，『季刊中国研究』1987 年 3 号。

井口指出：

> 莫言在作品中经常描写被赤条条的暴力左右命运的人的生或死。但是，莫言并不像"社会派"那样进行控诉，也不表达同情。在莫言的诸多作品中，无情的暴力和残酷的生死不加修饰地成为构筑莫言"美"的世界的契机和素材。莫言是让人产生兴趣的同时，也感到些许危险（日语：危なさ）的作家。[①]

日语原文中，井口在莫言构筑的"美"的世界上打上了引号，说明井口眼中莫言的美学世界未必是"美"的，至少并非一般意义上的美。从文本来看，井口认为《枯河》里的世界四溢着冷漠的暴力和无可回转的命运，而莫言作为自己美学世界的造物主却仿佛置身事外，这样的作家让人"感到些许危险"。怪异的是，井口在阅读《枯河》时对莫言产生兴趣，却于1988年翻译《枯河》时觉得莫言的文学令人不安。个中原因可能是井口在翻译时细读文本的过程中，感到了莫言在处理命运生死这些严肃命题时的麻木，也可能因为井口阅读了"莫言的诸多作品"后，重新认识了莫言的写作态度。总之自1988年开始，井口对莫言的态度由维护和赞赏转化为怀疑和不安，也为之后在《红》书日译本中对莫言的批判埋下了伏笔。

需要注意的是，不安并不会自动进化成批判。而从《枯河》后记里的"危险"到《红》书后记里的"失去初心"，井口措辞力度变化之大令人震惊。那么《红》书究竟有哪些莫言以往作品中不存在的要素与井口的文学观发生了冲突呢？井口指摘书中存在对麻风病人的歧视性描写、用词粗鄙、幼稚的民族主义三处缺陷，但细究其文可以发现，井口批判的真正逻辑原点正是令《红》书在中国批评界获得盛赞的寻根文学思想，三处缺陷可被视为寻根思想落实在《红》书中的具体症候。这一点在《现代中国文学选集12　莫言》的译后记中表现得尤为

---

① 『季刊 中国现代小说』1卷5号。

明显。文章中井口对莫言在《红》书之前以《透明的红萝卜》为主的创作成绩持肯定态度，随后介绍了始于 1985 年左右的寻根文学思潮的起因及特点，并指明莫言与韩少功、阿城等人是寻根文学的代表人物。但在随后的论述中，井口对寻根文学提出了较多非议，该段篇幅较长，但为本书重要论据，故在此摘译如下：

> 与当初的宏伟设想相反，20 世纪 80 年代在中国文学界掀起风潮的寻根文学短时间内就偃旗息鼓了。……这种挫折的最主要原因我觉得终究要在主张、实践寻根文学的作家、文学家们身上寻找。
>
> 拥有长久历史、披着沉重传统外衣的既存文化就像高大的废屋一样。虽说已经没有了生命力，但其存在本身就带给了周围巨大的影响，要把这成为障碍的废屋推倒，只得费时费力地仔细挖坑，埋炸药，实行爆破。……但我不由觉得主张寻根文学的青年作家们所做的只是在废物旁边造了一间小小的样板房，然后短时间内大肆宣传了一下。……拉美文学从表面上看确实和中国的寻根文学一样描述着荒凉的原初世界，以及对那样世界的信仰，但拉美文学的基层部分一直保持着向外部世界开放的姿态，作品中并没有自以为是的民族意识以及矮小的自我权威化。因此拉美文学作为"世界文学"，可以引起广泛的共鸣。而另一方面，以拉美文学为蓝本的寻根文学仅仅止于"返祖"，将荒凉与粗糙（日语：荒々しさ）当作卖点，这根本就是无根的小把戏（日语：「根」なしのお手先芸）。①

在后记中，井口的批评由《红》书明确指向寻根文学。这说明在井口的认知中，两者间存在重大关联，且其对《红》书的批评中至少相当一部分正是基于对寻根思潮的不满。寻根作为中国当代文坛涌现

---

① 井口晃：「訳者あとがき」，莫言：『赤い高粱（続）』，德间书店，1990 年，327—328 頁。

出的最重要的思潮之一，一时兴起又匆匆落幕，毫无疑问有其自身的局限性。井口偏向于将寻根主义思潮置于作家工具理性的维度进行解读，认为寻根文学的基层从来就是封闭性的，作家们并没有通过寻根的方式与传统叙事方式决裂的决心，而不过是一时将中国各地的民间神话、奇风异俗当作面向外界的卖点，是在"走向世界"的冲动下对拉美魔幻现实主义文学的一种急于求成的形仿。因此，寻根文学不存在作为世界文学的基础，而是小圈子里一时间的时髦把戏。《红》书作为寻根文学的扛鼎之作，井口对其不满也在意料之中了。在1985—1989这五年间，井口对莫言的认识经历了一个从赞赏到警惕、最后到失望的转变过程。这个过程的最终结果就是井口在《红》书译后记中对莫言进行了爆发式的激烈批评。在井口眼中，寻根文学并非国内评论界所认为的新思潮和新方法，而是充满"自以为是的民族意识以及矮小的自我权威化"，具体到《红》书则是"将原始的民俗、神话加以粉饰的赝品"。莫言对麻风病无节制的描写及对消极意象的滥用则是典型的"马马虎虎写出来的展现生命本能冲动"的文本操作，是创作态度不真诚的直接表现。

第三节　同时代性——井口的新时期文学审美倾向

井口对《红》书的批判中，存在着很多引人深思或需要商榷的空间。但需要注意的是，井口作为新时期文学在日本译介的中坚力量，其翻译与批评的文学作品众多，《红》书仅是其中的一部而已。因此在进行反省与商榷前，重要的是精读井口有关新时期文学的大量文论，将井口对《红》书的批评置于其新时期文学的整体观中进行考察。

经阅读井口相关文论后可以发现，相较一般译者倾向于翻译与自己审美情趣相一致的作品，井口涉猎范围极广。在评价这些作品时，井口非常明确地显露出自己的价值观：对于与自己趣味相符的作品，在译后记中不吝褒美之词；而与自己趣味不符的作品，井口亦会直抒胸臆，进行较为严肃的批评。受到井口正面评价的作品大致具有以下三种要素。

（1）尝试脱离中国古典小说叙述传统，进行文体创新的作品。井口非常重视文体的创新，对超越中国传统小说叙事体例的作品从不吝褒美之词。比如，井口翻译了采用复调方式写作的史铁生小说《我之舞》并评价道："这部作品中，青年作家史铁生尝试使用汉语（汉字）这样一种定型且内质遭到限定的文学形式（语言），描述一种非定型的念想中的世界，可以说这是对横扫中国文学的'现实主义'风格的一次超越的尝试。"① 此外，井口还高度评价了赵本夫的小说《夏日·月光·雪夜》，"在瓜蔓式（指线索清晰的传统叙事手法——引用者注）小说横行的今天显得十分罕见"。由此可见，井口期待的是超越中国传统小说框架，尝试新文体或新叙事手法的作品。

（2）可以为当时中国文坛带来某些新理念的作品。井口对蕴含新理念的作品通常表现出鼓励的态度。如面对 20 世纪 80 年代中期女性主义在中国受到质疑的境况，井口翻译了蒋子丹、王安忆等作家的女性主义作品。在评价蒋子丹的《假月亮》时他谈到："我感到在中国女性主义也缓缓站稳了脚跟，虽说观念性的自我独白显得有些粗糙，有些意气用事，但让我们把这理解成从形到质都试图突破既有框架的作家蒋子丹的年少气盛吧。"② 另外，在当时王安忆小说的译后记中，井口指出针对王安忆女性主义小说的批判是"非文学性的、庸俗的批判家"所做的，以此表达对王安忆的声援。③

（3）创作态度真诚的作品。作为批评家，井口一方面希望看到中国文坛涌现出含有新思潮的作品，另一方面分外重视作家的创作态度。比起故弄玄虚的概念炒作或对某种思潮的跟风式追逐，井口期待的是能从作品中读出作者构思文章时的真诚。例如他评价何立伟的《石匠留下的歌》时说道："不人云亦云，不猎奇，青年作家何立伟拥有将理所当然的事情写明白的精确目光以及能写出耐读作品的力量，在同时

---

① 『季刊 中国現代小説』1 巻 3 号。

② 『季刊 中国現代小説』1 巻 6 号。

③ 『季刊 中国現代小説』1 巻 18 号。

代作家之中他值得关注。"① 在这里，井口认为何立伟值得关注的理由正是不故弄玄虚，并用精确的笔触写平凡的事物，这样作品就具有耐读性。对于王安忆，井口也给出了几乎相同的评价："能用精确的目光捕捉平凡日常生活的被遮蔽之处的作家。这两三年来王安忆配得上这句话，可以说她已经成熟了。中国的作家群体中有许多人处于将熟未熟的状态，亦有些人虽然成熟了，但发声过于喧哗而扎眼。与之相比王安忆显得尤为可贵。"② 从中可以看出，井口崇尚用真诚的态度、精确的笔触写出耐读的作品。

　　井口的审美倾向侧重于新时期文学中蕴含新思潮、使用新的写作方法且写作态度真诚的作品。虽然井口极少使用"同时代性"这个词，但其欣赏的新手法与新理念无疑是同时代性在技术层面上的重要组成要素。与之相反，遭到井口批评的多是一些维持中国传统小说叙事体例，或是被井口认为写作态度不真诚的作品，简而言之，即是缺乏"同时代性"的作品。例如在《鸡窝洼人家》的译后记中井口就评价道：

　　　　从摄取世界"现代文学"的概念及手法的角度来看，平凹表现得非常保守。他过于执着于陈旧版式的"故事性""情节性"，因此习惯阅读"现代文学"文学的读者会觉得平凹的作品过于扁平化，有些说书风格，甚至有点陈腐。③

　　《鸡窝洼人家》是贾平凹在 20 世纪 80 年代初期的成名作之一，在第二章中已触及文本和电影获得的较大反响。但于当今的读者而言，这部小说可能已比较陌生，故在此归纳故事梗概。小山村里有两户人家，一户的男主人灰灰非常传统，女主人桂兰不能生育。另一户男主人禾禾总乐于尝试新鲜事物，向往新的技术和生产方式，但各种改革

---

① 『季刊 中国現代小説』1 巻 1 号。
② 『季刊 中国現代小説』1 巻 4 号。
③ 井口晃：「訳者あとがき」，『現代中国文学選集 4　賈平凹』，徳間書店，1987 年，238 頁。

试验总不成功，引发了女主人秋绒的不满，最终秋绒携子与禾禾离婚。后经过一系列情节的发展与冲突后，禾禾和桂兰走到了一起，两人共同引进新的生产技术，生活向好。而灰灰则与秋绒及秋绒的孩子组建了新的家庭，四人的命运各得其所。不可否认，这部小说带有极强的叙事色彩，从中可以读出中国传统小说中的传奇志趣和说书风格。这可能和贾平凹的读书体验、生活体验有关，也可能和写作目的有关。但在此处笔者想要指出的是另一个命题：如果说体例守旧还有比较清晰的判断基准的话，那写作态度是否真诚则是非常抽象的概念，很大程度上有赖于井口自己的主观思考。而通过考察可以发现，井口认为写作态度不真诚的作品中有相当一部分被国内批评界归类于寻根文学。如井口在阿城《专业·炊烟·大风》的译后记里评价道："在我的记忆里，阿城和韩少功都是刺激性的'寻根文学'的主将。希望这些作家并不仅仅是写一些这里译出的'三题相声（日语：三题噺）'式样的文章，而是可以写一点有阅读价值（日语：読みごたえ）的作品，这是我对他们认真的期望。"[①] 三题相声是一种日本坊间流行的游艺形式，由听众任意给出有关时间、地点、人物的三个关键词，再由表演者将关键词串连成一个故事进行演绎。井口把寻根文学的作品比作三题相声，可以说是非常不客气的批评了。

那么，井口为何如此抵抗寻根思潮呢？事实上，井口最初对寻根的批判可以回溯至1987年1月的一次谈话会中。1986年11月，"中国新时期文学十年学术讨论会"在上海举办。此次讨论会邀请了22个国家地区总计百余位学者出席，由时任中国作协副主席王蒙致开幕词。日本方面，松井博光、林芳[②]、近藤直子、井口晃出席了会议。1987年1月，四人齐聚在东京的民间组织中国研究所，以座谈会的形式发表了会议感想及对当时中国文坛的看法。谈话中的一个重要议题就是当下

①『季刊 中国現代小説』1 卷 15 号。

② 林芳，1932 年生于福建省，幼年随双亲侨居日本，1950 年入读日本津田塾大学，1955 年随留日华侨集体回国，进入中国国际广播电台担任日语播音员。1976 年林芳再次赴日并长居，在多所大学兼课后正式入职神田外国语大学。林芳出版了多种新时期文学译著，代表作译有谌容《人到中年》、王蒙《活动变人形》、陈忠实《白鹿原》等。

新时期文学的"西欧化"与民族传统问题。对此井口有大段叙述，现摘译如下：

> 　　在场中国作家的发言和交流远比预想中来得率直和活跃。但有一点我很在意，那就是每当青年作家主张有必要进行新的尝试时，与之相对，年长的作家们几乎必定会从强调"民族"或"传统"的角度进行反驳。
>
> 　　有这样一些说法，比如中国具有民族的传统，比如必须准确把握这些民族传统，再比如一些现在看来是新的东西其实早就存在于中国文学的传统中。我的印象是由此新的尝试可以存续的可能性逐渐薄弱。通过会议上的讨论，我感受到了以上这样的恐惧。这样的交锋在我们外国学者面前出现，说明中国的文学及文学界已面临非常严重的情势。
>
> 　　"土与洋"并非仅仅是文学的问题，而是涉及所有领域的永恒课题……但是我认为确实有不得不从模仿（外国文学作品——引用者注）开始的部分。无论中国、日本，此理皆然。然而这样的模仿一旦出现，动辄便以民族传统或民族的文化特色置于何地这种姿态进行苛责的话，那些模仿的尝试怕会无疾而终。①

　　此处井口未指明"民族或传统"与寻根的关系，事实上，整个谈话会中无人触及寻根这个话题。而在 1987 年这个时间点上，寻根早已是中国文坛上流行得甚至有些令人厌倦的话题。这也从侧面证明了上一章中笔者的观点：日本学者在 20 世纪 80 年代末之前对寻根保持了刻意的疏离。从井口对《红》书的批评来看，显然井口话里话外将寻根视为"民族或传统"在新时期文学中的异化性表征。井口似乎认为，寻根除了本身内容上需要商榷外，其更大的弊端在于借由"民族传统"对青年作家在文学上的新尝试进行了打压。

---

① 井口晃：「中国当代文学国际讨论会に参加して」，『季刊中国研究』1987 年 3 号。

这是一个需要辨析乃至争鸣的命题。首先，在当时文坛中确实存在着对各种模仿西方现代派的批评。但这样的批评多站位于中华人民共和国成立后统治文坛多年的"反映生活"的现实主义写作传统，似乎少有从民族传统角度对现代派进行质疑的批评。更重要的是，纵观整篇访谈，并结合有关该次会议的其他文献①，可以轻松推断出"动辄便以民族传统或民族的文化特色置于何地这种姿态进行苛责"的人，绝不是"主张、实践寻根文学的作家、文学家们"，甚至毋宁说意图向传统文化复归（当然还包含着更大雄心）的青年作家们在一时之间正是文坛上引发争议的源头，因为他们本身就代表了现代派的一种。由此，我们更感兴趣的是井口在会上听见的年长作家和中青年作家间的争鸣具体内容究竟怎样，其口中年长的作家们强调的"民族"或"传统"究竟如何被运用于批评中。然而，由于这样的争鸣主要集中于主题报告后的分科会及自由讨论阶段，因此相关的史料还有待继续挖掘。

那么，中国文坛中对"民族传统"或"民族文化"的强调是否构成了对青年作家们各种新尝试的妨碍呢？如果这句话中的"民族传统"或"民族文化"没有更深层次的所指的话，井口的这个判断明显失之偏颇。井口念兹在兹的是"进行文体创新"或"带来某些新理念"的作品，但事实上，无论"寻根文学"是不是一个被建构的概念，指向"民族传统"或"民族文化"的寻根文学作品群在问题创新和新理念这一点上，无疑在新时期文学中领一时风气之先。如上章涉及的阿城的"三王"就在写作理念上展现了与其他知青小说截然不同的维度。关于本章论及的《红》书，从出版伊始至现在，各种先行研究已在写作手法、问题特征、创作思想等各个相位上对其进行了全方位的细致剖析。此处仅摘引《红》书起始部分，用以验证井口的批评：

> 一九三九年古历八月初九，我父亲这个土匪种十四岁多一点。他跟着后来名满天下的传奇英雄余占鳌司令的队伍去

---

① 关于该次会议，《文学评论》杂志 1986 年第 6 期有专门组稿，收录刘再复、王蒙、张光年的讲话稿及一篇《纪要》。此外《当代文坛》《文艺评论》等亦刊载了相关文章。

胶平公路伏击日本人的汽车队……。

天地混沌，景物影影绰绰，队伍的杂沓脚步声已响出很远。父亲眼前挂着蓝白色的雾幔，挡住他的视线，只闻队伍脚步声，不见队伍形和影。父亲紧紧扯住余司令的衣角，双腿快速挪动。奶奶像岸愈离愈远，雾像海水愈近愈汹涌，父亲抓住余司令，就像抓住一条船舷。

父亲就这样奔向了耸立在故乡通红的高粱地里属于他的那块无字的青石墓碑。他的坟头上已经枯草瑟瑟，曾经有一个光屁股的男孩牵着一只雪白的山羊来到这里，山羊不紧不忙地啃着坟头上的草，男孩子站在墓碑上，怒气冲冲地撒上一泡尿，然后放声高唱：高粱红了——日本来了——同胞们准备好——开始开炮——！

有人说这个放羊的男孩就是我，我不知道是不是我。我曾经对高密东北乡极端热爱，曾经对高密东北乡极端仇恨，长大后努力学习马克思主义，我终于悟到：高密东北乡无疑是地球上最美丽最丑陋、最超脱最世俗、最圣洁最龌龊、最英雄好汉最王八蛋、最能喝酒最能爱的地方。生存在这块土地上的我的父老乡亲们，喜食高粱，每年都大量种植。八月深秋，无边无际的高粱红成洸洋的血海。高粱高密辉煌，高粱凄婉可人，高粱爱情激荡。秋风苍凉，阳光很旺，瓦蓝的天上游荡着一朵朵丰满的白云，高粱上滑动着一朵朵丰满的白云的紫红色影子。一队队暗红色的人在高粱棵子里穿梭拉网，几十年如一日。他们杀人越货，精忠报国，他们演出过一幕幕英勇悲壮的舞剧，使我们这些活着的不肖子孙相形见绌，在进步的同时，我真切感到种的退化。①

仅仅几句话中，"余占鳌（事实上的'我爷爷'）""我爸爸""我"三代人在时空流转中依次登场。这种时空穿梭的叙事张力，和"土匪

---

① 莫言：《红高粱家族》，解放军文艺出版社1987年版，第1—2页。

种""杀人越货，精忠报国"的新历史主义思想，无论在写作形式层面还是创作意图层面，都是 20 世纪 80 年代中期最具有与世界文学（如马尔克斯）同时代性的写作方式。而其后那段波澜壮阔的排比，将莫言的精神家园——高密东北乡的美丽丑陋展现得淋漓尽致。全书中并无将本民族的奇异风俗展露于世人前以博眼球的意图，也无法让人联想到井口"无根的把戏"的指控。相反，每一字句读来，都让笔者感受到莫言对高密东北乡的土地和父辈们的"根的情意"。批评家固然应被允许有自身的思考方式和批判尺度，但《红高粱家族》究竟是"对拉美魔幻现实主义的粗鄙模仿"，还是中国当代文学，乃至整个世界文学史上的里程碑作品，相信历史已经给予了回答。

第四节　对井口有关麻风病的批评之反批评

时至今日，《红》书在文学史上的价值历久弥新，不仅成为莫言，而且成为整个改革开放后文学成就的象征。而井口在 20 世纪 80 年代所下的论断已经失去了理论活力。井口自己也在《红》书日译本再版时减弱了批评的声音（但仍保留着相似的批评观点）。然而，无论批评的力度是否缓解，批评的观点是否得到学界的认可，井口就《红》书集束炸弹般的批评是一个无法抹去的事实。特别是其中的第一条即对麻风病人的描写问题，目前国内学界还未出现文本精读式的商榷。对于作家而言，对弱势群体的污名化描写并非仅仅是技术层面的指责，而批评家亦不会轻易断言一位作家有此种行径。因此，笔者将在此对照莫言的原文及井口的批评进行探讨。

井口首先列举了《红》书中对麻风病人的描写，表示麻风病随着现代医学的发展已非不治之症，随后援引《家庭医生顾问（修订版）》（以下简称《家庭医生顾问》），认为莫言在写作中并未就麻风病查询哪怕最普通的医学普及读物，就根据自己的想象对麻风病人进行了污名化的描写。由此井口断定：莫言在文学中试图创造出与"神圣"相对立的，包含卑贱、丑陋、残酷在内的"贱"文化，并重新确立这种

"贱"文化的地位。虽然自己未完成《红》书的全部翻译，但是从第一章"红高粱"来看①，莫言的尝试毫无疑问是不成功的，甚至可以说莫言失去了作为作家的初心。莫言对"神圣"的叛逆不可避免地加剧了对"贱"的偏见与谬见。井口在尚未充分阅读莫言相关资料的情况下，认为莫言在文学中试图创造出与"神圣"对峙的"贱"文化，并通过《红高粱家族》系列中第一部的文本来裁定莫言的尝试并不成功。这种批评的态度本身就需要质疑。本章无意深入探讨批评家的道德问题（当然在笔者看来，这样的批评无疑存在着道德问题），而是重点关注此处引用的《家庭医生顾问》。

《家庭医生顾问》由林巧稚主持，编者中汇集了当时全国著名的医务工作者，"在编写上注意科学性、实用性和通俗性的统一。使具有一般文化水平的读者能看得懂，用得上"②，可以说是医学领域典型的大家小书。其中"麻风病不可怕"段落隶属于第五章"防治疾病"中的"防止传染病"部分，位于第215—216页，主要介绍了麻风病的成因及治疗和康复方法等。使用此类科普读物或更进一步的自然科学文献来进行文学批评需要非常谨慎，否则可能会带来文学的本质化问题，即如何保护文学虚构的限度。如果文学作品需要用科学文献作为定规进行丈量，那任何对现实状况的僭越，无论是一般意义上消极的（如对麻风病的描写）还是积极的（如人类利用时间机器回到过去），都超越了已有实证科学的限度，都可以成为利用科学文献进行责难的依据。然而，如果为了避免这种情况而将虚构性从文学中剥离出来，那文学及其衍生物——文学批评就会被质疑存在的意义。正如韦勒克和沃伦所言：

　　　　文学的本质最清楚地显现于文学所涉猎的范畴中。文学

---

① 关键性叙述为"我还未完成《红》书全部章节的翻译，就在中途写了'后记'，这是很令人奇怪的事情，但我有不得不这样做的理由"（井口晃：「第一、第二章へのあとがき」，『現代中国文学選集6　莫言』，德間書店，1989年，232頁）。此外，该后记名称直译为"对第一、第二章的后记"。

② 林巧稚主编：《家庭医生顾问（修订版）》，北京出版社1983年版，出版说明。

艺术的中心显然在抒情诗、史诗和戏剧等传统的文学类型上。
它们处理的都是一个虚构的世界、想象的世界。小说、诗歌
或戏剧中所陈述的，从字面上说都不是真实的；它们不是逻
辑上的命题……即使是一本历史小说，于历史书或社会学书
所载的同一事实之间仍有重大差别。①

　　作为一种描述性（而非规定性）的言说，《红》书完全贴合《文学
理论》中对文学本质的定义。事实上，无论历史小说还是巴尔扎克的
社会小说，甚至文学子支中对真实度要求最高的传记文学、纪实文学
等，都可以容纳一定程度的推测性描写。但这并不意味着文本中任何
的反常识都是被允许的，也不意味着自然科学文献不能被用于文学批
评。《红》书的叙述时空交错，艺术加工的痕迹十分明显，但与此同
时，《红》书的叙事具有某种程度的史实背景，并非天马行空。例如书
中的高密县长曹梦九在历史上确为高密县长；"我父亲"余占鳌被掳掠
至日本北海道做工后逃入山野，于1958年被解救回国的经历明显援引
自刘连仁事件②；至于余占鳌率部阻击日军车队，则更是抗战岁月中华
夏大地上无数英雄往事的缩影。《红》书中人物的所作所为、内心所思
所想，以及人物与环境的关系，在相当程度上贴合着真实世界。正因
为此，在这种情况下使用科普文献作为批评依据有其合理性，但是应
当特别注意的是科普文献的关照界限究竟在何处。而井口的批评中笔
者认为最须质疑之处，就是科普文献超越了文本中的观照边界。
　　具体而言，井口枚举了三处有关麻风病的描写，并以此为据表达
莫言对麻风病存在污名化的描写，文本较长，精简后摘录如下③：

① ［美］勒内·韦勒克、奥斯汀·沃伦：《文学理论（新修订版）》，刘象愚等译，浙江人民出版
　社2017年版，第13页。
② 刘连仁（1913—2000年），山东高密人。1944年与同村青年一起被日军掳掠至日本本土充当
　苦力，后于1945年逃脱，躲人北海道的山林中独自生活13年。1958年，刘连仁被当地居
　民发现，在两国间引发了极大震动。在中日两国民间机构的疏通合作下，刘连仁顺利回国。
　2013年，刘连仁100周年公祭活动在其家乡山东省高密市草泊村举行。
③ 三段引文分别出自莫言：《红高粱家族》，解放军文艺出版社1987年版，第63—64、101、
　145页。

① 轿夫们的话更加粗野了……有的说单扁郎是个流白脓淌黄水的麻风病人。他们说站在单家院子外，就能闻到一股烂肉臭味……"小娘子，你可不能让单扁郎沾身啊，沾了身，你也烂啦！"

② 天，你认为我有罪吗？你认为我跟一个麻风病人同枕交颈，生出一窝癞皮烂肉的魔鬼，使这个美丽的世界污秽不堪是对还是错？

③ 他看到了那颗搁在枕头上的扁长的脑袋。他伸手按住那个头，头在他手下惊叫："谁……你是谁……"两只弯弯勾勾的爪子也向他的手背上抓过来。

在这三段描写中，前两段都并非对单扁郎实际病状的描写，第一段是轿夫们挑逗"我奶奶"时的淫言调笑，第二段是"我奶奶"在死前回顾人生时对上苍的倾诉，都是在特定语境下的情感宣泄。这两段话无疑超越了科学文献的观照边界。真正对单扁郎的描写只有第三段"扁长的脑袋""弯弯勾勾的爪子"，考虑到单扁郎的姓名中带有"扁"字，这更多体现为一种人与名之间的呼应，书中另一个同类型角色名是土匪"花脖子"。当然，情感宣泄亦有"适度"与"过度"之分，有不少批评家都指出莫言的文本中屡有不节制情感之处，或用词粗鄙的问题。如李洁非就在与井口的日译本同时期发表的文论中指出："很快（莫言小说中）这种'淡淡的哀愁'般的'恶心'被粗野的强暴的甚至残恶的表现风格取而代之了，其标志就是为作者赢得最大声誉的《红高粱》。"[1] 可以看出，质疑莫言情感宣泄毫无节制的批评家并非不存在。

更重要的是，选取《家庭医生顾问》来对《红》书中角色的情绪宣泄进行批判，恰恰使得批评逻辑难以成立。原因在于井口意图说明

---

[1] 李洁非：《莫言小说里的"恶心"》，载孔范今、施战军主编：《莫言研究资料》，山东文艺出版社 2006 年版，第 191 页。原文刊载于《当代作家评论》1988 年第 5 期。

"麻风病不可怕"，以此作为对莫言污名化描写的证据材料，但此书恰恰可以从侧面说明民间对麻风病的畏惧情绪。在全书840项条目中，仅有麻风病相关条目被冠名"麻风病不可怕"，其他的烈性传染病或恶性肿瘤等皆未被冠以类似标题。这无疑说明在书籍出版的20世纪80年代前期，麻风病依旧被认为是一种较为可怕的疾病，根除民间对麻风病的偏见依旧是具有实践意义的公共卫生课题。那么在《红》书故事发生的背景下，即20世纪30年代前后的胶州农村地区，传统的观念正在解体，新式的生产生活方式尚未建立，医粮不具，民生凋敝，当地民众对麻风病抱有因自古以来的愚昧疾病观而产生的偏见，并非无法解释之事。莫言笔下人物的情感宣泄，似乎正贴合了民众心中对麻风病的古老恐惧。

当然，也许莫言本人并无清晰的理论基础，但是这种对疾病的恐惧无疑与苏珊·桑塔格（Susan Sontag）"疾病的隐喻"（Illness as Metaphor）概念相耦合。藤井省三在《红》书日文版出版不久后即对井口的批评提出疑问，认为莫言对麻风病的描写其实暗合了"疾病的隐喻"这一理路——如花似玉的"我奶奶"被贪婪的家人卖给富户罹患麻风病的公子单扁郎做儿媳，而民众对于单家的怨恨、羡慕及恐惧都被投射在了对古时被认为是因果报应的麻风病的印象上。① 不过莫言本人似乎并未将此作为一个"问题"。1992年藤井对莫言的采访中，面对藤井提问为何小说中频繁出现残障人士形象时，莫言答道："我并无特别考虑之处。于我而言残障者是非常普通之人，如我家南面即有一户，一家三口都无法说话，因此我是在无意识中描写残障者的。"② 当然，在分析作品时，作者本人的创作谈有时并不能完全与当时的创作意图贴合，我们必须意识到作家言说中可能隐含的策略性。如杨扬指出："在莫言的小说世界中，似乎没有一个文学形象是不受到损害的……这些文学形象不再给读者以阅读上的美感，而是一种不完美感，

---

① 藤井省三：「『赤い高粱』の翻訳」，『共同通信配信 岐阜新聞』1989年8月16日。
② 藤井省三、莫言：「莫言·中国の村と軍から出てきた魔術的なリアリズム」，『花束を抱く女』，JICC出版局，1992年，189頁。本文为藤井对莫言的访谈，见刊原文为日文，此处莫言回答为笔者自译。

甚至是痛感、丑感、无奈感。这是莫言小说的美学特色。"[1] 包含麻风病在内的残缺的生命体在莫言的小说中连篇累牍地出现，恐怕并非"无意识"三字所能轻易概括的。

　　桑塔格论文集《疾病的隐喻》初版于 1978 年发行，大陆地区较早引用该书的论文刊载于 1989 年《读书》杂志，最早的译本为译文出版社 2003 年版。[2] 考虑到莫言的外语阅读水平及 20 世纪 80 年代中外出版流通的实际情况，莫言在 80 年代中前期创作《红》书时从桑塔格书中直接获得启示的可能性不大。但从《红》书的文本似乎可以判断，莫言虽未将疾病的隐喻原理化，但在无意识中与桑塔格展现出了某种思维的共通性。桑塔格认为：

> 　　只要一种疾病的病因没有被弄清，只要医生的治疗终归无效……疾病本身唤起的是一种全然古老的恐惧。任何一种被作为神秘之物加以对待并确实令人大感恐怖的疾病，即使事实上不具有传染性，也会被感到在道德上具有传染性……与患有一种被认为是神秘的恶疾的人打交道，那感觉简直就像是一种过错；或者更糟，是对禁忌的冒犯。[3]

　　虽然桑塔格指向的是结核和艾滋病，但以上论述安放在麻风病（天花）上无任何不妥之处。中华人民共和国成立之前，麻风病在乡土社会中未明确致病机理，且具有较强的破坏力和传染性，因此在传统社会的认知中被认为是针对患病者本人道德缺陷的某种"报应"。无疑，与麻风病人的普通接触都被视为一种"对禁忌的冒犯"，更何况"我奶奶"是被以一头驴的代价卖给罹患麻风病的单扁郎做须有肌肤之亲的媳妇，这一情节本身即预示着"我奶奶"本来将直面的悲惨命运。随后，县长、村人、花脖子等人的言论更加印证了这门婚事对女方的

---

[1] 杨扬：《莫言的文学世界》，载孙宜学主编：《从泰戈尔到莫言》，上海三联书店 2015 年版，第 345 页。

[2] 从译者导言及后记可以推断，该书出版与当年非典型肺炎大流行的社会情境有关联。

[3] ［美］苏珊·桑塔格：《疾病的隐喻》，程巍译，上海译文出版社 2003 年版，第 7 页。

悲剧性。在这样的情节设置下，莫言对单扁郎病症的种种描写更像是为"我爷爷"与"我奶奶"随后离经叛道的行为提供道德上的正当性。藤井用疾病隐喻的路径解读《红》书，在与井口争鸣的同时也为莫言研究提供了一个具有启发性的新视角。

如上，《红》书中对麻风病的描写是一个可供探讨的话题。但疾病的隐喻毕竟只是阐释方式中的一种。若我们不为莫言文学中的残缺形象做出辩解，而是去关注井口的批评依据与批评逻辑的话，亦会为《红》书的批评事件打开一个新的视角。

第五节　《红高粱家族》带来的启示
——译者与机制

至此，本章已通过脉络化的文本精读厘清了井口对莫言及寻根文学批判的来龙去脉，以及批判背后隐藏的井口在近五年时间里对莫言认知的变迁过程。作为迄今为止在日本流通的唯一译本，井口译介的《红》书对于中国当代文学在日本传播的重要性不言而喻，译后记中对莫言及该作品的严厉批评也会为中国当代文学在日本的传播带来一定影响。《红》书日译所导致的种种局面，主要来源于译者自身的审美标准、客观的时代背景及作家主观因素这三个制约要素，而且这三个要素依旧是当下中国文学走出去时需要直面的议题。

就译者的批判尺度来看，季进曾发问："作为文学核心的情感是否总是平等的，而且能够平滑地、不带任何意识色彩地传递到另一个国家和民族的人民那里？"[①] 需要注意的是，这里受问的对象事实上并非另一个国家的人民，而是把文学带到人民那里去的译介者，于中国文学外译而言，也就是日本的中国文学研究者们。他们对中国文学的翻译与解说直接影响了外国读者对中国文学的好恶与认知。更须注意的是，学者群体绝非具有统一审美的标准化群体，而是由知识积淀与审

① 季进：《论世界文学语境下的海外汉学研究》，《文学评论》2017 年第 3 期。

美情趣相异的知识分子个体所组成，即使是像《季刊》同人这样经历了共同的教育背景和学术熏陶、拥有共同学术目标的知识分子群体，在处理具体的中国作家作品时，其译介与批评行为依旧是由自身的主体性决定的。从井口对新时期文学的批评倾向可以看出，与同朋松井博光一样，井口也渴望看到具有同时代性的新时期文学，他对在创作中努力进行尝试的青年作家如史铁生、王安忆等都给予了高度评价，在《现代中国文学选集》中承担《红高粱家族》的翻译工作也体现了井口致力于新时期文学在日本的传播。然而他却在译后记中对《红》书进行了如此激烈的批评。

译者（包括批评家）对同一作品或思潮的评价有时会呈现出完全不同的面相。同样是《红高粱家族》，井口看到的是对麻风病人的歧视与寻根文学中的"劣根"，藤井看到的则是麻风病作为疾病隐喻的原理性问题，这种审美情趣的差异必然导致两人对《红》书的评价产生分歧。可以想象，如果由藤井或其他更加积极评价《红》书的学者译介此作，该书在日本可能获得较现在更热烈的反响。那么，藤井是否就是《红》书日译的合适人选呢？如上一章所言，在20世纪80年代后期，包括藤井在内的一些日本学者将寻根视为对主流意识形态的抵抗策略。藤井对《红》书、《酒国》等一系列莫言小说的阐释也基本遵循了这个理路。关于藤井对莫言的译介，国内学者已有相当研究，本书不做展开。此处引用旅日华人学者毛丹青的发言，或能构成对前问的回答。

> 翻译莫言文学作品的日本第二位译者是东京大学的汉学家藤井省三。当年，他在北京大学研修的时候，翻译了莫言的小说《酒国》。藤井教授曾经表示，之所以选择这部小说进行翻译，最为重要的一点，就是因为《酒国》写的是当代中国的事情，写的是官员的腐败。藤井省三对中国问题的研究，政治色彩非常强……莫言对译者的一些政治解读，并不满意。

> 这里，我想强调的是，不仅日本译者选择了莫言，其实莫言也一直在日本选择翻译家。为什么第一个翻译了莫言《红高粱》的人不会去翻译他第二部作品，第二个翻译了他

《酒国》的人，又不能翻译他后来的作品呢？简单一句话，是
因为莫言有明智的取舍。①

就时代制约来看，中国在 1992 年加入《伯尔尼公约》以前，外国
译者翻译中国作家作品时无须征得版权所有人的同意，甚至不需要通
知原作者，当时国家的版权保护还处于十分稚嫩的状态。这样的历史
背景对新时期文学在外国的译介有正反两方面的影响。从积极层面来
看，无版权客观上切实降低了新时期文学向海外传播的门槛，使得 20
世纪 80 年代新时期文学译介的"黄金时代"成为可能。新时期文学在
日本的图书市场较缺乏盈利能力，这样的局面在 2012 年莫言获得诺奖
之时依旧未发生明显改变，因此新时期文学在日本的译介与出版多系
译者的个人行为或出版社追求社会效益的行为。《红高粱家族》所在的
《现代中国文学选集》由德间书店提供经济支撑，为中国作家提供了版
税，这在当时是极度例外之事。即便如此，译者获得的"稿酬"也仅
仅是一套全集而已。②

相对的，消极因素则表现在国内外作家们的权益无法得到保障，
这种权益受损不仅事关经济，而是体现在译介活动的各种层面。如译
者在翻译原作时无须获得版权，甚至无须联系原作者。在这种情况下，
无论译者做出怎样的"改写"或"折射"，原作者都缺乏有效的制御方
式，《红》书日译正是遇到了这样的情况。据藤井回忆，20 世纪 90 年
代初藤井与莫言通信时，莫言表示只听说《红高粱家族》在日本翻译
出版，但出版社并未提供样书。最后还是藤井在日本购买此书寄给莫
言，莫言才得以见到自己代表作的日译。③ 当然，今日版权环境较当时
已不可同日而语，中国作家们在外译时的版权转让已实现了规范化。
试想如果翻译《红》书时井口和莫言之间存在积极且有效的交流，井

---

① 蒋丰、毛丹青：《莫言获奖给予当代中国作家的启示》，http://blog.sina.com.cn/s/blog_
615fb6320102e3tr.html，最后浏览日期：2021 年 2 月 5 日。该博客由蒋丰实名认证。
② 源自 2018 年 6 月 14 日笔者与译者之一三木直大的访谈。
③ 源自笔者与藤井省三的邮件往来（2015 年 1 月 15 日藤井复函）；藤井省三、孙若圣：「藤井
省三へのインタビュー」，『アジア評論』2020 年 1 号。

口可以就麻风病描写、寻根思潮等问题听取莫言意见的话，想必不会做出如此严苛的批评。即便井口依旧做出了这样的批评，译作付梓前若能经由国内懂日语的专家确认，想必莫言本人或中方出版社一定会向日方提出交涉，届时出版的《红》书日译本与现版本应该会有所不同。

就作家的主观因素而言，谢天振指出，莫言对他作品的外译者表现得特别宽容与大度，正是这种宽容大度让他的译者放开手脚，大胆地"连译带改"，以适应译入语环境读者的阅读习惯和审美趣味，从而让莫言作品的外译本顺利进入西方主流阅读语境。[①] 然而，这种宽容与大度有时会带来副作用，即给予译者评价及修改译本的过度自由，《红》书的日译本就是典型案例。个中原因，井口作为译者未积极与莫言联系之不作为自然难辞其咎，莫言经藤井提醒后未主动通过渠道向井口提出交涉，而是放任井口在后续版本中继续把持《红》书的评价权一事也值得商榷。

以上种种原因的合力导致了附有译者强烈批评的《红》书译本在日本出版发行。笔者认为面对这种情况，"遮蔽"该译本并非最佳处理方式，甚至可能纵容该译本在日本对新时期文学的传播带来持续的负面影响。对此我们应当积极应对，如由学者撰文对井口在批评中提出的相关质疑做出解答，正如本章所做的尝试；或者在海外联系合适的出版商与译者，重译、重评《红》书，从而让日本读者听取另一种阐释，让其自行做出判断及选择。新时期文学走出去的过程中，既有来自海外的赞美之声，可想而知亦有质疑之声。如何正确认识并灵活应对后者，正是关系到我国文化输出成功与否的重要课题。

行文至此可以发现，基于日本学者、译者独特的中国文学观及阐释方式，"寻根思潮"及《红高粱家族》等在中国文坛上引起轰动的文艺现象及作品，在日本接受时收获了并非与国内完全一致的评价。事实上，除以上情况外，还存在着获得中日两国学者、读者共同青睐的作家作品，如史铁生就是这样的作家。之后的章节中将考察日本学者、译者对史铁生的接受，以此阐释新时期文学对外传播的另一种可能。

---

① 谢天振：《中国文学走出去：问题与实质》，《中国比较文学》2014 年第 1 期。

第八章

史铁生在日本的译介与读者评价

——个体叙事与文学的越界

从前几章的记述中，可以发现有些学者倾向于通过外部工具理性的路径或自己的审美较为轻率地解读中国文学。① 这是我们不得不关注的现象，但事实上，大部分日本的中国文学研究者都渴望看到具有同时代性的中国文学。他们评价中国文学的标尺是：是否触及了人类普遍或永恒的命题？文体及写作技巧是否具有创新性？文本内容是否与其他语种的文学间产生了借鉴或共鸣？最具有说服力的证据就是日本学者对史铁生的敬重与喜爱。本章将考察日本学者对史铁生的译介与阐释，以及日本读者对史铁生的评价，以此来探讨日本学者对中国文学的"最大公约数"的审美标准。

第一节　爱与敬——日本学者对待铁生
文学时展现的共性

史铁生作为改革开放四十年来最具代表性的作家之一，在国内文学文化界的影响力无远弗届。史铁生及其作品的相关研究可谓汗牛充栋，孙郁、胡山林、叶子文、李德南等学者早已做出了精到且具有说服力的批评和分析。在更广阔的中国知识分子阶层中，史铁生及他所代表的优秀品质与广博思想已经沉淀为一种精神坐标。② 但相较而言，有关史铁生在国外译介与传播的研究尚不充分。本章旨在讨论日本学

---

① 如刘江凯表示："如果我们必须找到一个能够高度概括海外中国当代文学发展特点的名词，笔者认为应该是'政治美学'。"这个词"主要指政治和美学相互的渗透与影响；既考虑政治当中的美学因素也考虑美学当中的政治因素"（《认同与"延异"——中国当代文学的海外接受》，北京大学出版社 2012 年版，第 24 页）。10 年过去，随着外部环境的变化，欧美国家海外汉学界的这一倾向毋宁说被进一步强化了。

② 与此相关的例证已数不胜数。如在中国重要的文艺分享评价网站"豆瓣"（https://www.douban.com/）中，史铁生的相关书著几无低于 9 分（满分 10 分）（截至 2022 年 2 月 1 日）。有关史铁生的纪念文章中，网名为"飘赣"的机关工作人员熊丰于史铁生逝世十周年之际发表的文章《那些我说不出的叹息，你都替我说了——写在史铁生逝世十周年》（https://www.douban.com/note/789193189/？_ i＝89713365KUIP-W，最后浏览日期：2022 年 2 月 1 日）在豆瓣网"史铁生"相关文章中置顶，可代表部分公众看法。另，网上的读者评价作为研究材料如何进入文学研究是一个愈发重要的议题，此处不做过多展开。

者对史铁生的接受，因此先就史铁生在日本的译介情况进行简要说明。

　　笔者参照栗山千香子所做的统计①，并结合自行增补后确认，史铁生几乎所有中短篇名作都已被译为日语，这样的翻译覆盖率，似乎仅有获得诺奖后的莫言可以相提并论。但与莫言不同的是，史铁生的长篇小说《我的丁一之旅》《务虚笔记》及散文集《病隙碎笔》尚未被译介，但这并非日本学者对这几部中长篇意兴阑珊之故。从 1999 年史铁生与栗山千香子的往来信函中可以得知，当时有意翻译《务虚笔记》的至少有栗山、吉田富夫（作为莫言的译者而闻名）等人，其中吉田拜访史铁生时还带着中国方面书籍的资深编辑岸本武士。此外，山口守及近藤直子（作为残雪的译者而闻名）在拜访史铁生时，亦提到日本有其他学者想要译介《务虚笔记》。② 近藤谈到《务虚笔记》时还表示："虽然没有被译介，但我强烈推荐给能阅读原文的读者。"③

　　自 1987 年史铁生作品首度日译以来，日本共公开出版译文 43 篇，内含单行本 3 册，分别是 1987 年出版的《现代中国文学选集 3　史铁生》，其中收录了《我的遥远的清平湾》《午餐半小时》等 4 篇作品；1994 年出版的《遥远的大地》，收录了《插队的故事》《车神》；2013 年出版的《记忆与印象》，收录了 21 篇作品。其余译文散见于《季刊·中国现代小说》（以下简称《季刊》）、《中国语》、《中国现代文学》等日本的中国文学相关著名刊物。其中《季刊》是史铁生作品日译的重要阵地，共刊载其译作 16 篇，数量居所有作家之首。④ 当然，史铁生在《季刊》之外也获得了相当的认可。时任庆应义塾大学教授的关根谦一言质之，"从绝对数量来看，史铁生是被译介最多的中国作家之一"⑤。久米井敦子则认为，"史铁生是在日本拥趸最多的中国现代作家之一"⑥。

---

① 史鉄生：『記憶と印象』，栗山千香子訳，平凡社，2013 年，188—190 頁。
② 史铁生：《史铁生书信序文集》，花城出版社 2008 年版，第 70—72 页。
③ 近藤直子：『中国文学を味わう』，国際交流基金アジアセンター，1999 年，60 頁。
④ 飯塚容：「『季刊 中国現代小説』の歩みを振り返って」，http://www.mmjp.or.jp/sososha/pdf_file/syosetu.pdf，最后浏览日期：2018 年 6 月 9 日。
⑤ 関根謙：『自然と文学』，慶応義塾大学出版会，2001 年，304 頁。
⑥ 『季刊 中国現代小説』2 巻 14 号。

更为重要的是，史铁生作品的日译者多达 13 人，在新时期文学乃至当代文学中都是拥有译者数量最多的作家。此外还有更多的日本学者虽未参与译介，但对史铁生的文学进行了研究与批评。虽然道山十载，但史铁生在日本译文数量和译者数量上所保持的"两个第一"的纪录，至今尚未被打破。而支撑"两个第一"的，则是多数日本学者、译者对史铁生表达出的超越作为客观研究、译介对象的爱与敬之情，试举以下三例说明。

首先是《季刊》中《我与地坛》的译介经过。《季刊》第二期第 1 号（1996 年 9 月）分别刊载了史铁生的《我与地坛》（译者千野拓政）与《秋天的怀念》（译者久米井敦子）两篇小说。《季刊》同一册中刊登同一作家的多篇文章仅此一例，考虑到这是第二期第 1 号，则更加意义重大。其中《我与地坛》的译者千野表达了对自己有无翻译《我与地坛》能力的惶恐：

> 虽然喜欢这部作品，但我非常担忧自己无法充分传达出史铁生语言中丰富的意象。在探讨译文的时候也受到了同人们强烈的批评，并多次修改了译稿。如果尚有不周之处，全因译者能力不足。请诸位原谅。[①]

此处值得分析的内容有很多。首先，千野对译稿质量的"担忧"是新时期文学外译者中极不常见的态度。正如埃文-佐哈（Even-Zohar）所言，当一国的社会多元系统中不存在重要的变化，或这些变化并不是通过文学关系的介入而实现时，翻译文学可能处于比较边缘（periphery）的地位。[②] 在日本的文学系统中，新时期文学的译著并未占据显要的位置。在这样的背景下，笔者所查案例所及，日本译者处理新时期文学的文本时，也相对更倾向于发挥自由度与主体性（如之

---

① 『季刊 中国现代小说』2 卷 1 号。
② ［以］埃文-佐哈：《翻译文学在文学多元系统中的地位》，载谢天振编：《当代国外翻译理论导读》，南开大学出版社 2008 年版，第 223 页。

前所述辻康吾对戴厚英之改写、井口晃对莫言之批评）。日本译者翻译新时期文学有时亦担忧无法正确解读文本，但这多见于文本中内含大量方言或特定的地区民族特色的情况（在阿来、韩少功等人的译后记中常见），担心"无法充分传达出语言中丰富的意象"的情况实在少见。

《我与地坛》21世纪以来入选了人教版高一语文课本，字句中包含着丰富的意象，同时也具有很强的叙事性，但文本与词句本身并无过于艰难晦涩之处。译者千野师承松井博光，是中国现当代文学研究的重镇，时任早稻田大学中文系副教授，在《季刊》上多有译文发表，翻译《我与地坛》理应不是难事。因此，此处千野的"担忧"一方面可被认为是自谦之词，另一方面则可以看出其对翻译的自我要求已经超越了正确译介原文的层次，而是上升到了类似功能主义翻译理论中强调的，在翻译高超的文学作品时应重现原文表现功能（expressive function）的翻译要求。无论是以上何种，都展现出了千野对史铁生的敬仰。

而更令人诧异的是《季刊》同人们的态度。照千野所录，他的译稿"受到了同人们强烈的批评，并多次进行了修改"。如果此处没有曲笔的话，那"译者能力不足"就并非千野的自谦，而是同人们的共同感受。如此看来，"充分传达出语言中丰富的意象"不仅是千野自身设定的基准，也是《季刊》同人们对译文的共同要求，而且千野的初稿还被同人认定为未达到这个要求。就最后刊出的《我与地坛》译文而言，其在语言形式和词语的意象上非常贴近原文，虽不知最终是否达到了同人们的期许，但无疑《我与地坛》的日译版凝结了千野及其他同人的心血，史铁生对母亲的怀念之情及多彩的修辞和意象亦被切实传递给了日本读者。由此来看，史铁生及《我与地坛》不仅为千野所独爱，也在相当一部分《季刊》同人心中占据了重要地位，因而引发了同人们对其日译水平精益求精的苛求。

第二例是《插队的故事》及《车神》的译者山口守。山口亦师承松井博光，于20世纪70年代末在复旦大学留学时曾接受贾植芳指导。[①] 山口早期专注于巴金研究，后逐渐关注华语系文学（Sinophone），

---

① 山口守、孙若圣：「山口守へのインタビュー」，『アジア評論』2020年1号。

译著颇丰。山口守与史铁生深交多年，但基本不对史铁生进行研究，他自陈原因如下：

> 我和史铁生的交往是非常个人的，虽然中间是有文学这个共同的话题，但基本上我们是个人的来往……我不好写论文，一写文章就会有感情出来，写不下去。所以我喜欢他的作品，也会翻译他的作品，但是我不会写学术性论文……但是对别的（中国作家），我尽量保持一种研究上的距离，所以可以翻译也可以写论文。①

观其访谈，其中尚有与史铁生及夫人陈希米相交往事数段，时间跨度二十余年，读来情真意切。显然，在山口心中史铁生的地位已超越了一般意义上译者与原作者或研究者与研究对象之间的框架，与史铁生夫妇间的友谊使得山口放弃了在文学上对史铁生的进一步研究。

第三例为史铁生故去后日本学界的反应。史铁生去世三个月后，日本《经济学人》周刊②发布了一篇题为《沉稳地诉说着人世间真实的史铁生故去》的专文，作者是本书出现过多次的、从 20 世纪 80 年代初期就关注新时期文学的辻康吾。他对新时期中国的政治情势及文学状况俱有非常深入的理解，他的话想必反映了日本学者的一种共同的心境：

> 我预感到这是一个时代的终结……在经常与政局交互的中国文化界中，史铁生未被吹捧亦未被裹挟，海内外诸多读者敬爱着他。他过世时中国国内数万公共媒体与自媒体进行了发声，我在此时才深深感念史铁生的伟大之处。③

---

① 山口守、孫若聖：「山口守へのインタビュー」，『アジア評論』2020 年 1 号。
② 日语名称为《週刊エコノミスト》，为日本每日新闻社发行的经济类周刊杂志，创刊于 1923 年，与英国杂志 *The Economist*（中文译为《经济学人》）无任何关联。
③ 辻康吾：「穏やかに人間の真実告げた史鉄生死去」，『週刊エコノミスト』89 巻 12 号。

　　新时期之中，不可否认有部分作家因其文本与主流意识形态间的离合关系而成为外国学者们一时的焦点。辻康吾身为政经类记者，得益于地利之便，在日本学者中最早接触到新时期文学。但也可能由于其政经记者的身份，他对新时期文学的观察及对作家的关注基本基于文学外部研究的路径，之前也并无史铁生相关研究见刊。正是如此，此处"才深深感念史铁生的伟大之处"才显得更有深意，仿佛是辻对自己多年新时期文学研究时采用的方法和视点的一种反思。

　　以上事例足以表明，多数日本学者对史铁生的共通情感早已超越了将其作为研究客体的冷静视野，而升华为一种对挚友或伟人的爱慕与敬重之情，由此史铁生在日本拥有十数位译者、数十种译作是顺理成章之事。在承认这个客观结果的同时，需要探究的学理问题是：史铁生为何会在日本受到这种当代作家中独一无二的爱戴？

　　首先，史铁生在当代作家中极罕见的身体困境是需要考量的要素。以往的研究倾向于淡化史铁生特殊的身体情况对其读者评价的影响。但是，身体困境是促使史铁生写作的最重要催化剂，亦是他在早期极重要的写作资源，更是他思考"身体的残疾"与"精神的残疾"，最后通达至"所有人都有不同程度残疾"的精神原点。[①] 史铁生将自身与病魔坚持斗争的人生经历及与疾病相伴的豁达开朗的人格态度通过文字进行表达，唤起了人们对不幸的普遍同情和对自强不息的审美意识。浏览国内诸多自媒体与书评网站，遍见普通读者对史铁生超越自身生理困境的敬佩与感动。这种普遍的同情与审美也唤起了日本学者的共情，如栗山所言：

　　　　史铁生常年与轮椅为伴，后又每周须透析三次。他在如此严酷的写作环境下产生的透彻的思想与文章受到了众多读

---

① 史铁生：《人的残缺证明了神的完美》，载《史铁生作品全编》第 10 卷，人民文学出版社 2017 年版，第 307 页。另，史铁生对自己身体障碍与从事写作之间的关系并无特别之避讳，最直白如《我与地坛》中的陈述："为什么要写作呢？作家是两个被人看重的字，这谁都知道。为了让那个躲在园子深处坐轮椅的人，有朝一日在别人眼里也稍微有点光彩，在众人眼里也能有个位置，哪怕那时再去死呢也就多少说得过去了，开始的时候就是这样想，这不用保密，这些现在不用保密了。"

者的爱戴。此外，人们还仰慕他高度的思想性，温柔且亲民的人格魅力。①

　　对身体障碍者的同情是人类最朴素的共情之一，由此可见，当读者试图想象和评价史铁生时，他所经历的苦难和面临的困境无疑是非常重要的影响要素。于史铁生而言，腿部残疾与肾透析是须得共存而无法克服的严酷事实，他对这种苦难并无刻意的渲染或夸张。因此，在探讨史铁生为何会受到中日两国的读者、学者爱戴时，亦无必要忽略常人对这种困境的关怀。但史铁生作为一个作家，受到爱戴的更深层次缘由还是应当从他的作品中寻求。

第二节　越界——史铁生文学的底色

　　如洪子诚所言，史铁生等作家在评论和文学史叙述中常有多种"归属"，如知青、寻根或高举理想旗帜的作家等。② 无疑这种述评证明了史铁生作品的多样性。从最早期的《法学教授及其夫人》等"合为时而著"，到逐渐找到符合自己生命节拍的创作道路，"史铁生文学"这一称谓实际上指称着一个多元化作品群的集合。山口守尝试将史铁生的创作归为四类：第一类是新时期初期的一系列社会题材小说，如《爱情的命运》；第二类是将自己的人生经历或回忆外化的作品，如《我与地坛》（其大成是后来的《记忆与印象》）；第三类是描写残障人士生活的作品，如《足球》；第四类是取消叙事，取而代之的是由哲学思辨构成的作品，如《务虚笔记》。③ 这种划分就内容而言有其合理性，但一方面切割过于生硬（如《午餐半小时》究竟是第二类还是第三类），另一方面又远远无法展现其多样性的内涵（如《命若琴弦》应当

---

① 栗山千香子：「生命の不思議をめぐる旅あるいは祈り—史鉄生とその文学—』，『東方』363号，2011年5月。
② 洪子诚：《中国当代文学史（修订版）》，北京大学出版社2007年版，第273页。
③ 山口守：「訳者あとがき」，『遥かなる大地』，宝島社，1994年，215—216頁。

如何定性），这正体现了评论家们在面对铁生文学复杂性时的困惑。但事实上，史铁生的作品底部存在着共同的人生观和方法论思考。如李德南所言，史铁生写作的时候"对某些问题的认识都是稳固的，甚至对不同问题的认识会相互贯通，相互勾连，形成一个思想整体"①，也就是说史铁生的作品群实际上构成了一个无须（抑或无法）分类的整体。

　　那么，这种稳固的、贯穿思想整体的底色是什么呢？史铁生的思考是循序渐进的，从创作生涯早期对真实回忆与体验的书写，中期围绕着生与死、健康与残疾展开的思考，到后期将回忆抽象化的记忆与印象，晚期谈论心魂的旅程与肉身的偶然，他不断在作品中进行着与自身的无限对话。从方法论的角度来看，这种对话之所以得以成立，正是因为史铁生不断进行着"越界"。需要注意的是，这个词却并非史铁生自觉创造，而是由日本学者提出后获得了史铁生的确认。具体而言，2006 年，《亚洲游学》（日语：アジア遊学）期刊策划中国文学专辑，主题定为"中国现代文学的'越界'"（日语：中国现代文学の越境），专辑包含中日两国学者的 27 篇论文以及 3 位作家的创作谈，其中就有史铁生。"越界"这一主题并非专为史铁生定制，但日本学者向史铁生约稿，无疑证明史铁生的创作在日本学者眼中充分具备了"越界"的要素。史铁生的创作谈开宗明义般定题为《「書くこと」と越境》，中文可直译为《"写作"与越境》，稿件中文版次年（2007 年）发表于《天涯》，采用的标题是《写作与越界》。事实上，日语中的"越境"存在多种中文译法，如相对平和的跨界、越境等，但是对词义相当敏感的史铁生选择了"越界"。无疑，史铁生充分考虑到了"越界"所蕴含的冲破既有禁锢的冲动和危险性，他在文中开宗明义般地为文学的"越界"做出了定义："文学即越界，文学的生命力就在于不轨之思，或越界的原欲；倘于既定的界内大家都活得顺畅、满足，文学就根本不会发生。"②

---

① 李德南：《"我"与"世界"的现象学》，上海文艺出版社 2017 年版，第 5 页。
② 史铁生：《写作与越界》，《天涯》2007 年第 3 期。

史铁生由于固有的生理障碍，他的生活边界比寻常人要狭小很多。他于自己的界内恐怕是无法"活得顺畅、满足"的，可能正由于此，史铁生的越界之思也要比寻常人强烈很多。史铁生越界的实践方式是多方面的，他做过街道工人，也自学过英语，在不断的摸索中，创作最终成为他的越界之道。在作品中，史铁生展现的越界是从题材到内容全方位观照的方法论。在早期依据回忆和亲身经历写作的《插队的故事》《我的遥远的清平湾》等作品在文坛开拓出一片天地后，史铁生没有囿于知青文学的既有范式，而是将大量的抽象化经验与实际经历、听说的传闻结合起来，这种结合后产生的作品跨越了现代文学观念中既存的文体观念，似小说、似散文、似童话，有时甚至接近冥想。正如叶立文所言：

> 只有极少数的一些作家，才会没办法完全分清现实与艺术的界限。对这类作家而言，写作不仅伸张了自我的精神诉求，而且还能在现实中实现自己无法实现的恒久梦想。[1]

由于梦想和现实被交织在一起，小说、散文这样正典性的文学文本分类方式自然就无法适用了。史铁生的文体越界之前卫，让评论界和杂志编辑部都一时无法应对，这从名篇《我与地坛》的发表经历即可窥知一二：1990 年末，《上海文学》编辑姚育明组稿收到《我与地坛》，通过终审后，编辑部决定将《我与地坛》发表于 1991 年首期。由于"当时发的散文都不长，一般情况都是六七千字左右"，因此姚育明受托与史铁生商议，以小说形式发表该文，因为杂志主编认为"它内涵很丰富，结构也不单一，作为小说发一样的"。未料，这个提议遭到史铁生坚决反对。史铁生甚至认为"是散文，不能作为小说发。如果《上海文学》有难处，不发也行"。最后的结果是，发表时"标题既非小说也非散文，而是以'史铁生近作'作为标题"。这一决定来自杂志

---

[1] 叶立文：《史铁生评传》，河南文艺出版社 2018 年版，第 293 页。

主编刻意将文体模糊化的"通盘考虑"①，也反映了史铁生创作中似散文似小说、回忆与想象交融在一起的越界特征对于传统文体认知的颠覆。

　　文体的越界同样也引发了日本学者的文体困惑。如《我与地坛》的译者千野拓政就认为，《我与地坛》比起小说，更像是随笔，似乎不甚符合《季刊》的刊载标准。但由于其自身十分喜欢这部作品，因此决定不拘泥于文体的教条，将《我与地坛》列为《季刊》第二期的开篇之作。②　而《秋天的怀念》的译者久米井敦子则称《秋天的怀念》为"散文风格的小说"③。如此可见，文本中抒情与构成闭环的回忆性叙事杂糅在一起，中日两国学者都无法依据既往经验定义其文体。而如《我与地坛》或《秋天的怀念》只是铁生文学中越界性的一种表达。在他的其他作品如《记忆与印象》《务虚笔记》《我的丁一之旅》中，文体和精神的越界一再通过不同形式得到展现。而且，史铁生对越界的理解也不断变深。如《我与地坛》发表 13 年后，史铁生再度思考文体和文学的内涵时谈到："我们大家说着文学，说着小说的时候，可能说的不是一回事儿。在我来看，文学，或者小说也好，散文也好，它是在我们现实生活外的一块自由之地……在那儿实现一些在现实里头不能实现的东西。"④　可见经过长时间的越界创作实践，史铁生已经从坚持自己对文体的独有标准进入了彻底摆脱文体桎梏的阶段。作为方法的越界，指向了"实现在现实里头无法实现的东西"的写作目标，事实上史铁生此处的意思并非创作就是虚构，而是创作模糊了现实与虚构的边界。"写作的过程就是使朦胧的东西逐渐变得清晰起来的过程。但是，绝对清晰起来是不可能的。你笔下的东西跟这个朦胧的感觉的距离，是一个绝对的距离。"⑤　因此史铁生作品中对清平湾、对母亲、

①　以上几处双括号内引用均来自姚育明：《回顾史铁生的〈我与地坛〉》，中国作家网，http：//www.chinawriter.com.cn/2009/2009-01-04/69018.html，最后浏览日期：2021 年 7 月 15 日。

②　『季刊 中国現代小説』2 巻 1 号。

③　『季刊 中国現代小説』2 巻 1 号。

④　史铁生：《史铁生作品全编》第 10 卷，人民文学出版社 2017 年版，第 232—324 页。

⑤　史铁生：《史铁生作品全编》第 10 卷，人民文学出版社 2017 年版，第 220 页。

对少时阡陌的叙事绝非完全客观真实之物，而是在与真实的绝对距离之外，经过个人性的审美与哲思的加工后，产生的边界模糊的叙事表达，是一种真正属于其个人的叙事。

正如史铁生所援引横光利一提出的"第四人称"："作家要写某个心地善良的人，在这种场合，他是将自己彻底变成那个心地善良者呢？抑或只是观察他，这思忖的当儿，作家便要触及到自身的奥秘。"这自身的奥秘即是自身与自身的对话，现实与想象的越界。这在史铁生中后期作品（我们同样无法肯定其文体）中发展到了极致，如《务虚笔记》中"我是我印象的一部分，我的全部印象才是我"，而《我的丁一之旅》则成了心魂史铁生描绘肉身史铁生旅程的叙事。在栗山看来，史铁生理解的第四人称是"一种在作家内面观察作家，使得作家面对自身，引导自己的写作内容和写作方式的视点"①。当然，史铁生并非读到横光利一后才发现了"第四人称"，可以说这种与自己的对话，站在非我立场审视自己的写作的方法早已贯穿史铁生的大部分创作中了。

第三节　文体越界、个人情感与日本学者读者的审美共性

日本学者认为史铁生的个体叙事蕴含了文学创作的某种越界方式，对此史铁生也欣然回应。需要注意的是，新时期中个体叙事并不罕见，毋宁说新时期文学的发展进程就是各类个人叙事逐渐复苏并成为文坛中的重要组成部分的历史过程。但事实上，并非每位实践个体叙事的新时期作家都会吸引如此多的译者和研究者，或受到日本学者们特别的爱与敬。因此本章需要追问的是，在日本学者看来，史铁生的个人叙事及越界有何特别之处？

日本学者最早因为知青小说关注史铁生，如 1985 年高岛俊男在《季刊中国》创刊号上将阿城、史铁生、曹冠龙并称为知青一代的代表

---

① 栗山千香子：「横光利一と史鉄生」，『日本近代文学館』256 号，2013 年 11 月 15 日。

作家。但随着他在 20 世纪 80 年代文坛展露出的叙事突破，越来越多的学者由题材转而关注史铁生的写作技巧和叙事方式。1987 年出版的《现代中国文学选集 3　史铁生》在《我的遥远的清平湾》外收录了《命若琴弦》《足球》《奶奶的星星》等作，相当于在保留知青文学的基础上接纳了史铁生的几乎所有创新。桧山久雄在译后记里写道：

> 对于史铁生而言，仅不足三年的农村生活仿佛构成了他的精神原乡……但这绝不意味着肯定"文革"自身。作者通过淡淡描绘亲祖母宿命般的经历，探讨了隐藏在革命底部的一些深层次问题。这种自我克制的笔触读来反而更能令人感同身受……《命若琴弦》与《足球》的动机都源自成为作者宿命般的残疾，两者都是作者自身的写照……《午餐半小时》篇幅虽短，但巧妙地描述了市井平民的哀欢，可以说和《足球》属于同一系列。①

桧山将以上四篇风格与题材都截然不同的作品串联起来，归纳出其中的共同点是基于个体经验的叙事，而且这种叙事的风格是"克制的""巧妙的"。显然，这里的个体经验不仅指向史铁生本人的真实经历，更包含了他的经验世界。由于大多数时光都身处斗室，史铁生曾说唯有"五米，要不三米以内才是可以相信的"，不过他的想象力宏大，有着"跟宇宙一样大的想象空间"。② 史实之外的部分正是依靠回忆、他人的话语乃至经验世界进行代偿的。这种"从现实世界到可能世界"③ 的认知方式，是史铁生得以在文学中使用越界这一方法论进行创作的内核逻辑，也是其个体叙事得以成立的原因。这篇译后记最早尝试将史铁生的各种题材与风格的文本用统一的线索进行解读，开拓了日本学界对铁生文学中蕴含的个人叙事进行研究的滥觞，之后日本

---

① 檜山久雄：「解説」，『現代中国文学選集 3　史鉄生』，徳間書店，1987 年，248 頁。
② 山口守、孫若聖：「山口守へのインタビュー」，『アジア評論』2020 年 1 号。
③ 有关从现实世界到可能世界的论述，李德南在史铁生研究专著《"我"与"世界"的现象学》（上海文艺出版社 2017 年版）第三章中已做出充分论述。

学者们对史铁生的解读和述评几乎都围绕着个体叙事这一维度展开。

刘小枫将叙事伦理划分为"人民伦理的大叙事"和"自由伦理的个体叙事"。与前者的宏大史观相对照,"自由伦理的个体叙事只是个人生命的叹息或想象,是某一个人活过的生命痕印或经历的人生变故……是由一个个具体的、偶在个体的生活事件构成的"[①]。由于纷繁复杂的国族情状与历史经纬,在新时期的语境中,叙事伦理意义上非常清晰的划分方式却极易陷入二元对立的话语陷阱。其中宏大叙事被视作带有某种政治意图的、经过修饰的一元性话语。与此相对,个人史则被视为与前者具有抗衡意味的真实的言说,是对前者的反动或消解。抱有这种二元对立思想的学者,特别是海外汉学家不在少数,如顾彬就在自己所著文学史中强调,20 世纪 80 年代个体叙事中强调"人"意味着强调个人、个人的历史,后者有别于官方版的历史。[②] 此处"个人的历史"与"官方版的历史"显然呈现了二元对立的力学关系。也有一些作家凭借隶属于这种力学关系的个人叙事获得了比国内多得多的关注。

但史铁生并非如此。史铁生的部分文字如《奶奶的星星》等中固然蕴含着时代的隐痛,但其个体叙事极少或只在文本的深层次上与宏大叙事产生关联,史铁生念兹在兹的是将丰富的情感映照在描写对象上,使他们实现了越界,既处于时代中,又超然于时代外,成为永恒时间中人类普遍情感的一种载体。他们在文学作品中的所为,可能源自他们真实的经历,也可能是史铁生通过想象对他们的赋格。甚至在某些情况下,史铁生还会故意否认印象与现实间的关联,如对于在史铁生无数作品中出现过的"太平桥",他对栗山的解释是"我小说中的'太平桥'是纯粹的虚构……北京确实有个叫太平桥的地方,但是这与我的小说无关"[③]。

质而言之,史铁生想要"求真"的并非笔下人物的人生,而是他

---

① 刘小枫:《沉重的肉身》,华夏出版社 2007 年版,第 7 页。
② [德] 顾彬:《二十世纪中国文学史》,范劲等译,华东师范大学出版社 2008 年版,第 307 页。
③ 『季刊 中国现代小说』2 卷 25 号。

们的情感。这种情感有时非常明晰，如母亲对孩子的爱、孩子对母亲的思念，有时掺杂着混沌乃至"我外之我"。由此，史铁生的个人叙事的特质在于其既观照个人又同时观照人类，在叙事中体现的是"个人的印象"，同时也是"全体人类的普遍情感"。这和当时较普遍的、表达"一群人"（如"归来者"或"知青"）生活史实的个体叙事截然不同。①无疑，完善这种叙事的过程也是史铁生从"知青一代的代表作家"向文坛上独一无二的"史铁生"进化的过程。这种叙事既基于个人又基于人类普遍的情感意识，并非对宏大叙事的对抗或勾连，而是照拂到了历史无法言说的角落，与日本文学中重视个人情感体验的传统产生了互文关联。史铁生悲天悯人的情怀和细致刻画情感的叙事方式吸引了已熟识 80 年代文坛中各种个人叙事的日本学者的关注。多数日本学者正是在这层意义上肯定了史铁生个人叙事的价值，进而对铁生产生了敬爱之情。栗山就直言：

> 就像是日本文化中的某些东西一样，虽然很平常、很普通，但一个人在安静的角落里欣赏这些，可能就会回忆起自己的过去，想起家乡，会思考某种哲学性的问题，比如生或死等。喜欢史铁生的日本学者可能喜欢能够增强这种感觉的文学。②

在史铁生作品的译后记或文论中，其他日本学者的表达可印证栗山的判断。如山口守认为史铁生不热衷于共同体的宏大叙事，而是只依凭于个人的精神世界进行创作。这种创作从共同体的框架中越界，拓展了文学的可能性。③久米井敦子则通过追溯史铁生的创作历程，发

---

① 有关表达"一群人"的个体叙事，即"我是我们"这一新时期重要的叙事规范，可参照杨庆祥：《"重写"的限度："重写文学史"的想象和实践》，北京大学出版社 2011 年版；程光炜主编：《文学史的多重面孔》，北京大学出版社 2009 年版；程光炜主编：《重返八十年代》，北京大学出版社 2009 年版等文献。

② 栗山千香子、孙若圣：「栗山千香子へのインタビュー」，『アジア評論』2020 年 2 号。

③ 山口守：「夜の対話からマイナー文学まで」，尾崎文昭：『規範からの離脱』，山川出版社，2006 年，159 頁。

现史铁生文学的中心主题在于如何定义和面对"人间的苦难",而他描绘的世界由基于自身体验的外部世界(某种程度的史实)开始内面化,最终抵达"孤独存在的人的集合体,也就是包含人间万象的宇宙"①。在内面世界中,史实都已被抽象化了,所有的叙事都指向情感。

更加启人深思的是,在日本学者热情的译介与研究氛围中,史铁生的作品成了新时期文学中为数不多在日本进入了公共阅读领域的作品。查询日本主流媒体及自媒体平台可以发现许多对史铁生的评价,以下枚举两处有实际姓名可查的读者评价,颇具典型性。其一,2006年3月3日,日本最重要纸媒之一《朝日新闻》刊发了编辑委员白石明彦的专栏文章。白石在文中写道:

> 最近,高中时代的恩师赠与了我一本载有中国作家史铁生的散文《我与地坛》译文的小册子……未曾想到,在当今中国,有能写出如此蕴含着情感的散文的作家。仿佛祈祷般注视着儿子背影的母亲的眼神,令人感到心中作痛。②

该篇专栏主题为母爱,白石先描述了在散步路上每日都见到的场景:五十多岁的母亲站在门前目送二十多岁的女儿去工作,一直等女儿的背影完全隐没后,母亲才转身回家。这情境让白石想起了山本冲子一首题为《晨祈》的歌颂母爱的诗。随后白石话锋一转,提到了史铁生的《我与地坛》。白石惊呼中国文坛已有了如此细致绵密的作家。而史铁生"令人感到心中作痛"的描述,使得白石将自己生活场域中的母亲与地坛公园里铁生的母亲形象联立起来,意识到在孩子身后默默守望是全人类母亲的共同姿态,这无疑说明了史铁生作品中的个体叙事与情感表达已成功越界,在人类普遍情感的场域中引起了各国读者的共鸣。

---

① 久米井敦子:「苦しみとの共存」,『野草』1997 年 59 号。
② 白石明彦:「いのり　子見守る母の視線、なごむ心」,『朝日新聞』夕刊 2006 年 3 月 3 日,第 6 面。

　　同样需要注意的是，白石是从高中时代的恩师处获得了载有"《我与地坛》译文的小册子"，如果恩师并未自行采编的话，那么此处的小册子大概率是前文多次提及的《季刊·中国现代小说》第二期第 1 号。这既证明了《季刊》在日本具有一定的读者群，又可说明《我与地坛》在普通日本民众的阅读世界中产生了流通。正如丹穆若什所言，世界文学是一种流通和阅读的模式，这个模式既适用于单独的作品，也适用于物质实体。① 从这个定义来看，甚至可以认为铁生文学（至少是《我与地坛》）已经成为世界文学的一部分。

　　山口大学史学教授池田勇太则从元史学的角度，通过《记忆与印象》探讨了史实与心境的关联、史学与文学的区别（其文评题目为《历史无法言说什么?》）：

　　　　我刚阅读《记忆与印象》就深刻意识到，作者史铁生敏锐地意识到避免将自己的记忆与印象收敛到"历史"的框架内……他并没有进行学者喜好的讨论，如理论上无法确定完整真实的史实、历史是历史学家的言说等。而是他认为，如果以每个个体的"心境"出发进行探讨，那我们的生命历程绝非可以被历史书回收之物。

　　　　因此，史铁生对试图探索"历史"——这一破坏自己印象的行为始终犹豫不决。②

　　池田的研究方向为日本近代史，著作有《福泽谕吉与大隈重信》等，不通汉语。他明确说明所读的《记忆与印象》是栗山译本，因此可算中国文学的一般读者。池田认可史铁生之处正在于史铁生的个人叙事指向的并非全部的史实（事实上，史铁生某种程度在"抵触"史

---

① ［美］大卫·丹穆若什：《什么是世界文学》，查明建、宋明炜译，北京大学出版社 2014 年版，第 6 页。
② 池田勇太：「歴史は何を語り得ないのか—史鉄生『記憶と印象』の感想—」，山口大学人文学部ホームページ，https://www.hmt.yamaguchi-u.ac.jp/2014/03/03/8744.html，最后浏览日期：2021 年 8 月 2 日。

实），而是从每个人的"心境"出发的、在史实与情感间的越界之物。这种叙事无法被收编于任何史书，而这也正是文学得以存续的理由之一。也就是说，池田并非在中国叙事的范畴，而是在文学普遍意义的层面上肯定了史铁生的创作。

第四节　作为 "最大公约数" 的史铁生

史铁生在日本的译介及读者接受情况打开了一种思路。史铁生从未在文学之外的层面上成为社会的焦点，但是铁生文学中所蕴含的深厚情感及越界的可能感染了一代又一代的中国读者，也赢得了日本学者和读者的喜爱与敬佩。史铁生的作品无论抽象还是具象，现实还是虚幻，其发生的舞台都是在中国的土地上，但是他的个人叙事早已超越了现实的中国社会（即山口守所说的族群共同体）的框架，碰触到了人类永恒的情感与困惑。从铁生文学在日本传播的情况来看，他的某些作品已经成为世界文学中的一部分，史铁生本人在日本也收获了比一些一时间成为聚光灯焦点的作家更为丰厚的评价。换而言之，他成为日本学者、译者心中的"最大公约数"。

史铁生无疑是中国文坛的一个特例，但从中国文学对外传播的角度来看，史铁生其人、其文在日本获得的敬重存在着方法论层面的必然性。通过考察史铁生在日本的译介与接受状况可以发现，比起刺激的社会问题意识写作，大部分日本的中国文学学者还是渴望看到具有同时代性的中国文学。他们评价中国文学的最终标尺是，是否触及了人类普遍或永恒的命题，文体及写作技巧是否具有创新性，文本内容是否与其他语种的文学间产生了借鉴或共鸣，等等。如果新时期的作家们在以上层面有所突破，那么想必会有外国学者愿意充当作家走向海外的"引路人"，而译介到国外的文本亦有机会进入当地民众的阅读世界。

第九章

日本学者编撰的中国文学史

中的新时期文学叙事

　　新时期文学在日本的译介过程中经历了几乎所有的文本折射形式，本书行文至此，已涉及了其中的译介、编目、评论等要素，探讨了对中国文学特定思潮、特定作家的接受。但还有一种重要的折射形式需要独辟一章单独进行说明，那就是文学史。本章在考察九册由日本学者编撰的、包含新时期文学内容的文学史基础上，重点分析目前广泛应用于日本大学教育中的两种 20 世纪中国文学史，其中一种的编者藤井省三突出了个别知识分子与主流意识之间的紧张关系，另一种的编者宇野木洋等人则倾向于依据文学发展的自律来解释新时期文学诸现象。分析以上种种文学史书写的目的在于提供日本学者考察新时期文学的整体视角，同时亦探求文学史写作与新时期文学译介之间的内在关联。

第一节　他者文化形象的塑造与文学史之间的关联

　　首先简单探讨文学史的定义。陈国球指出："文学史既指文学在历史轨迹上的发展过程，也指把这个过程记录下来的文学史著作。就第一个意义来说，文学史存在于过去的时空之中；就第二个意义而言，文学史以叙事体（narratives）形式具体呈现于我们眼底。"① 本章所表述的文学史为文学史著作，即后者。具体而言，文学史是对满足某种特定区分条件（如国别、文学形式，甚至作者的民族或性别）的文学现象进行历时性归纳探讨的文献。

　　陈平原指出，学术史的基本目的是通过价值判断、系谱探求，对各种思潮进行分析，使想要从事此专业研究的人理解学术发展的脉络与倾向，使之了解该学术的传统。② 但是，文学史并非生产于真空中。

---

① 陈国球：《文学史的书写形态与文化政治》，北京大学出版社 2004 年版，第 317 页。
② 陈平原：《学术史丛书总序》，载戴燕：《文学史的权力》，北京大学出版社 2002 年版，第 1 页。

所谓文学现象，是无数作家作品流派以及这些因素发生的各种各样关系的总和，任何一本文学史都会因为篇幅有限无法将其全部登记造册。因此文学史的编撰必定需要经历一个选择的过程。文学现象该如何选择，又该如何阐释呢？这显然涉及文学史编撰的目的性。文学史除了前述的事项罗列、关系探索这些基础机能外，常常附带有更深层次的社会文化背景。如国别文学史常常被用作近代民族国家历史神话构建的一种手段。如戴燕所言，一国的文学史运用科学的手段，用回顾的方式建构起民族的精神。[①] 推而言之，外国文学史也有类似的功用，即通过选择与解释他者的文学现象，在本国语境里构筑他者的文学形象，乃至国家的文化形象。如果译介与评述是对他者某个层面的折射，那么集合性质的文学史就是对他者文学总体形象的一种归纳性折射。可以想象，无论日本学者自身有无意识，但他们对中国文学史，尤其是当代文学史的书写会直接影响到日本读者对中国的判断和认识。因此本章意图考察由日本学者编撰的包含新时期文学内容的文学史，并就其中具有影响力的几种进行分析。

第二节　日本学者编撰的九部中国文学史

据罗长青统计，截至当前，中国大陆地区已累计出版 270 种当代文学史。[②] 日本的中国文学史出版远未如此发达，但随着松井等前辈学人在学科建设上的刀耕火种，新时期文学于 20 世纪 80 年代中期逐渐被纳入日本的中国文学研究范畴，包含新时期文学现象的文学史也不断问世。日本出版的中国文学史从来源上看可分两类。第一类是对中国权威性文学史的译介，代表性成果有洪子诚《当代文学史（第二版）》。其日译本《中国当代文学史》于 2013 年由东方书店出版，主要编译者

---

① 戴燕：《文学史的权力》，北京大学出版社 2002 年版，第 2 页。
② 罗长青：《中国当代文学史概念与文学史写作》，科学出版社 2016 年版，第 255 页。

为前九州大学中文系教授岩佐昌暲领衔的团队。① 另，近年来中华学术经典外译工程中，也屡有国内经典文学史的外译项目中标。② 但本章主要关注下述第二类文学史，即日本学者自主编撰的文学史。据笔者调查，截至 2021 年 12 月，日本共出版九部由日本学者编撰的、包含新时期文学内容的中国文学史，详细资料见表 9-1。

表 9-1 日本学者编撰的含有新时期文学内容的中国文学史

书名（笔者自译）	编撰者	出版社	初版年
中国文学史 (中国文学史)③	前野直彬	东京大学出版会	1975
中国文学この百年 (百年间的中国文学)	藤井省三	新潮社	1991
図説 中国 20 世紀文学 (图说 20 世纪中国文学)	中国文艺研究会	白帝社	1995
中国「新時期文学」論考 (中国"新时期文学"论考)	萩野脩二	关西大学出版部	1995
新しい中国文学史 (新版中国文学史)	藤井省三、 大木康	密涅瓦（ミネ ルブァ）书店	1997
中国文学の改革開放 (中国文学的改革开放)④	萩野脩二	朋友书店	1997、2003 （增订版）
中国二〇世紀文学を学ぶ人 のために (为了学习中国 20 世纪文学 的人)	宇野木洋、松浦 恒雄（中国文艺 研究会）	世界思想社	2003
20 世紀の中国文学 (20 世纪的中国文学)	藤井省三	放送大学教育 振兴会	2005
中国語圏文学史 (中国语圈文学史)⑤	藤井省三	东京大学出版会	2011

---

① 翻译底本为北京大学出版社 2011 年 7 月修订本，见岩佐昌暲、武继平：《洪子诚著〈中国当代文学史〉日文版译后记》，《中国现代文学研究丛刊》2014 年第 6 期。

② 如钱理群、温儒敏、吴福辉著《中国现代文学三十年》日译版于 2017 年立项。

③ 新时期文学相关内容分别由丸山升在 1980 年撰述，金屋修在 1998 年进行补充。

④ 2003 年出版增订版，内容新增 1997 年后中国当代文学的动态。

⑤ 国内中译本为贺昌盛译《华语圈文学史》（南京大学出版社 2014 年版），本书使用日语直译书名。

表 9-1 所记九部文学史依据其记述文学现象的时间跨度可以分为三类。

第一类是文学史通史，其记录的跨度一般较长，有些甚至从古代文学开始直到 20 世纪末。前东京大学中文系教授前野直彬与昔日学生们（亦是日后的中国文学研究名家）合撰的《中国文学史》属于此类。该书是日本学者编撰中国文学史的扛鼎之作，但由于描述的时期较长，因此其中对于新时期文学的记述只有提纲挈领的数页，叙事方式上主要以文学发展的脉络为主。虽然编撰成员们具有明确的史识意识，但由于涉及新时期文学的篇幅较短，且在版次更替之间新时期文学又发生了新的变化，因此尚无法对其中内容做出更细致的分析。

第二类是 20 世纪中国文学史。作为中国文学在 20 世纪中的"第二次解放"，新时期文学在此类文学史中所占比重大约为全书的 1/4。20 世纪文学史共出版六部，依据编撰者不同可以分为两种。第一种由东京大学教授藤井省三编写，共有四部，书中关于新时期文学的记述思路与所引用材料基本相同，展现出了藤井将 20 世纪中国文学作为整体考量的文学史认识。但藤井对 20 世纪中国文学这一整体的内涵理解与国内文学史界存在着一定差异，关于此点将在后一节详述。第二种由中国文艺研究会①部分成员合撰，共有两部，以出版时间排序分别是《图说 20 世纪中国文学》（以下略称《图说》）和《为了学习中国 20 世纪文学的人》（以下略称《20 世纪文学》）。与藤井在编纂思路上的一贯性相比，这两部书的编著理念截然不同：《图说》作为补充教材，主要目的是希望日本大学里的中文系学生通过此书进行中日对照阅读，因此除必要说明外，全书大量引用汉语作品原文，并对文中难解之处用日语进行标注。从编撰方式来说，《图说》更像一本 20 世纪中国经典文学选本。但须注意的是，因为目标读者是日本的中文专业学生，因此考虑到受众的语言能力，《图说》每篇选段都较短，为 1 500 个～2 000 个汉字。而《20 世纪文学》则以论带史，凸显出文艺研究会的学者们

① 中国文艺研究会为活跃于日本关西地区的学术团体，参加者多为拥有大学教职的研究者，截至 2020 年 12 月会员约 400 人。

对 20 世纪中国文学发展脉络的独特把握方式。

第三类是专门的新时期文学史，共有《中国"新时期文学"论考》和《中国文学的改革开放》两部，编撰者都是时任关西大学教授的萩野脩二。除了上述九部之外，日本研究界还存在大量关于新时期文学的综述性文献，据笔者观察所见，在新时期文学译本的后记中综述新时期文学的发展历程似乎已成为日本学界的不成文规则，这些综述大多只是文学现象的介绍，所含创见较少，因此不纳入本章考察的范畴中。

第三节　藤井与研究会文学史中 20 世纪中国文学史观的对照

在以上三类文学史中，20 世纪文学史中既包含相当程度的新时期文学记叙，又蕴含了编者对 20 世纪中国文学总体史的理解，是考察日本学者的中国文学观的绝佳分析材料。20 世纪文学史可分为藤井编写和研究会编写的两个系列，两系列文学史的编撰方式与写作思想截然不同，但同时都在日本的出版市场和教育体系中广泛流通，被多所大学当作中文专业或通识教育的教材使用，普遍建构着日本的中国文学学习者、爱好者对 20 世纪中国文学的基础知识。

因此，笔者试图通过文学史的对比，明晰两个系列文学史在中国当代文学知识处理方式上的特征与区别。对比方法为首先考察两系列文学史的编撰者对 20 世纪中国文学这一概念的理解异同，再观察这种观念上的差别如何表现在具体的文学史材料和叙述中。从文学观念来看，80 年代中期，黄子平、钱理群、陈平原等青年学者深感当时盛行的按国家政治活动时期划分文学时期的研究范式遮蔽了中国文学发展的内在连续性，经过一系列理论准备，三人在《文学评论》上联名发文，主张将 20 世纪中国文学视为不可划分的有机整体进行研究。[①] 这

---

① 黄子平、钱理群、陈平原：《论 20 世纪中国文学》，《文学评论》1985 年第 5 期。

一提法引起了学术界的强烈反响，1985 年被称为中国文艺的"方法年"也与此有部分关联。那么，编写了 20 世纪中国文学史的日本学者们对这一概念是否有过接触，或抱有怎样的认识呢？

在接受笔者采访时，藤井明确承认受到了"20 世纪中国文学"整体史观的影响，并在吸收后加入了自身对中国现代文学与民族国家中国关系的理解。藤井的回答较长，但对于理解该问题有根本性价值，故直引如下（原文无分段，为阅读方便由引用者分段）：

> 日本自 20 世纪 80 年代确实也有中国现代文学史，但基本史观架构都和王瑶先生的相近。主要基于毛泽东文艺史观中文学如何被政治影响的主线进行阐释，在这种情况下，钱锺书、张爱玲、苏曼殊这样的作家就被排除在文学史以外了。我的硕士论文主要做了苏曼殊，此外也读了张爱玲和钱锺书，感受到他们作品的魅力。我当时想，就算我写文学史也不会违背王瑶那种权威的秩序，但作为个人研究的志趣，我很喜欢苏曼殊他们。不过在 1989 年左右，鉴于当时文坛以及学界的现状，我觉得应该尝试一些变革，于是我就想到了应该重新思考中国文学史。那样就有了《百年间的中国文学》这本书。
>
> 延安座谈会的精神强调了文学应该依从于政治目标，而我想的是文学如何进行国族的建构，作为结果，我们当然看到了这一百年中国作为民族国家的兴起以及种种变化，但是否还有另外的可能呢？这是我想通过文学寻找的答案。这样一来，阶级史观就无法作为一种分析用架构存在了。我尝试回溯到国民国家的文学世界里，调查那时候影响文学的各种要素，比如彼时最新的社会学方法，比如当时社会的识字率、教育普及率等。我在研究生院的时候曾经有一门课是精读胡适的《留学日记》，从中可以读到胡适在美国经历的一些重要的事情，比如恋爱，比如总统选举，比如哈佛经典《五尺丛书》等，这些事情实际上都对后来他提出的文学革命理论有深厚的影响。由此我想到，一国的文学史，比如中国文学史，

并非只是发生在中国内部的事情，胡适、鲁迅、徐志摩这些有留洋经验的人在国外的体验实际上都对后来的文学史产生了深远影响。因此，看待中国文学史需要有一种全球化的视野。

这种全球化视野在当时中国国内遇到两个问题，其一是时局的原因使人们不太愿意碰触国外的东西，其二是考察作家的海外体验要求研究者对国外的情况也具有相当程度的了解。而熟悉海外情况，能够流畅阅读外语文献的研究者在中国有一个断层，重新出现是近十来年的事情，与我辈分相仿的中国学者（藤井省三生于1952年——引用者注）基本都以中文文献为主体进行研究，来国外的话基本也是和会汉语的学者们交往，所以他们比较难以理解当年鲁迅、胡适等人所经历的海外体验。

以上种种思考促使我开始编撰文学史，我第一篇与文学史相关的文章于1989年10月发表于『ユリイカ』杂志（中文意译为《我的发现》，日本青土社发行的以文学评论为主的月刊——引用者注），『ユリイカ』当时正在筹备《中国文学的现在》特辑。现代文学在中国出现在清末民初，所以我在那篇文章里用约2万字梳理了近百年的中国文学史，又在随后几期中以专栏形式介绍了组成文学史的重要事件。我以这几篇文章为基干，逐渐开始尝试写作自己的中国文学史。后来新潮社联系到我，希望我可以把关于中国现代的各类文章编辑成一本书，这就是《中国文学的百年》。①

无疑，从"内部"来把握20世纪中国文学的有机整体性带给了藤井与王瑶先生治学理路不同的启发，但在此之前，藤井就通过对苏曼殊等人的研究反思了现有的文学史治史框架。在此基础上，藤井尝试将文体语言等文学创作的要素与民族国家的建构同构化。他在《百年间的中国文学》中指出，"中国虽有三千年文字表现的历史，但创立

① 藤井省三、孙若圣：「藤井省三へのインタビュー」，『アジア評論』2020年1号。

'文学'这一制度仅有百余年",在这百余年的历史中,"共和国的建设与文学无法分开"。① 由此可见,藤井也采用了百年中国文学的整体史观,但其理论依旧主要基于两点:一是区别于经史子集的现代文学制度在中国仅有百年的历史,二是这百年文学发展的进程和中华民族建立民族国家的历史进程发生了同构,也就是说,藤井认为"百年文学"不仅有其内在的连续性,更受到民族存亡、国族建构等社会历史因素的影响。2005年,藤井又将之前引用中提到的海外作家与作家的海外经历整合进思考的框架,他在《20世纪中国文学》的前言中开宗明义,指出"20世纪以后的中国文学史是越境的历史",并在书中添加了一些涉及中外文学交流史的章节。② 由此可见,藤井对20世纪中国文学的理解并不仅仅是文学内部发展的逻辑,而是来自制度化的文学和民族国家建构之间的关系,以及中国文学在东亚乃至世界范围内与他语种文学的交流与影响。藤井的观点与国内文学史编撰的主要范式相比,具有更宽广的比较性视野,当然国内的杰出学人在对中国现代文学中世界性因素进行考察后,也从中国现代文学发展的内在逻辑的角度提出了类似的观点。③

与此同时,中国文艺研究会的同人们亦明确认可对于中国文学整体史观的思考,吸收了中国同行们的成果。早在"20世纪中国文学"这一概念提出不久后,作为呼应,研究会就于1991年在其官方刊物《野草》杂志上推出了《思考文学史的方法》专辑,其中翻译了包括陈平原在内诸多中国学者的论文,是永骏、丸山升等著名学者亦撰文展开对文学史方法论的探索与争鸣。之后四年,《图说》问世,其前言中有如下记叙:"到了80年代后期,陈平原等人提出了'20世纪中国文学',这是对依据政治基准进行'时期区分'的否定,同时包含了将中国文学汇入世界文学的范畴中进行考察这一具有雄心的意图。本书标

① 藤井省三:『中国文学この百年』,新潮社,1991年,12頁。
② 藤井省三:『20世紀の中国文学』,放送大学教育振興会,2005年,まえがき。
③ 相关理论主张可见陈思和《中国文学中的世界性因素》(复旦大学出版社2011年版)等一批学术成果,近年来,现代文学发展与越境的关系以及华语文学研究已逐渐成为学科中的重要课题。

题虽然采用了'中国 20 世纪文学'，而不是'20 世纪中国文学'，但没有故意与之唱反调的意思。"① 由此可见，研究会的同人们基本赞同且接受了陈平原等人关于 20 世纪中国文学整体观的思考。在之后的《20世纪文学》中，同人们几乎原封不动地继承了《图说》中的看法，宇野木写道："依据政治基准分期难免会带来一种断续性，为了将连续性的侧面引入视野，有必要反思长久以来实行的时期区分方式，因此，我们尝试设立了中国 20 世纪文学这一概念。"② 可见，研究会的同人们更加着眼于 20 世纪不同时期中国文学发展的内在连续性。

第四节　藤井与研究会文学史中编撰思想与材料选择的对照

对"20 世纪中国文学"这一概念的不同理解会导致文学史的材料与说明有何不同呢？笔者从藤井和研究会所编的文学史中各取其一，对比所选用的材料与说明内容。藤井的四部文学史中对新时期的书写思路上没有发生根本的变化，因此笔者选取了能代表藤井最新思考成果、出版于 2011 年的《中国语圈文学史》。③ 而研究会的两部文学史中，《图说》的出版目的是"迫于作为副教材的必要性所编写"，并尽可能让学生"通过图表及照片轻松理解中国文学史，供专业学生及研究生在进行研究时参考"④，书中偏重客观事实的介绍，压抑了编撰者们自身的思考，所以笔者选择了能够较为充分反映研究会同人学术思想的《20 世纪文学》。

表 9-2 是藤井的《中国语圈文学史》中涉及 80 年代文学的作家作品一览（以文学史中出场顺序排列，有较具体描述的材料用粗体标出，下同）：

---

① 中国文芸研究会編：『図説　中国 20 世紀文学』，白帝社，1995 年，まえがき。
② 宇野木洋、松浦恒雄編：『中国二〇世紀文学を学ぶ人のために』，世界思想社，2003 年，4—5 頁。
③ 此后藤井专注于鲁迅与日本作家间的文学关系研究，在中国文学史方面无新成果问世。
④ 中国文芸研究会編：『図説　中国 20 世紀文学』，白帝社，1995 年，あとがき。

表 9‐2　《中国语圈文学史》中涉及 80 年代文学的作家作品一览

第 6 章	作家（作品）
表达异议的伤痕文学与巴金《随想录》	刘心武（《班主任》）、卢新华（《伤痕》）、鲁彦周（《天云山传奇》）、茹志鹃（《剪辑错了的故事》）、刘宾雁（《人妖之间》）、叶文福（《将军，你不能这样做》）
现代派与"红卫兵"一代的复权	王蒙（《蝴蝶》）、残雪（《黄泥街》）、韩少功、阿城（《棋王》）、郑义（《老井》）、莫言（《红高粱家族》《金发婴儿》《白狗与秋千架》）
大江健三郎与郑义和莫言的共鸣	郑义（《老井》）、莫言（《红高粱家族》）
民主化改革与移民文学	阿城、刘索拉、郑义、刘心武、莫言（《怀抱鲜花的女人》）、叶兆言、余华、苏童、格非
改革开放与上海的复兴	刘心武、莫言（《丰乳肥臀》《檀香刑》《酒国》）、王安忆（《小鲍庄》《长恨歌》《桃之夭夭》）、张抗抗（《赤彤丹朱》）、池莉（《冰与火的缠绵》）、铁凝（《大浴女》）

　　藤井强调华语文学是越境的文学，这一主张可以从"大江健三郎与郑义和莫言的共鸣""民主化改革与移民文学"两节的内容得以体现。但需要注意的是，包括越境在内，该书中的选材与叙述反映出两个较明显的特征。其一，藤井未深度触及 80 年代初一度成为中国文坛主流的反思文学、改革文学等文学思潮。彼时正是作家们和主流意识形态之间协作无间的时期。邓小平在第四届文代会的祝词中明确表示，文艺创作是一项复杂的精神劳动，不应由党直接干涉。出于对"文革"结束后新时期的憧憬和对中央文艺政策调整的呼应，作家们也积极投身于创作中，用既有的现实主义创作手法负担起了为改革开放政策塑造典型人物（社会主义新人）① 的使命。当然，个别作家和主流意识形态之间依旧时有倾轧，但从整个文坛的时局来看，政治并无特殊时期的压迫力。面对这样一个作家和主流意识形态关系相对稳定时期，藤井采用的叙述策略是在介绍新时期的起源性文本《伤痕》和《班主任》

① 相关代表性研究可参考黄平：《再造"新人"——新时期"社会主义现实主义"之调整及影响》，《海南师范大学学报（社会科学版）》2008 年第 1 期；杨晓帆：《怎么办？——〈人生〉与 80 年代"新人"故事》，《文艺争鸣》2015 年第 4 期等。近十年来，中国人民大学程光炜教授及其团队在重新阐释新时期文学初期的研究中产出了重要的学术成果。

后，着重描写了刘宾雁《人妖之间》、叶文福《将军，你不能这样做》等作品，并强调了这些作品在当时引起的争议，以及作家因此受到的影响。其二，在藤井言及新时期文学的五个小节中，莫言登场其中四节，郑义登场三节，除两人外，几乎没有一个作家出场一节以上，可以说莫言和郑义俨然是藤井新时期文学叙述的中心人物。藤井对两位作家的特殊关注除了基于两人的创作风格与文学成就，还有大量文学史之外的、对材料的未必周详的解读。如藤井在书中强调，莫言由于"阶级出身不好受到区别对待，在'文革'中小学未读完就退学了"，"（80 年代末——引用者注）两封寄给《人民文学》的读者来信点名批评莫言，这使得莫言的作品事实上已被禁止刊载"。[①] 考虑到藤井开始涉及新时期文学的译介和中国文学史是在 80 年代末，藤井对史料的取舍姿态和处理方式有较为明显的个人思想痕迹，这点也体现在前几章所述的藤井对寻根文学的阐释中。

接着关注《20 世纪文学》中对 80 年代文学的言说。该书中共有两处触及新时期文学，一处是由宇野木洋撰写的总论中的第六章，主要介绍了 1975—2000 年之间发生于海峡两岸暨香港、澳门的文学现象。另一处是今泉秀人撰写的《论"写作"的意义》，该文主要探讨了 1949 年后至 90 年代这段时期，写作对于中国大陆作家的各种意义，其中阿城、郑义、汪曾祺作为典型例证被提出。

表 9-3　《20 世纪文学》中涉及 80 年代文学的作家作品一览

章节名	作家（作品）
第一部分　总论　第六章　20 世纪最后 25 年	
(1) 脱身"文革"	刘心武（《班主任》）、王蒙、刘宾雁、白桦、高晓生、张贤亮、张洁、谌容、戴厚英、蒋子龙、贾平凹、王安忆、张辛欣
(2) 对欧美文学理论的接受与嬗变	残雪、刘索拉、余华、苏童、郑万隆、郑义、阿城、莫言

<hr>

[①] 藤井省三：『中国語圏文学史』，東京大学出版会，2011 年，17—142 頁。

章节名	作家（作品）
（3）从民主化运动到商业主义大潮	无
第二部分 20 世纪后半叶的中国小说 论"写作"的意义	
（1）知识分子的宿命	阿城（《孩子王》）
（2）不幸的代言人	郑义（《神木》）
（3）写作的方式及意义	汪曾祺（《桥边小说三篇》《小学同学》）
（4）放弃写作的意义	无

从总论的章节标题和枚举的作家可以看出，宇野木洋试图按照文学发展的内部逻辑来介绍新时期文学。"文革"结束后，虽然经历了大规模的思想解放运动，但当时作家的创作方法依旧十分贫乏，中国文坛经历了一个现实主义创作思潮回归的时期，当时的主潮如"反思小说""改革小说"的代表作家与作品在宇野木的总论里都有提及。80 年代初期，国内开始大规模译介引进外国文论，这些文论经过作家们的吸收与本土化，在 1985 年前后逐渐在一些作品中展现出来，当时文坛把这些大幅度借鉴西方文论的作品统称为现代派。宇野木大致介绍了现代派中各个流派的代表人物，如坚持极度抽象写作的残雪、提出寻根宣言的郑万隆等。虽然出于篇幅原因，文章并未对个别作家或作品进行具体分析，但以文学思潮的嬗变为主线的写作方式无疑可以基本还原当时的文坛图景。

与之相对，今泉秀人在分论里探讨了在中华人民共和国成立后的半个世纪里，写作行为对于中国大陆作家的意义。相比于藤井着重于知识分子的抵抗与受难，今泉将 1949 年以后作家对政权的态度分为超然、共谋、对立、沉默（的抵抗）四种，展示了知识分子在与意识形态接触时抱有的多元化的态度。[1] 值得注意的是，今泉将浩然和郑义进

---

[1] 宇野木洋、松浦恒雄编：『中国二〇世纪文学を学ぶ人のために』，世界思想社，2003 年，164—177 頁。

行比较，挖掘出两人都在心底有一种政治英雄主义情结的共同点。这一比较是对当代文学研究中极易陷入的"体制的文学"和"反体制的文学"的二元对立结构的一次超越。从这层意义上说，如果说藤井的文学史注重表达共和国建立之前国家与文学之间的多元关系，那么宇野木和今泉的记述则正好承接并展示了中华人民共和国建立之后知识分子与政权发生关系时的多重面影。

以上笔者分析了两部文学史因编撰思想不同导致的材料选择上的差异，那么，两部文学史中对相同材料的解读方法是否亦存在差异呢？这种差异是否也能印证文学史作者编撰思想的不同呢？此处选取的材料是两部文学史都简单提及的现代派作家余华、苏童、格非等人，对他们的叙述分别如下：

> 《中国语圈文学史》芒克与第三代诗人岛子于1991年创办民间季刊《现代汉诗》。事件发生两年内被迫沉默的莫言在《人民文学》1991年8月号上发表了启示录般描写改革开放体制下农村凋敝情况的小说《怀抱鲜花的女人》，宣布复活。在这期间叶兆言、余华、苏童、格非等青年作家也诞生了。[1]
>
> 《20世纪文学》从1985年开始，被总称为探索文学、新潮小说、先锋文学的超越对欧美文学单纯模仿的小说群登场了。主要作家有残雪、刘索拉、余华、苏童、格非等人，他们创作的特征是描绘出了浓厚的现代意识。[2]

藤井将余华、苏童、格非等作家归于进入20世纪90年代后登上文坛的新锐。这与文学史的真实情况存在较大误差。事实上，余华等三人的成名作皆发表于1987年，发表后即获得较大反响。90年代初期，三人已经成为文坛的中坚力量。宇野木在叙述时主要聚焦于作家们在

---

[1] 藤井省三：『中国語圏文学史』，東京大学出版会，2011年，143頁。
[2] 宇野木洋、松浦恒雄編：『中国二〇世紀文学を学ぶ人のために』，世界思想社，2003年，25頁。

文学上的造诣以及为新时期文学写作范式带来的转变，并未涉及过多
文学事件之外的要素。

　　通过以上对比可以发现，藤井试图把文学史改写为作家与主流意
识形态的抗争史。符合该目标的文学史材料会得到反复的曝光，而不
符合的材料，如80年代初作家与主流意识形态之间的安定关系则会被
一笔带过，甚至缺位于文学史的叙述中。藤井言说自己编撰文学史的
核心思想在于将"以文学对于现代民族国家的言说作为文学史叙述的
核心支点……现代意义上的中国文学既不是政治史或思想史的附属品，
也不是单纯历史循环或进化"①。然而就新时期文学这一部分来看，藤
井的编撰思想似乎并未得到始终如一的贯彻。张志忠曾如此评价国内
的文学史编撰：

　　　　现在使用各种主题词，如"一体化"与"多元化"、"现
　　代知识分子的人文传统"与"主流意识形态"……进行置换，
　　但是，两者的共同处都在于确立一个对立面，褒贬分明，是
　　今非昨。而且，有限的理论终归难于处理丰富的文学现象，
　　在对作品的阐释上，要么是削足适履，迁就理论，在运作中
　　往往会过滤掉许多无法用有限理论加以把握的文学现象，要
　　么就是表现出理论框架与具体叙述之间的"裂隙"和"断
　　裂"，产生自相矛盾和自我颠覆。②

　　在笔者看来，似乎这番话也适合用于评价藤井的新时期文学记述。
藤井过分强调文学的对抗性，这并非将文学剥离了政治史的范畴，而
仅仅是通过材料的选择与解释将文学所依附的主体进行了置换。与此
相对，研究会的文学史则更加坚持文学本体论的编撰立场，在"20世
纪文学"史观上和中国学界的主流观念存在一定程度的契合性。在处
理文学与政治的关系时，宇野木等总体而言没有表现出过度的政治激

① 贺昌盛：《民族国家想象与文学史书写》，《东南学术》2015年第1期。
② 张志忠：《当代文学史写作方式的有关思考》，《河南社会科学》2009年第3期。

情，而是坚持以文学思潮的变迁进行叙事，在文学史中还原出较为客观的中国文坛实际情况。但《20世纪文学》亦有其可称为特征或缺陷的部分，即该书事实上由编撰者们依据自身术业方向写就的各章节构成，虽然在整体上以20世纪中国文学的诞生、发展、变迁为线索，但各章节间较为松散。如果从通行意义上的文学史评价标准来看，《20世纪文学》缺乏让读者一读便知的整体性。

第五节　小结

陈思和主张在编撰研究文学史之际，必须认可编撰者各自的基准、视角以及价值判断，这样文学史的研究才可以呈现出多元化的局面。①作为事实，日本学者们编撰的文学史提出了许多与国内学界相同或相异的观点及观察视角。同时也可以发现，一种属于"日本学者们"的均质化文学史叙事并不存在，这些学者编撰的文学史中选取的内容与评述的方式间差异之大，甚至很难让人确信他们描述的是同一时期的文学现象，可以说，日本学者编撰的文学史中对新时期文学的描述非常多元。

但是，其中的各种描述无疑都代表着编撰者的"选择、取舍、删削、整理、组合、归纳和总结"，"都依据一定的历史哲学，依据一定的参照系统和一定的价值标准"。②而本章的任务就是通过对这些多元化文学史的分析，厘清日本学者不同的中国文学观如何影响文学史的建构。对比中国文艺研究会与藤井省三主编的两部文学史，我们可以清晰地发现，藤井在当代文学史中突出了知识分子与主流意识形态之间的张力，宇野木和今泉通过文学发展的自律来解释文学现象。编撰思路上的差异映射在材料的选择与解读上，表现为80年代初期的改革文学等主流思潮在藤井的文学史中几乎被删除，而在研究会成员编写

---

① 陈思和：《要有个人写的文学史》，《文艺报》1988年9月24日。
② 黄子平、陈平原、钱理群：《论"20世纪中国文学"》，《文学评论》1985年第5期。

的文学史中则占据了相当篇幅。而苏童、余华等作家也在两种文学史中收获了不同的解读与定位。

　　本章之前，笔者试图构建出新时期文学在日本的译介史，本章涉及的范围是文学史，两者交叠而成的是日本学者和译者有关新时期文学的观念史与思想史。文本是叙事的载体，叙事者是叙述的主人。最终所有的文本，都指向了他们主人的思想状态。

终章

边缘的微光

前言中即直陈，本书希望成为有些棱角的"小砖头"，而非光鲜平滑又面面俱到的大著。在有限的篇幅中，笔者通过宏观分析与案例研究结合的方式，探索中国新时期文学在日本的译介史，并分析译介背后蕴含的日本学者的中国文学观及其变迁过程。

正如书中提及，新时期文学中几乎所有的名作、佳作都已有日译本问世，新时期文学在日本的译介产物已形成了包括译丛与专门的翻译杂志在内的高度完整且多元化的体系。在新时期文学（彼时在日本学界还被称为"'文革'后文学"）肇始未久后，部分对中国抱有亲切感或从事与中国相关业务的日本国民就开始进行翻译引介，不久后，一批接受竹内好关注同时代中国文学学风熏陶的学人们开始尝试将新时期文学纳入日本的中国文学学科体系中，并进行了相应的奠基性工作。经过数十年的积累，新时期文学译介作为日本的中国文学研究界的一项学术事业，已取得了较为完满的成就。

但与此同时，从译本的流通状况和在日本图书市场中的受欢迎情况来看，我们会发现另一番景象。相较于日本文学在中国国内出版市场获得的关注，新时期文学，乃至中国的整体现当代文学在日本的文化市场中都属于小众趣味。① 日本的图书市场中并不缺乏中国题材的相关读物，但其中语言学习类书籍及政论、经论类书籍占据了绝大部分，中国文学一般而言只能蜷缩于"其他文学"中的一角。无疑，依照埃文-佐哈的理论，日译新时期文学位居日本文学系统中的边缘位置。"在这样的情况下，它采用次要的形式，对重要的文学进程产生不了影响。"② 新时期文学在日本读者中具有广泛知名度的目前仅有入选岩波文库的《红高粱家族》，需要注意的是，此处仅指《红高粱家族》一书，而非莫言的作品群。2012 年莫言获得诺奖后，日方出版社迅速加印了一批莫言的著作，但实际的销售反响并不如预期。而根据亚马逊、

---

① 新时期文学在几乎所有国外图书市场上都属于小众趣味，但本书仅探讨在日本的情况。

② ［以］伊塔尔·埃文-佐哈：《翻译文学在文学多元系统中的地位》，载谢天振编：《当代国外翻译理论导读》，南开大学出版社 2008 年版，第 223 页。

Bookmeter 等日本权威图书销售及评价网站上公开的读者评价，《红高粱家族》之所以为日本读者所知，电影《红高粱》发挥着较为主要的作用。此外，《发现与冒险的中国文学》译丛及史铁生也在日本拥有一定的读者。质而言之，就笔者对日本出版市场的了解而言，新时期文学尚未进入日本读者的一般阅读视野中，目前还大多属于中国文学研究界与中文系学生的"圈内读物"。

但这与持续数十年的译介活动的意义并无关联，人文科学的研究对象并不适用于成果导向的评价标准，正如伊格尔顿所言：

> 一个现象的来生（afterlife）乃是其意义的一部分。但这一部分却是一个当时在场的人们很难看透的意义……如果历史是向前运动的，关于它的知识就是向后运动的，所以在写我们自己的不久的过去时，我们总是不断地在另一条路上遇到向我们走来的自己。①

承认在过去 40 年中，日本出版市场中新时期文学位于边缘并非难事。但本书想要探讨的是，新时期文学译介的边缘性究竟来自其本身，还是既有的译介和阐释方式导致了新时期文学的"边缘化"？抑或两种要素都有可能？如果把新时期文学的译者视为一个整体，无疑这个整体包含了多种职业和阶层，他们或因为对中国有好感，或想为中日友好尽一份力，或因为认为文学是接近社会隐秘情绪的捷径，或因为继承了前辈学人关注同时代中国文学的学风，或因为敬重某位作家、惊讶于某部作品中蕴含的美学与深意，而从事新时期文学研究。他们对新时期文学的阐释也反映出足够多维的相位。但新时期文学并非一种在最初就指向译介，或者说在写作中已经考虑译介问题的文学。井口评价《红高粱家族》的文学世界在基底部具有封闭性，事实上这个评价可能更适合 1985 年前的新时期文学整体。在新时期初期，作家们肩

---

① ［英］特雷·伊格尔顿：《20 世纪西方文学理论》，伍晓明译，北京大学出版社 2007 年版，第 219 页。

负着道德使命奋笔疾书时，其中绝少有人会将假定读者的群体范围周延至大陆地区以外。换而言之，新时期文学并非为世界读者创作的文学，它需要面对、需要解决的是中国当时最受关注的问题，而非人类的普遍性命题，或者说即使有些作品触及了较具有普遍性的问题（如人道主义等），这些作品思考的深度、力度及可供其施展言说的空间和同时代的世界文学之间也具有明显的差异。这样的现象直到 1985 年前后才逐渐出现改变的倾向，这种倾向中少部分原因可归于青年作家们产生了与世界文学对话的冲动，但同样以文学社会学的视角作为支点的话，可以认为从此时开始，新时期文学与中国社会之间的关系变得多样化了。一些作家采用更加艺术性的表现手法坚持着对主流意识形态的支持或质疑，另一些作家则开始关注社会中人的方方面面。但无疑这十余年的文学具有特定的言说对象和问题意识，而这些言说和意识很难为世界其他国家的读者所共有。

因此，单纯从文学的角度批评新时期文学毫无意义，同样，质疑海外学者们看待新时期文学的眼光掺杂了过多的政治激情，或者以读者趣味为依据批评新时期文学的译介少有人问津也毫无意义。因为文学的意义和使命往往溢出了文学自身的范畴，而新时期文学恰恰承担了这样的历史意义和历史使命，译介并非新时期文学的最重要选项，相反，日本的中国文学界却经由对新时期文学的译介与阐释顺利地承接起了自 1919 年始的现代文学到当下中国文学的学术研究脉络，使得日本的中国文学界从战前汉学界"知识考古"式的研究传统中顺利突围，达成了与当下中国文坛的同时代交流，这种交流会随着中国文学自身的变化与繁荣更加深入，从而在未来达到另一种高度。

与松井博光同时代的著名思想家沟口雄三①深感"中国研究自 80年代以来正在发生急剧的转变"，在这样的背景下，简单的社会主义与资本主义等二元对立框架已经失去了作为研究方法的效用，在经过反复的比照与探索后，沟口援引近藤邦康的"把近代中国作为一面镜

---

① 沟口雄三关于中国学方法革新的问题意识来自对丸山真男、竹内好、西顺藏、津田左右吉等诸多学者思想的批判性继承，本章在此不做更深入的展开。

子"，提出了作为方法的中国概念：

> 以中国为方法，就是要用这种连同日本一起相对化的眼光来看中国，并通过中国来进一步充实我们对其他世界的多元认识。而以世界为目的就是要在被相对多元化了的多元性的原理之上，创造出更高层次的世界图景。①

沟口心中的"更高层次的世界图景"最终指向何方尚需验证，但此处沟口强调的是"以中国为目的（以世界为方法）的中国认识"与"以中国为方法（以世界为目的）的中国认识"间的区别。② 本书提及的这些学者（及爱好者）们大量接触、译介新时期文学，将中国的最新的文学现象作为学科研究的对象，甚至将中国的文学现象纳入华语系文学乃至世界文学的范畴中思考，这无疑正是"作为方法的中国"的一种实践，这种研究亦成为自 20 世纪 80 年代以来发生急剧转型的中国学中的组成部分。这也是新时期文学日译的历史意义和历史使命。

2019 年 7 月，刘慈欣《三体》的日译版由早川书房出版，7 天内加印 10 次。彼时笔者正在东京查访资料，在几处闹市的大型实体书店内，亲眼见到《三体》售罄的盛况。之后数日，笔者采访千野拓政时，千野笑着提到了《三体》：

> 我现在自己准备做一套翻译的丛书，选取的都是同时代的作家，比新时期更后面一些，韩寒在里面，还有阿乙、笛安、葛亮，本来计划有刘慈欣，但是《三体》的版权没有给我，太贵了。③

---

① ［日］沟口雄三：《作为方法的中国》，孙军悦译，生活·读书·新知三联书店 2011 年版，第 132 页。
② ［日］子安宣邦：《近代日本的中国观》，王升远译，生活·读书·新知三联书店 2020 年版，第 242—243 页。
③ 源自 2019 年 7 月 15 日笔者与千野拓政的访谈。

《三体》的版权太贵了！对比 80 年代千野的老师松井博光、杉本达夫引入《现代中国文学选集》的岁月，这句话简直有恍若隔世之感。无论中国文学在日本的译介在未来呈现出何种态势，其滥觞都可以回溯至 80 年代时边缘的微光，这束微光摇曳在纸船上，顺着战后日本中国文学研究家的思想水脉逶迤前行，直到岁月的远方。

参考文献

一、中文参考文献（姓氏拼音顺序）：

（一）中文专著

1. ［日］柄谷行人：《日本现代文学的起源》，赵京华译，中央编译出版社 2013 年版。
2. 曹文轩：《中国八十年代文学现象研究》，人民文学出版社 2010 年版。
3. 陈国球：《文学史的书写形态与文化政治》，北京大学出版社 2004 年版。
4. 陈思和：《中国文学中的世界性因素》，复旦大学出版社 2011 年版。
5. 陈思和主编：《中国当代文学史教程（第二版）》，复旦大学出版社 2017 年版。
6. 陈喜儒：《中国魅力——外国作家在中国》，上海文艺出版社 2009 年版。
7. 程光炜：《文学史二十讲》，东方出版中心 2016 年版。
8. 程光炜主编：《重返八十年代》，北京大学出版社 2009 年版。
9. 程光炜主编：《文学史的多重面孔》，北京大学出版社 2009 年版。
10. 程永新：《一个人的文学史》，上海文艺出版社 2018 年版。
11. 戴燕：《文学史的权力》，北京大学出版社 2002 年版。
12. ［美］大卫·丹穆若什：《什么是世界文学》，查明建、宋明炜译，北京大学出版社 2014 年版。
13. 丁帆：《重回"五四"起跑线》，人民文学出版社 2004 年版。
14. 费孝通等：《中华民族多元一体格局》，中央民族学院出版社 1989 年版。
15. ［意］安东尼奥·葛兰西：《狱中札记》，曹雷雨等译，中国社会科学出版社 2000 年版。
16. ［日］沟口雄三：《作为方法的中国》，孙军悦译，生活·读书·新知三联书店 2011 年版。
17. ［德］顾彬：《二十世纪中国文学史》，范劲等译，华东师范大学出版社 2008 年版。
18. ［美］海登·怀特：《元史学：十九世纪欧洲的历史想象》，陈新译，译林出版社 2004 年版。
19. 贺桂梅：《"新启蒙"知识档案——80 年代中国文化研究》，北京大学出版社 2010 年版。
20. 贺桂梅：《"50—70 年代文学"研究读本》，上海书店出版社 2018 年版。
21. 洪子诚：《当代中国文学的艺术问题》，北京大学出版社 1986 年版。
22. 洪子诚：《中国当代文学史（修订版）》，北京大学出版社 2007 年版。
23. 黄万华等：《经典解码：20 世纪中国文学与电影》，北京大学出版社 2012 年版。
24. 黄子平：《远去的文学时代》，复旦大学出版社 2011 年版。
25. ［法］福柯：《知识考古学》，谢强、马月译，生活·读书·新知三联书店 2013 年版。

26. ［法］帕斯卡尔·卡萨诺瓦：《文学世界共和国》，罗国祥等译，北京大学出版社 2015 年版。

27. 李德南：《"我"与"世界"的现象学》，上海文艺出版社 2017 年版。

28. 李洁非、杨劼：《共和国文学生产方式》，社会科学文献出版社 2011 年版。

29. 李陀：《昨天的故事：关于重写文学史》，生活·读书·新知三联书店 2011 年版。

30. 李杨：《文学史写作中的现代性问题》，北京大学出版社 2018 年版。

31. 林巧稚主编：《家庭医生顾问（修订版）》，北京出版社 1983 年版。

32. 刘江凯：《认同与"延异"——中国当代文学的海外接受》，北京大学出版社 2012 年版。

33. 刘文兵：《日本电影在中国》，中国电影出版社 2015 年版。

34. 刘小枫：《沉重的肉身》，华夏出版社 2007 年版。

35. 鲁枢元、刘锋杰编著：《新时期 40 年文学理论与批评发展史》，浙江文艺出版社 2018 年版。

36. 罗长青：《中国当代文学史概念与文学史写作》，科学出版社 2016 年版。

37. ［美］赫尔伯特·马尔库塞：《单向度的人——发达工业社会意识形态研究》，刘继译，上海译文出版社 2014 年版。

38. ［英］特里·伊格尔顿：《当代西方文学理论》，王逢振译，中国社会科学出版社 1988 年版。

39. 孟繁华：《1978：激情岁月》，山东教育出版社 1998 年版。

40. 莫言：《红高粱家族》，解放军文艺出版社 1987 年版。

41. 莫言：《散文新编》，文化艺术出版社 2010 版。

42. ［法］蒂费纳·萨摩瓦约：《互文性研究》，邵炜译，天津人民出版社 2002 年版。

43. ［美］苏珊·桑塔格：《疾病的隐喻》，程巍译，上海译文出版社 2003 年版。

44. 史铁生：《史铁生书信序文集》，花城出版社 2008 年版。

45. 史铁生：《史铁生作品全编》第 10 卷，人民文学出版社 2017 年版。

46. 陶东风、和磊：《中国新时期文学 30 年（1978—2008）》，中国社会科学出版社 2008 年版。

47. 王德威：《想象中国的方法：历史·小说·叙事》，百花文艺出版社 2016 年版。

48. 王升远：《文化殖民与都市空间：侵华战争日本文化人的"北平体验"》，生活·读书·新知三联书店 2017 年版。

49. ［美］勒内·韦勒克、奥斯汀·沃伦：《文学理论（新修订版）》，刘象愚等译，浙江人民出版社 2017 年版。

50. 吴佩蓉：《从中国反译日本？：竹内好抗拒西方的策略》，台湾大学政治学系中国大陆暨两岸关系教学研究中心 2007 年版。

51. 熊文莉：《日本"中国文学研究会"研究》，社会科学文献出版社 2017

年版。

52. 许子东：《当代小说与集体记忆：叙述"文革"》，麦田出版 2000 年版。

53. 杨庆祥：《"重写"的限度："重写文学史"的想象和实践》，北京大学出版
社 2011 年版。

54. 叶立文：《史铁生评传》，河南文艺出版社 2018 年版。

55. ［英］特雷·伊格尔顿：《20 世纪西方文学理论》，伍晓明译，北京大学出版
社 2007 年版。

56. 尹昌龙：《1985：延伸与转折》，人民文学出版社 2017 年版。

57. 张承志：《敬重与惜别》，东方出版社 2014 年版。

58. 朱芬：《莫言作品在日本》，复旦大学出版社 2021 年版。

59. 朱伟：《重读八十年代》，中信出版社 2018 年版。

60. 诸葛蔚东：《战后日本出版文化研究》，昆仑出版社 2009 年版。

61. ［日］子安宣邦：《近代日本的中国观》，王升远译，生活·读书·新知三联
书店 2020 年版。

(二) 中文文章

1. ［以］埃文-佐哈：《翻译文学在文学多元系统中的地位》，载谢天振编：《当
代国外翻译理论导读》，南开大学出版社 2008 年版。

2. 陈德文：《和野间宏的一席谈》，《当代国外文学》1986 年第 3 期。

3. 陈平原：《文化·寻根·语码》，《读书》1986 年第 1 期。

4. 陈平原：《"学术史丛书"总序》，载戴燕：《文学史的权力》，北京大学出版
社 2002 年版。

5. 陈思和：《要有个人写的文学史》，《文艺报》1988 年 9 月 24 日。

6. 陈喜儒：《陈喜儒：我珍藏的光未然手迹》，《北京青年报》2021 年 10 月
8 日。

7. 陈应年：《介绍和传播中国图书文化的东方书店》，《编辑之友》1987 年第
1 期。

8. ［德］亨利希·标尔：《谈废墟文学》，程建立译，《今天》1988 年第一期。

9. 郭恋东：《意识流与中国小说现代化》，《甘肃社会科学》2018 年第 3 期。

10. 黄平：《新时期文学的发生——以〈今天〉杂志为中心》，《海南师范大学学
报 (社会科学版)》2007 年第 3 期。

11. 黄平：《新时期文学起源阶段的虚无》，《文艺研究》2017 年第 9 期。

12. 黄平：《有关〈新时期文学的起源〉》，《当代作家评论》2019 年第 1 期。

13. 黄平：《再造"新人"——新时期"社会主义现实主义"之调整及影响》，
《海南师范大学学报 (社会科学版)》2008 年第 1 期。

14. 黄子平、陈平原、钱理群：《论"20 世纪中国文学"》，《文学评论》1985 年
第 5 期。

15. 季红真：《寻根文学的历史语境、文化背景与多重意义——三十年历程的回
望与随想》，《文艺争鸣》2014 年 11 期。

16. 季进：《论世界文学语境下的海外汉学研究》，《文学评论》2017年第3期。

17. 旷新年：《"寻根文学"的兴起》，载刘复生编：《"八十年代文学"研究读本》，上海书店出版社2018年版。

18. 赖育芳：《日本将出版〈现代中国文学作品选〉》，《外国文学评论》1987年第2期。

19. ［美］安德烈·勒菲弗尔：《大胆妈妈的黄瓜：文学理论中的文本、系统和折射》，江帆译，载谢天振主编：《当代国外翻译理论导读》，南开大学出版社2008年版。

20. 李光贞：《莫言文学在日本的接受史及其意义》，《复旦外国语言文学论丛》2018年第1期。

21. 李健立：《海因里希·伯尔的中国遭遇》，《中国比较文学》2012年第1期。

22. 李洁非：《莫言小说里的"恶心"》，载孔范今、施战军编：《莫言研究资料》，山东文艺出版社2006年版。

23. 李洁非：《寻根文学：更新的开始》，《当代作家评论》1995年第4期。

24. 李圣杰：《莫言文学在日本的译介与研究》，《华中学术》2018年第3期。

25. 李欧梵、李陀、阿城：《文学：海外与中国》，《文学自由谈》1986年第6期。

26. 李松睿：《吞噬一切的怪兽或劳动者——关于现实主义的思考之一》，《小说评论》2020年第1期。

27. 林敏洁：《莫言文学在日本的接受与传播——兼论其与获诺贝尔文学奖的关系》，《文学评论》2015年第6期。

28. 潘凯雄：《从"岁月流金"到"铅华洗尽"——对新时期以来文学期刊发展与嬗变的观察与思考》，《扬子江评论》2014年第3期。

29. 《七十年代》1978年第11期、1979年第4期、1980年第5期、1980年第10期、1981年第4期、1982年第7期。

30. 史铁生：《人的残缺证明了神的完美》，《史铁生作品全编》第10卷，人民文学出版社2017年版。

31. 史铁生：《写作与越界》，《天涯》2007年第3期。

32. 宋如珊：《回眸1979：新时期文学的转折点》，《现代中文学刊》2016年第1期。

33. 孙歌：《根据地哲学与历史结构意识》，载汪晖、王中忱主编：《区域》第1辑，社会科学文献出版社2014年版。

34. 孙歌：《在零和一百之间》，载［日］竹内好：《近代的超克》，孙歌编，李冬木、赵京华、孙歌译，生活·读书·新知三联书店2005年版。

35. 王升远：《"跨战争"视野与"战败体验"的文学史、思想史意义》，《山东社会科学》，2020年第6期。

36. 王中忱：《"新女性主义"的关怀——重读丁玲》，《读书》2017年第8期。

37. 吴俊：《关于"寻根文学"的再思考》，载程光炜编：《重返八十年代》，北京大学出版社 2009 年版。

38. 肖强：《寻根意识与全球意识的融汇》，《文学自由谈》1986 年第 4 期。

39. 谢冕：《世纪之交的文学转型》，《当代作家评论》1992 年第 6 期。

40. 谢尚发：《作为方法的意识流》，《文艺报》2021 年 11 月 24 日。

41. 谢天振：《中国文学走出去：问题与实质》，《中国比较文学》2014 年第
    1 期。

42. 徐庆全：《"天安门诗抄"出版前后》，《读书文摘》2012 年第 4 期。

43. 许子东：《寻根文学中的贾平凹与阿城》，《文艺争鸣》2014 年 11 期。

44. 杨庆祥：《论一个冬天的童话》，《文艺争鸣》2008 年第 4 期。

45. 杨庆祥：《如何理解"八十年代文学"》，载程光炜编：《文学史的多重面
    孔》，北京大学出版社 2009 年版。

46. 杨晓帆：《怎么办？——〈人生〉与八十年代"新人"故事》，《文艺争鸣》
    2015 年第 4 期。

47. 杨晓帆：《知青小说如何"寻根"——〈棋王〉的经典化与寻根文学的剥离
    式批评》，《南方文坛》2010 年第 6 期。

48. 杨扬：《莫言的文学世界》，载孙宜学主编：《从泰戈尔到莫言》，生活·读
    书·新知三联书店 2015 年版。

49. ［意］古奥乔·阿甘本：《何为同时代》，王立秋译，《上海文化》2010 年第
    4 期。

50. 於可训：《从"新时期文学"到"新世纪文学"》，《文艺争鸣》2007 年第
    2 期。

51. 张志忠：《当代文学史写作方式的有关思考》，《河南社会科学》2009 年第
    3 期。

二、日语参考文献（假名顺序）：

（一）日文专著

1. 相浦杲：『求索：中国文学語学』，未来社，1993 年。

2. 相浦杲：『胡蝶』，みすず書房，1981 年。

3. 岩佐昌暲：『八十年代中国の内景』，同学社，2005 年。

4. 上野廣生：『現代中国短篇小説選』，亜紀書房，1983 年。

5. 宇野木洋、松浦恒雄編：『中国二〇世紀文学を学ぶ人のために』，世界思
   想社，2003 年。

6. 工藤静子、西脇隆夫訳：『傷痕』，日中出版，1980 年。

7. 小林栄：『中国農村百景Ⅲ』，銀河書房，1984 年。

8. 史鉄生：『記憶と印象』、栗山千香子訳、平凡社、2013 年。

9. 関根謙：『自然と文学』，慶應義塾大学出版会，2001 年。

10. 高島俊男：『声無き処に驚雷を聞く』，日中出版，1981 年。

11. 高島俊男：『文学の自立を求めて』，日中出版，1983 年。

12. 高島俊男ほか：『中国「新時期文学」の 108 人』，中国文芸研究会，1986 年。

13. 竹内好：『竹内好全集　3』，筑摩書房，1981 年。

14. 竹内好：『竹内好全集　4』，筑摩書房，1980 年。

15. 竹内好：『竹内好全集　5』，筑摩書房，1981 年。

16. 竹内好：『竹内好全集　9』，筑摩書房，1981 年。

17. 竹内好：『竹内好全集　16』，筑摩書房，1981 年。

18. 田畑光永、田畑佐和子訳：『天雲山伝奇』，亜紀書房，1981 年。

19. 中国文芸研究会編：『図説　中国 20 世紀文学』，白帝社，1995 年。

20. 辻康吾：『キビとゴマ　中国女流文学選』，研文出版，1985 年。

21. 辻康吾：『転換期の中国』，岩波書店，1983 年。

22. 永田耕作：『ひなっ子』，朝陽出版，1984 年。

23. 南条純子等訳：『八十年代中国女流文学選』，NGS 出版社，1986 年。

24. 日本中国当代文学研究会編：『中国新時期文学邦訳一覧（増補・改訂版）』，2007 年。

25. 藤井省三編：『中国文学研究文献要覧　近現代文学 1978〜2008』，日外アソシエーツ，2010 年。

26. 藤井省三、大木康：『新しい中国文学史』，ミネルヴァ書房，1997 年。

27. 藤井省三：『20 世紀の中国文学』，放送大学教育振興会，2005 年，まえがき。

28. 藤井省三：『中国語圏文学史』，東京大学出版会，2011 年。

29. 藤井省三：『中国文学この百年』，新潮社，1991 年。

30. 松井博光編：『中国現代文学研究の深化と現状——日本における中国文学（現代/当代）研究文献目録 1977〜1986——』，東方書店，1988 年。

31. 萩野脩二：『中国「新時期文学」論考』，関西大学出版部，1995 年。

32. 萩野脩二：『中国文学の改革開放』，朋友書店，1997 年。

33. 吉田富夫：『反転する現代中国』，研文出版，1991 年。

（二）日文文章

1.『朝日新聞』夕刊，1988 年 7 月 22 日，第 1 面。

2. 飯塚容：「『季刊 中国現代小説』第一期完結に際して」，http：//www.mmjp. or. jp/sososha/soso/soso067. html♯SO2。

3. 飯塚容：「『季刊 中国現代小説』の歩みを振り返って」，http：//www.mmjp. or. jp/sososha/pdf_ file/syosetu. pdf。

4. 井口晃：「第一、第二章へのあとがき」，『現代中国文学選集 6　莫言』，徳間書店，1989 年。

5. 井口晃：「莫言の中篇小説『金髪嬰児』」，『東方』1986 年 7 号。

6. 井口晃：「訳者あとがき」，『現代中国文学選集 4　賈平凹』，徳間書店，1987 年。

7. 井口晃：「訳者あとがき」，『現代中国文学選集 12　莫言　赤い高粱（続）』，徳間書店，1990 年。

8. 井口晃：「訳者あとがき」，『赤い高粱』，岩波書店，2003 年。

9. 井口晃：「訳者あとがき」，莫言：『赤い高粱（続）』，井口晃訳，徳間書店 1990 年。

10. 井口晃等：「中国当代文学国際討論会に参加して」，『季刊 中国研究』1987 年 3 号。

11. 市川宏：「5. 19、20　1960」，『柿の会月報』1960 年 7 月号，第 1 面。

12. 市川宏：「風よ、永遠なれ」，『徳間康快追悼集』，徳間書店，2002 年。

13. 伊藤正：「解説」，『風にそよぐ中国知識人』，株式会社文芸春秋，1983 年。

14. 宇野木洋：「「統治」の枠組から文化「解読」へ向けた模索の営為へ」，『中国二〇世紀文学を学ぶ人のために』，世界思想社，2003 年。

15. 押川雄孝：「訳者あとがき」，押川雄孝、宮田和子：『春の童話』，田畑書店，1987 年。

16. 加加美光行：「解説」，安本実、竹内久美子：『ある冬の童話』，田畑書店，1986 年。

17. 加藤三由紀：「中国農村小説の変貌－ルーツ文学」，『ユリイカ』1991 年 6 号。

18. 『季刊 中国現代小説』1 巻 1、3、4、5、6、8、15、18、36 号。

19. 『季刊 中国現代小説』2 巻 1、14、25 号。

20. 『季刊 中国研究』1987 年 3 号。

21. 岸陽子：「刊行にあたって」，『新しい中国文学 1』，早稲田大学出版部，1993 年。

22. 岸陽子：「中国文学を志して」，『中国－社会と文化―』2014 年 7 月 29 号。

23. 岸陽子：「翻訳恐れるべし」，『早稲田文学』1995 年 5 月復刊 228 号。

24. 久米井敦子：「苦しみとの共存」，『野草』1997 年 59 号。

25. 栗山千香子、孫若聖：「栗山千香子へのインタビュー」，『アジア評論』2020 年 2 号。

26. 栗山千香子：「横光利一と史鉄生」，『日本近代文学館』2013 年 11 月 15 日 256 号。

27. 栗山千香子：「生命の不思議をめぐる旅あるいは祈り―史鉄生とその文学」，『東方』2011 年 5 月 363 号。

28. 近藤直子：「解説」，『現代中国文学選集　別巻』，徳間書店，1987 年。

29. 近藤直子：「中国文学を味わう」，国際交流基金アジアセンター，1999 年。

30. 坂口安吾：「堕落論」，『坂口安吾全集 14』，筑摩書房，1990 年。

31. 桜庭ゆみ子：「若き世代の文学」，中国文学研究所編：『中国時期文学の 10 年』，大修館書店，1987 年。

32. 白石明彦：「いのり　子見守る母の視線、なごむ心」，『朝日新聞』夕刊

2006 年 3 月 3 日，第 6 面。

33. 杉野元子：「訳者あとがき」，『城南旧事』，新潮社，1997 年。

34. 高島俊男：「一九七七・一九七八年中国文学大概」，『野草』25 号。

35. 高島俊男：「下方世代の作家たち」，『季刊中国』1985 年 1 号。

36. 高島俊男：「「左翼文化」からの脱却—中国「新時期文学」の性格と展
    開」，『ユリイカ』1989 年 10 号。

37. 竹内実：「「転換期」の精神—「堕落論」と「情欲論」—」，竹内実、萩野
    脩二編著：『中国文学最新事情』，サイマル出版会，1987 年。

38. 多原加栄子：「徳間書店・東タイ牛耳る　徳間康快の中国接近」，『創』
    1982 年 11 号。

39. 田畑佐和子：「孩子王訳後記」，『季刊 中国現代小説』総 5 号。

40. 田畑佐和子：「私を「この道」に引き戻してくれた丁玲との出会い」，『東
    方』2014 年 6 号。

41. 立間祥介：「解説」，『現代中国文学選集 8　阿城』，徳間書店，1989 年。

42. 辻康吾：「穏やかに人間の真実告げた史鉄生死去」，『週刊エコノミスト』
    89 巻 12 号。

43. 長堀祐造：「竹内良雄さんの定年退職を送る」，『慶応義塾大学日吉紀要 中
    国研究』2011 年 4 号。

44. 檜山久雄：「解説」，『現代中国文学選集 3　史鉄生』，徳間書店，1987 年。

45. 藤井省三、孫若聖：「藤井省三へのインタビュー」，『アジア評論』2020 年
    1 号。

46. 藤井省三、莫言：「莫言 中国の村と軍から出てきた魔術的リアリズム」，
    『花束を抱く女』，JICC 出版局，1992 年。

47. 藤井省三：「『赤い高粱』の翻訳」，『共同通信配信 岐阜新聞』1989 年 8 月
    16 日。

48. 藤井省三：「中国の危機とルーツ文学」，『波』1991 年 2 号。

49. 『毎日新聞』東京朝刊，1981 年 6 月 30 日，第 14 面。

50. 『毎日新聞』東京朝刊，1982 年 5 月 30 日，第 7 面。

51. 『毎日新聞』東京朝刊，1986 年 3 月 29 日，第 7 面。

52. 「松井博光先生略歴」，『人文学報』1990 年 3 号。

53. 松井博光：「解説」，『現代中国文学選集 11　茹志鵑』，徳間書店，1990 年。

54. 松井博光：「解説」，『現代中国文学選集 9　陸文夫』，徳間書店，1990 年。

55. 松井博光：「最新中国短編小説集　ひなっ子」，『中国研究月報』1984 年
    8 号。

56. 松井博光：「書評　永田耕作『最新中国短篇小説集　ひなっ子』（朝陽出
    版社）」，『中国研究月報』1984 年 8 号。

57. 松井博光：「中国語・中国文学専攻」，『東京都立大学三十年史』，東京都
    立大学三十年史編纂委員会，1981 年。

58. 松井博光編：「日本における中国当代文学研究」，『中国現代文学研究の深化と現状』，東方書店，1988 年。

59. 松井博光：「付記」，『現代中国文学選集　別巻』，徳間書店，1987 年。

60. 松井博光：「魯迅と「文革」後の中国文学」，『毎日新聞』東京夕刊 1986 年 10 月 4 日，第 3 面。

61. 松井博光：「あるのかないのか、故郷」，『三田評論』1987 年 8 月 1 日 8、9 月合併号。

62. 村松暎：「読者へ」，関根謙訳：『時間を渡る鳥たち』，新潮社，1997 年。

63. 山口守、孫若聖：「山口守へのインタビュー」，『アジア評論』2020 年 1 号。

64. 山口守：「訳者あとがき」，『遥かなる大地』，宝島社，1994 年。

65. 山口守：「夜の対話からマイナー文学まで」，尾崎文昭：『規範からの離脱』，山川出版社，2006 年。

66. 吉田富夫：「書評『キビとゴマ—中国女流文学選』」，『中国研究月報』1985 年 5 月 448 号。

67. 吉田富夫、辻康吾：「まえがき」，『中国新時期文学の 10 年 作家と作品』，大修館書店，1987 年。

三、英语参考文献

1. A. Lefevere, *Translation, Rewriting, and the Manipulation of Literary Fame*, Routledge, 1992.

2. M. Tymoczko, "Difference in Similarity", in S. Arduini, R. Hodgson (eds.), *Similarity and Difference in Translation*, Edizinoi di Storia e Letteratura, 2007.

后　　记

对于大多数青年学者而言，第一部专著的缘起和其中的分析案例或多或少都来源于博士阶段的研究，我自然也概莫例外。在 2018 年前后，我曾雄心勃勃地希望自己的博士论文可以快些付梓。但是两位先生点醒了我，一位是我的博士生导师藤涛文子教授，在某次天津外国语大学举办的会议中，藤涛教授得知我的专著出版计划，语重心长地希望我"再让论文睡一会儿，沉淀自己的思考"。之后我于 2019 年拜入王升远教授门下进行博士后研究，我在本科阶段就有幸得到升远老师教诲（那还是个使用 MSN 的年代），忝列门内，愈游愈知学海无涯，唯有加倍刻苦，这数年来升远老师与门内诸谊给予我的帮助和关照，我一直记在心中。直到现在，升远老师都反反复复地告诫我：取法乎上，仅得其中。这无疑是看到了我身上弱点后的殷切教诲，我会终生铭记在心。

2021 年 6 月，我从复旦大学博士后流动站出站。出站报告书与当年的博士论文在问题意识、史料厚度、研究视角、论述重心等层面存在非常大的区别，最简而言之地概括，博士论文关注的是"通过翻译构建的中国形象"，而出站报告则围绕"译者（同时是学者）的思想谱系"展开，这是随着不断沉淀后逐步明确的新的研究方向。因此可以说，本书基于博士后出站报告而非博士论文，博士论文"尚在沉睡中"，但无疑它们三者之间存在着系谱，因此我要再次感谢藤涛老师和升远老师的教诲与指导。

同时在此记述我对东华大学的感恩。自 2016 年 7 月起，我任教于东华大学外语学院日语系，赶早上 6 点去松江的地铁、在一号学院楼五楼叼着烟看远处华政的夕阳，每天中午在图咖买咖啡，每次回忆起东华都是这些细节，但也正是这些细节串起了人生。无疑在东华需要感激的名单很长，篇幅所限，在这里我要向东华大学日语系创系主任张厚泉教授、第二任系主任赵萍博士表达谢意，感谢两位老师多年来对我的照顾与栽培。

同样，我要感谢一直关心、支持，让我能专注于自己想做的事情的家人，尤其是我已不在人世的祖母和外祖母，家庭的血脉一直在我身体里流淌，给我承受生活中悲喜的勇气。

　　该书部分内容已发表在《汉语言文学研究》《现代中文学刊》《中国现代文学研究丛刊》《国际汉学》《上海文学》《编集学刊》《小说评论》《澳门理工学报》，在此感谢上述杂志社老师的斧正指导。我永远记得第一次在国内刊物发表学术论文时的激动（《汉语言文学研究》，2017 年）。博士后出站的近一年里，我又对这部研究进行了大幅度补充和修改，因此书中内容已与发表的论文相比有所不同，所有文章及该书的文责由我承担。

　　最后感谢复旦大学出版社的领导和编辑。之前我翻译的羽田正教授的《全球化与世界史》（复旦大学出版社 2021 年版）一书获得了复旦大学出版社的悉心关照，在此合二为一，表达谢意。同时我也记得正是张厚泉教授极力促成，我才有幸获得翻译羽田教授著作的机会。文史不分家，羽田教授考察伊斯兰世界及东印度洋时的宽广视野给予了我探究本专业问题时无限的启发。

　　我热切盼望这部书能够成为翻译史或日本战后思想史学术进程中的一砖一瓦，但是其在学术共同体中究竟成色几何，还要恳请各位方家批评指正。

　　纸短情长，以上所有的感激都不是"完成时"，人生海海，山山而川，愿所有的情谊都能继续，而再也无法当面说出口的感谢与抱歉，也会在心里生根发芽。

　献给我过世的祖母与外祖母

2022 年 4 月 5 日　清明节

孙若圣

人名索引

（汉语拼音顺）

226

图书在版编目(CIP)数据

边缘的微光:中国新时期文学在日本的译介与阐释/孙若圣著. —上海:复旦大学出版社,
2023.6
ISBN 978-7-309-16847-1

Ⅰ.①边…　Ⅱ.①孙…　Ⅲ.①中国文学-当代文学-文学翻译-文化传播-研究-日本
Ⅳ.①I046②I206.7

中国国家版本馆 CIP 数据核字(2023)第 086183 号

边缘的微光:中国新时期文学在日本的译介与阐释
孙若圣　著
责任编辑/赵楚月

复旦大学出版社有限公司出版发行
上海市国权路 579 号　邮编:200433
网址:fupnet@ fudanpress.com　http://www.fudanpress.com
门市零售:86-21-65102580　团体订购:86-21-65104505
出版部电话:86-21-65642845
常熟市华顺印刷有限公司

开本 787×960　1/16　印张 15.75　字数 227 千
2023 年 6 月第 1 版
2023 年 6 月第 1 版第 1 次印刷

ISBN 978-7-309-16847-1/I · 1360
定价:68.00 元